藤枝静男随筆集

fujieda shizuo
藤枝静男

講談社文芸文庫

目次

藤枝静男随筆集

少年時代のこと

私が藤枝町立尋常高等小学校に入学した大正三年は、第一次世界戦争の勃発した年で、日本は労せずして青島を攻略し、軍需景気にわきたっていた。そして翌年には大正天皇の即位式が行なわれ、私たちは紋付羽織に小倉の袴をはき、日の丸の国旗とまん幕に飾りたてられた東海道を学校の祝賀式に集まって「大正四年秋半ば、昇る朝日の空高く、四海を照らす大君の、めでたき今日の即位式」という歌を合唱したのであった。このころの東海道でもっとも速いものは町から藤枝駅までを走るテトテト（といってもわからないであろうか、豆腐屋のラッパといってもやっぱり駄目だろうか。とにかくそれを吹いてやってくる）乗合馬車くらいのもので、他に車といえば自転車か人力車か馬力か大八車しかなかった。学校も小学校のほかは、小学校の一隅に同居していた幼稚園と、それから左方の南の田のなかに建っていた農学校だけであった。

人口一万、人間の数こそ焼津、島田には及ばなかったけれど「人口すべて六千万」と小学唱歌にもうたわれた当時の日本としてみれば立派なもので、ことには東海道線をはなれた静かな城下町、志太郡役所、裁判所、登記所をそなえた郡第一の文化の中心地としての誇りを私たちは持っていたのであった。街道に沿って長く長くのびた所謂ふんどし町は大体ふたつに分かれていて、上(つまり西半分)は上伝馬を代表とする芝居兼活動写真の小屋や料亭や遊廓を持った商業区、下は下伝馬と白子を代表とする警察署、学校、郡役所、キリスト教会の集中した文教区と云った具合いであった。そして私はその下伝馬の、三階だての火の見の塔を持った警察署の筋向かい、メソジスト教会の右隣に、街道に面してたてられた小さな薬局の次男坊として明治四十一年に生まれたのであった。

上の方の子供は長楽寺と白子との境にあった焼芋屋の角を曲がり、私たち下の子供は白子の近江屋紙店の角を曲がって、街道の北側にある小学校に通っていた。校長は市川先生と言って八字髭をはやしたえらい人であった。何でも県内では珍しい正五位という位を持っているということであった。黒い顔に同じく八字髭をはやした痩せて背の高い梶田先生に私は「日の丸のうた」とその遊戯を教わった。丸くておとなしい黒川先生は旧藩士であった。梶田先生は養子であったがお二人とも城跡に近い茶畑と田んぼのなかの士族屋敷に住んでおられた。黒川先生は学芸会のときには、壇上にあがってそのころ珍しいバイオリンの独奏をされるのであった。

私たち（藤枝町立尋常小学校のころ）は和服に草履ばき、女子はズロースなどしていなかったから、体操の時しゃがむと、鼻の頭に凹みがあるので「鼻かけカアゾウ」という仇名をつけられていた某先生から「そら観音様が見えるぞ」と、今ならＰＴＡで問題になるようなことを云ってからかわれた。ただ一人だけ、大手の広瀬さんという医者の娘だけが洋装をしていた。彼女はときどき馬にまたがり馬丁に口をとらせて東海道を通ることがあった。それはまるで西洋の活動写真から抜け出したようにハイカラに、また滑稽に見えた。静岡の料亭浮月楼の愛娘を母に持った彼女が洋服姿で登校すると皆が「チン毛唐、チン毛唐」とはやしながらぞろぞろと追いかけた。

ごくたまに飛行機が藤枝の上空に現れることがあった。そうすると私たちはいっせいに運動場にとび出し、先生は理科室から筒型の長い望遠鏡を持ち出して豆粒ほどの機影に眺め入るのであった。従って、大正何年のことであったか我国最初の飛行船「雄飛号」が日高大尉を船長として東京から海岸沿いに関西まで日本を縦断するという壮挙が新聞で伝えられたときは、ひと月近くも前から何時通るかという期待で町中が昂奮した。昼はもとより、夜になると大人たちは道に出て空を見上げ「あそこで動くようだ。飛行船のあかりじゃないか」と動きもせぬ星に見当をつけて騒いだりした。

待ちに待った「雄飛号」は、ある日の午後その黄色っぽい巨体を、町の東の空をくぎっている高草山の上空に現した。そして私たちは芋のように異様なその物体がふわふわと、しかし思いのほかの速さで、頭上はるかの空を西の方に横切って行き、やがて霧の彼方に消え去るまで息をのんで見守っていたのであった。

ほんものの飛行機をま近に見たのも多分その前後のことであったと思う。その飛行機はどうして来たのか、飛んできて着陸したのか、運んできて組立てたのか、とにかく大井川の河原にいた。そして私は母に連れられて弁当を持ち軽便鉄道に乗って見物しに行ったのであった。軽便は地頭方まで行っていたが、大井川にかけられた鉄橋は重い機関車が乗せられないので、客車は一輛ずつに切り離されて人夫の肩で押されて渡る式になっていた。だから人車と呼ばれていた。土堤には物売りの店が出て見物客でにぎわっていた。飛行機は時おり轟音たてて、プロペラをまわして見せた。廻わすときは予告が出るので、私たちは急いで弁当のからや新聞紙をプロペラの下に積みあげ、それらが風圧で飛び散るさまを五十メートルくらい離れたところに立って耳をおさえて感嘆して眺めるのであった。

大手には児島という退役陸軍少将が馬丁といっしょに隠居していた。在郷軍人の最高位は下伝馬のわた屋という呉服店の主人笹野大尉であった。祝祭日になると彼は金ピカの大礼服に身を固め、二人びきの人力車の上にサーベルをついて反りかえって小学校にやってきて壇上に威儀を正して坐った。正月の出初式の日には消防団長として笛を口にくわえて部下を指揮した。そのたびに私たちは彼の勇姿を見上げて溜息をつくのであった。

その時分の中学卒業生というのは藤枝町中を数えても数人しかなく、そして皆いわゆる旦那衆であったが、私の死んだ兄のころからは軽便鉄道が町と藤枝駅とを結ぶようになって通学が可能となったせいもあって、ぼつぼつと進学が一般化しはじめていた。私の兄も静岡中学に入学した。が、しかし彼は寄宿舎に入ったので学期ごとの休暇以外は家に帰ることはなかった。彼が柳行李をかついで帰省する日には私は学校を休んで田んぼの中の慶前寺駅まで迎えに行った。そして軽便が岡出山の切り通しに姿を現し煙を吐きながら近づいてくるのを胸をドキドキさせながら待つのであった。

私は父に連れられて兄の学校を訪ねたときのことを忘れない。夕方になって兄と別れると、父は「今日はお前がびっくりするものを見せてやるよ」と云って私を浅間様の裏の賤機山の頂上につれて行った。「何があるんだろう」と私は不思議に思った。あたりは暮れかけ、山上には人影もなく、静岡の街は薄暗く静まって私は心細いような気がするだけであった。だがしばらくすると父は時計を出して「ほうら、見ていてごらん」と云った。すると次の瞬間、眼下の広い街にいっせいに電燈がともり、それ等はまるで星のように明るく無数にきらめいて、夢の国のような美しさに輝いたのであった。

私自身がどうして東京の学校などに入学するようになったのか、私は小学六年生になったころから家の隣りにあるメソジスト教会の牧師の福島さんのところへ夜になるとナショナルリーダーを習いにやらされていたから、多分もうその頃から福島さんの世話で話がきまっていたのであろうか。とにかく大正九年三月私はたった一人で汽車に乗って渋谷道玄坂の福島さんの生家を訪ね、そこに泊まって池袋の成蹊実務学校の入学試験を受けた。そして私はその家で生まれてはじめてカツレツという食物を見たのであった。この黄色いトゲの生きたような異様なものを、いくら勧められても私は口に入れることはできなかった。その後私は寄宿舎に入ってライスカレーとかシチューとか名も知らず見たこともない食物に出会ったが、これがその第一歩であったのである。

その頃の渋谷はまったくの田舎であった。駅の枕木と鉄線で作られた柵の外側の草原には大きな土管などが積まれ、ちょっと駅をはずれると夜など脚もとが危いほど暗かった。山の手線の電車はまだ国電でも省線電車でもなくて鉄道院の管轄であったから院線と呼ばれていた。その院線の発着の音や駅員の叫び声が道玄坂に寝ている枕もとまで響いてきた。

私は幸い入学試験にパスして池袋の成蹊実務学校の寄宿舎にはいることができた。池袋は東京府下北豊島郡巣鴨町字池袋と呼ばれる赤土の畑にかこまれた部落であった。通りには藁葺の家が沢山残っていて学校の裏に出ると武蔵野の芋畑の彼方に遠く箱根の山が見えその上に富士が小さく乗っていた。少年の私はそれを見るたびに郷愁の思いにかられるのであった。

実務学校というのは四年制の所謂乙種の商業学校であったが、それよりはむしろ人格教育をほどこすスパルタ式学校として有名であった。役に立つ人間を作るということが目的であったので、そのために学校令にしばられぬ所謂各種学校としたのである。女学校も同じ方式で茶道弓道仕舞は正科となっていた。小学校の教師は宿題を出すことを禁ぜられ、また優秀な生徒は跳び級させられたので、私の入学したころ某君は小学校は四年、中学も三年で終えて卒業していた。彼は毎日登校して漢文の教師から数学哲学フランス語を習っていた。上級学校受験規則の年齢になるのを待って一高にパスし入学したが、一年か二年して犬吠埼燈台付近の海に身を投げて死んだ。このように成蹊学園内には他に小学校、中学校、専門部、そしてひと駅はなれた目白に女学校があったわけだが、どれも一学年に三十名の入学しか許さなかった。

寄宿舎といっても、九人一組で三つの部屋に便所と台所のついた小さな一戸建てに住んで自炊するというやり方で、そういう家が九軒、畠をかこんでたっていた。入学するときの必携品目にバケツ一個、雑巾十枚という指定があったのはこのためで、はいってから別に小型の鍬を買わされたのも畠をたがやしてナス、キュウリ、大根というような簡単な作物をつくるためのものであった。放課後の二時間がこの畠仕事にあてられていて、便所の汲み取りや堆肥作りも自分たちの手でやった。二人一組交替でめぐってくる食事当番も、小学校を卒業したばかりの少年にとってはつらい仕事であったし、また校外の商店に行って魚や肉や豆腐を買うことも恥ずかしくていやなことであった。白木綿紺縦縞裏付きの、頭からかぶるダンブクロみたいな服が制服で、靴は水洗いがすぐできるということでゴム短靴を奨励されていたから、外出はいっそう苦痛であった。

五時に起き、五時半に三十分の駈足、十時に眠るのであるが、その間に「凝念」と名づけられた座禅のような時間が二回あり、それがすむと「心の力」という八章から成るお経のようなものを、一章ずつ合唱することになっていた。冬は裸体、夏は綿入れを着てそれをやる。冬の朝など、駈足が終わったあと園長の命令で薄氷の張った構内の池にとびこまされることもあった。「心の力」の冒頭は「天高うして日月懸かり、地厚うして山河横たわる。日月の精、山河の霊あつまりて我が心にあり。高き天と厚き地と人と対して三つとなる。人無くして何の天ぞ、人なくして何の地ぞ」という句で始まっていた。つまり徹底した自力主義の教育であった。「鬼神の力をかるを用いず、鬼神の力我に在り。雷霆の威を羨むなかれ、雷霆の威も我に存す。我を苦しめしも我が心、我を救うもまた我が心。これあるがために我悩めど、これあるが故に我独り尊し」というのもそれであった。「心虚なれば体危し。動けば労し、行けば喘ぐ」という一節もいまだにはっきりと記憶している。

年に一回三日間の断食があった。二日目の夜、たえ切れずに畠に出て大根を齧って退学させられた者もあった。何から何まで、ただの「気の持ちよう」という程度のものではなかった。試胆会であちこちの墓地へも行った。雑司ケ谷の墓地など夜になると野犬の群れが横行していたから、彼らの襲撃に備えて校門を出るとき一袋ずつのアンパンが渡された。池袋から鶴見の総持寺まで夜通し歩いて、明け方の三時に着くとすぐ僧らの座禅に加わるようなこともさせられた。起床就寝、始業終業など、すべての合図は太鼓と板木で行なわれていた。

つまり私はお経を読まないだけで、大体禅寺の修行僧に近い教育を受けたことになる。一方でしかし、この学校には一年に二週間の夏旅行と春秋二回の二泊旅行があった。三十名の一学年に対して二人の英語教師と二人の外人英会話教師があり、小学校には泥遊びの時間や凧揚げの時間があり、週一回の母親同伴の植物採集遠足があった。購買部には番人がいないので勝手に必要なものをとり自主的に金をボール箱に入れればよかった。学期試験には教師がやってきて黒板に問題を書くと教室を出て行ってしまい、時間が来るとまた戻ってきて解答を書き、私たちはそれによって自分で自分の答案に点数をつけ、先生に名前を呼ばれると自分の点数を答えて記帳してもらうだけであった。答案用紙はそのまま持ち帰るのであるから嘘をついても決してバレる気づかいはなかったが、不思議にも誰一人不正直な返事をするものはなかった。

つまり私は、まるで僧堂生活みたいな厳格さと、極端な自由との混合した不思議な教育を受けたのであった。こういう観念的な理想主義的なやり方が、まだ頭の柔い自立性のない中学生にとって善かったか悪かったか、それを判断することは誰もできないであろう。

現に私は、試験で嘘はつかなかったが、購買部では金を入れずに大学ノートを持ち帰った。つまり盗みを働いた。また私は中学生の恋愛を描いて当時の大ベストセラーとなっていた島田清次郎の「地上」を友だちから借りて秘かに読んだり、××というしるしばかりはさまった同じくベストセラーの江原《えばら》小弥太《こやた》の「旧約」「新約」などという小説本を読んで思春期の妄想にふけったりした。ほんの少し離れた畑中に自由学園という羽仁もと子女史の女学校が創設されて、そこの運動場ができあがるまでのあいだグラウンドを一定時間貸すことになり、私たちの近よることが禁止されると、私は人目を盗んでまわりをかこむヒバの生垣の隙間から太腿を露出してランニングの練習に励む女学生の姿をかいま見たりした。そうしてそういう欲望を圧えることのできない自分、少年らしい無邪気さを失った自分を恥じるのであった。

　この学校が普通の学校と毛色の変っていた点は、今でいうクラブ活動に、スポーツを遊びとして軽視して「礼儀作法」「謡曲」「生け花」「短歌」などを重視していたことであった。だがそれならばカチカチの右翼教育をほどこすのかというと全く正反対で、前にも記したように英語の教師だけで四人を備えたり、また軍事教練なんかは形式的で、銃は持たせるがたいがいは校外を散歩して距離目測の練習をさせるくらいが落ちであった。だいいち教練の先生は暴力を否定するクリスチャンであった。短歌はそのころ口語和歌を提唱していた歌人前田夕暮を講師として招き、作文は今でいう生活綴方、つまり美文を否定した自由作文をいいとしていた。

すべてのこういうやり方は園長中村春二先生が青春時代の盟友三菱の岩崎小弥太と今村銀行の今村繁三の財力をうしろだてとし、この二人が受けた英国流の少数人格教育を日本式に組みたてて実現しようとしたものであった。中村先生の御尊父は明治大帝につかえた静岡県出身の国学者歌人の中村秋香であった。

謡曲の先生は観世流宗家の観世元滋であった。しかし私は最初に教えられた「鶴亀」が何時までたっても同じ節のくり返しであることに閉口してやめてしまった。毎週九段の野村万三郎のもとに通って狂言を稽古するものもあったが、私は謡曲にこりて最初から敬遠した。未生流《みしょうりゅう》の活け花も三、四回でやめた。九段の国柱会という日蓮主義の団体に入って精神修養に励む同級生もあった。そのころここには天才詩人宮沢賢治がいて街頭布教に熱中し、かたわら「どんぐりと山猫」他の童話を書いていた。国柱会の指導者田中智学は私たちの毎朝毎晩に誦する「心力歌」の作者であったが、怠け者の私は一度も行こうとはしなかった。「作法」は一年生の正課であったからいやいやながら出席していた。

作法の教師奥田正造先生は同じ学園の女学校の校長であった。私はある日向かいあってお辞儀の練習をしているさいちゅうに相手の同級生のしかつめらしい顔にこらえかねて吹き出したために退場を命ぜられ、そしてその結果受持教師に連れられて目白にあった女学校まであやまりに行った。校長先生はやさしく私をさとし、改めてお辞儀のしかたと襖のあけたてを教えてくれたのち、私の頭をなで私の掌に菓子をのせて「お帰りなさい」と云った。不埒な私は、廊下の途中にしつらえられている板塀でかこわれたプールで泳いでいる水着姿の女学生をこっそりと、しかし瞳をこらして横目で盗み見ながら帰ってきたのであった。

私たちは凝念の理想境は無念無想であることを教えられていた。その境地に到達すれば危険が身に迫っても身体は無意識に動いてそれを避けることができるというのであった。そしてある凝念の時間に、教頭の落合先生がそれを実験してみせてくれた。眼を閉じて泰然と坐している先生の頭上に四年生の竹刀が打ち下ろされた。狙いはあやまたず、また先生の身体も動かなかった。そして先生は「アイタア」と叫んで頭を両手でかかえたのであった。

二級か三級下に、従ってその時分小学部にいた子に松居桃多郎というのがあった。私がこの子を直接知っていたわけではなかったが、松居はそのころ帝劇の脚本作者として大御所的存在であった松居松翁の子供で、和歌、作文が上手だということであった。私の父が「子供の心」という文集を見せて「この歌を読め」というので見ると、それは

船が出てハンケチふりふり泣いてゐる、ローシーさんのおくさんの顔

というへんてつもないものであった。しかし私は桃多郎という妙な名前とローシーとい

う外人らしい名とに結びつけて、この和歌を長く憶えていた。そして後年文学などが好きになり手当たり次第に乱読するようになったとき、ローシーというのが、帝劇初期の本格オペラの教師として来朝して厳格きわまる鞭をふるい、やがて実を結ばぬままに日本を去った失意の人であることを知ってそれを再び思い出したのであった。桃多郎君は終戦直後のジャーナリズムに「蟻の街」の指導者として登場した。そして私の胸にはまたあの和歌が浮かびあがり、私はわれわれひとそれぞれの長い年月の推移に深い感慨をおぼえたのであった。

公平を期するためにその時分の私の歌もここに記しておこう。「風の朝 ふとめざめして眺むれば桐の葉二つ空に飛び居ぬ」というのだが、まあよくもこんな下らないものを作ったものである。今さらなおすわけにも行かぬ。

成蹊学園の理想教育が私にとってよかったか悪かったか、それは誰にもわからないことである。もう一度生まれかわって別の普通の中学生生活を送ってみない以上判断のしようはない。ただどんな境遇にいようとも、人の精神と肉体は自然の摂理に従って生長し、青春の前ぶれとともにそれぞれの悩みに行きあわずにはいないのである。ただ私についていえば、子供を一人前の人格を持つものとして信用するという学校の善意の方針は、反対に私を、僅かな盗みを働いたことで絶望させた。自力しか信じまいと努力することで、かえって私は自分の意志の弱さと不徹底を思い知った。試胆会や三日間の断食を我慢して通過することによって私は臆病になり劣等感になやまされた。

私が教師にかくれて小説を読むようになったひとつの原因には、そういう弱い人間が生きて行く世界がそこに生き生きと描写されて私を慰めてくれたためということがあったようにも思われる。もちろん私たちをとりかこむ時代の空気、芸術の分野の流れと動揺が青春に踏みこもうとしていた私に伝わってこなかったはずはなかった。私は無政府主義危険思想の故に日本を追放されようとしていたあのロシアの盲目詩人エロシェンコが多分秋田雨雀と連れだって雑司ケ谷の畑の道を散歩するのに行きあった。金髪が夕陽にかがやいていた。中村ツネの描いたこの人の美しい肖像画を上野の展覧会で見た。ツネは学校のすぐ近くの長崎村という一郭にアトリエをかまえて絵をかいていた。パリで成功したフジタがすったもんだの末に帝展に出品して評判をとった画室の絵を、なんだこんなものと、狐につままれたような眼で眺めたりした。東京の街にでるため市電の終点の巣鴨まで歩いて行く途中には、中川一政の写生した監獄の高い壁と里芋の畑とが広々とひろがっていた。

一燈園の西田天香が成蹊学園の招きで講話しにやってきたのはいつごろのことであったろうか。私が四年生になったころであったろうか。一切の自己を棄て去り、他人の嫌がることを進んでやり、他人の家の便所掃除を舐めてもいいくらい奇麗にやることによって食にありつくという徹底した彼の教えを、青春期特有の漠然とした社会的懐疑に悩まされていた私は、自分の受けている自力主義教育への不満とないまぜて心にとどめ、そしていっそう心を迷わせるのであった。年長の専門部の学生の何人かは学校をやめて天香に従って去った。デカダンスと一緒くたになったようなアナーキズムが青年のあいだに瀰漫し、共産主義運動の芽生えが若者の心をとらえはじめてもいた。

有島武郎の姦通情死が新聞のトップをかざって糾弾され、私たちの若い数学教師が私たちをつかまえて「あれでいいんだ。世間はまちがっているんだ」と昂奮したのもそのころのことであった。そして何の判断力もない私は、そうした波に揺すられながら、禁制の活動写真やオペラを見るために日曜日ごとに浅草に通ってコソコソと歩きまわったり、神田の古本屋街をひやかして学校の図書室では見られない恋愛本を立読みしたり買って懐にかくして帰ったりしていた。押入れのなかにひそかにためておいた映画館のプログラムを発見されて、舎監室に一週間とじこめられたこともあった。こうして私はだんだん「要注意」生徒に育って行ったのであった。

大正十二年九月一日の関東大震災で寄宿舎と校舎の大半が失われたのは、有島事件のすぐあとのことであった。私たちは崩れ残った講堂で寝起きし、中学部の校舎で授業を受け、肌着やむすび飯をリュックにつめて上野公園や日比谷公園の緑陰を埋めた避難民のバラックにくばって歩いたりした。それは私にとってはむしろ愉快な、解放された一時期でもあった。すでにその時分には実務学校は生徒募集を打ち切って自然廃校の運命にあった。そのうえ実務学校から高等学校への進学は制度上不可能ということがわかって私たち一部のものは中学部に移籍していたから、私は一年未満で自分の進む高校の入学試験を受けてこの窮屈な環境から逃げ出せるはずであった。教師から睨まれ続けている自分みたいなものは、たとえ五年に進級したとしても結局は追い出されるにちがいないと私は考えていた。

学園全体は二、三年の間に池袋を去って吉祥寺に移って高等学校を併設することにきまっていた。従って中学生は無試験で自動的に高等学校生徒になることを予約されたが、しかし次手《ついで》に先生までが持ちあがるのだという噂さは私の心をやり切れなく圧迫した。私はそういうすべてから自由になるために、四年終了で名古屋の第八高等学校への入学願書を出す決心をしたのであった。名古屋の愛知医大（現在の名大医学部）には私の兄が入っていたから、私はそこの予科も同時に受けるつもりで明るい未来への空想にふけったりした。

八高の入試にも医大予科の入試にも無残に失敗して故郷藤枝の生家の二階に蟄居することになったのは大正十三年の春であった。だがそこで私が心を入れかえて勉強に熱中したかというと、意志の弱い私は始めのうちこそ時間割りをつくったりして机の前に坐ったけれど、ひと月もせぬうちに参考書は小説本に変わり、やがて目的もなしに静岡へ行ったり映画を見に出かけたりするようになってしまったのであった。

私は小学同級生のうち東京の学校へ出て行ったただ一人の男であったから、四年たって故郷へ戻ってみるともう親しく往来できる仲間はなくなっていた。なにしろその時分の東海道本線は今の御殿場線に接続していて、つまり富士山丹沢山系と箱根との間を北へ大まわりした山中を通っていたから、東京藤枝間は七時間余りの長丁場で、休暇ごとの帰省のたびに夜汽車を利用していた私は、朝早く藤枝の駅に降りると洗濯物をいっぱいつめた柳行李をかついで更に駅から生家までの一里近い道を歩かねばならなかった。それほど離れたところへ私は行っていて、今帰ってみるとまるで（おおげさに云えば）異邦人みたいな立場にたたされていたのであった。

私はひとりきりで蓮華寺池や青池のまわりを散歩してみたり岡出山へのぼってみたり、また釣竿をかついで瀬戸川の下流や六間川の岸をぶらついたりした。自転車で宇都の谷峠を越して静岡へ行くこともあった。峠の下り口の藪の向こう側を流れている川の砂利に寝ころがってひと休みしていると、試験勉強にうちこむこともせずにこんなところをうろついている自分の意志の弱さに対する後悔で絶望的になった。結局私は静岡の街を目的もなしにふらつき歩き、七軒町の角の東京堂書店や呉服町の吉見書店で立ち読みしたり葵文庫の図書館に入って半日を小説本に没入して、なおいっそう絶望的になり自分に愛想をつかして家へ戻ってくるのであった。

そんなふうな私のために、両親は近くの知り合いに交渉して勉強部屋を借りてくれたけれど、私は両親の目のとどかぬところに隔離されて前より更に勝手な時間を持つと、落ちついて勉強するどころか、それだけ余計にぐうたらになり、沢山の小説本や翻訳本を持ちこんで夜おそくまで起きて妄想にふけるようになったばかりでなく、父にせがんで田舎には珍しい油絵の道具をとり寄せてもらったり、下駄屋へ行って朴の木をわけてもらってでたらめな木版画に熱中したりした。そして一年が残り少なくなった冬になるとようやくあわて出して家のすぐ前の養命寺という寺の本堂わきの四畳半にこもって参考書にとりつきはじめたが、そんな不心得で追いつくはずもなく、翌年の三月、私はヤケで受けた一高の入試に見事失敗してしまった。

だが、若さというものは不思議なものだと思う。それから二、三ヵ月もたたぬうちに、私の不成績を見るに見かねた両親と兄とが、私を兄と同居させてその経験と監督の下に予備校に入学させることに決めると、私は生き返ったように元気を恢復し、まだ知らぬ名古屋の生活をあれこれと果しもなく空想して本を行李につめはじめたのであった。

名古屋での兄と私との自炊生活は、当時の瑞穂区の畑の中を貫通していた「郡道」と呼ばれる古い街道の東の淋しい田舎家に各〻一室を借りてはじめられた。兄はそこから医大に通い、私は午後の半日を医大病院裏手の中野塾という予備校に通っていたのであったが、私の朝寝にごうをにやした兄が近くの大きい農家の一室に移って自炊は消滅した。そしてしばらくすると私も同じ家の長屋門の一室に引越して郡道沿いの弁当屋から配達される安い食事に切り変わったのだけれど、やがてそれも向こうから断られたかこっちから断ったかして打切りとなり、私は別の弁当屋兼食堂まで出かけて少しはマシな御飯にありつくようになった。

その時分の百姓家が如何に不潔であったかというと、私の最初に住んだ一室は窓を鉄格子でふさがれた六畳間だったが、夏の暑い盛りには天井から壁までびっしりと、まるでゴマをまいたみたいに蠅の群で埋まるのであった。彼等をいちいち叩き殺すには余りに多すぎるから、私は着物を脱いで振りまわしながら何回となく部屋の奥から窓に向かって進み、彼等を格子の間から煙を追うように追い出す他はなかった。しかし一時間もたたぬうちに彼等は前と同じように天井や壁を占領し私の顔にまといつくのであった。

食堂には頭のよくない、しかしほぼ十人並みの女給がひとりいてお茶をついでくれたり、時には傍の椅子に坐って話しかけてくれたりした。希望のない、そして誰一人の友だちも持たぬ私は、この白粉を塗ってエプロンをかけた若い女の存在によっていくらかの慰めを得ていた。色っぽい目つきをしてそばによられると胸が躍った。しかしある日、私がそのころ流行していた新聞のクロスワードパズルを考えていて「カの字のつく格言というのは何だろう」と呟くと、彼女は顔を寄せてきながらちょっと考えたのち「カッタイのカサウラミ」とうれしそうに叫んで私を失望させたのであった。それは本当は「勝って冑の緒を締めよ」であった。私は当時愛読していた志賀直哉の小説のなかで糞真面目な主人公がその恋人である女中と夕日を見ながら教えるように「秋の日はつるべ落し」と云うと、肩を並べていた女中が「男心と秋の空ってね」と応じてびっくりさせるという場面そのままを、私自身の経験として眼前に見て驚いたのであった。

私はしかし中野静という人間的にもすぐれ、教授法にも巧みな先生の予備校に入ったおかげで自然に規則的な勉強をするように変わって行った。勉強そのものにも興味を感ずるようになった。ある冬の日私は頭痛の悪寒をこらえながら教室に坐って数学の講義に熱中していた。壇上から私の顔の蒼白さに不安を持った教師が電話で兄を呼び寄せ、そして検温してみると熱は四十度にも昇っていた。それをものともしないまでに私は変わっていたのであった。

翌大正十五年に私は一番で八高理科乙類に入学することができた。一番でパスしたということは後に指導教官の高嶺教授から告げられたのであるが、不思議にもそれを聞いたとき私は格別の喜びを感じなかった。私は「浪人」というあの不安と苦渋に満ちた青春前期の二年間が終わったという解放感で十二分にふくれ上がっていた。そして怠け者の私は、もう当分勉強しなくていいんだという想念に性こりもなくとりつかれはじめていたのであった。

（「静岡新聞」昭和四十七年一月八日〜二十四日）

青春愚談

先日昼食後三十分ほどして新幹線に乗ったところ、サンドウィッチの車内売りが回ってきたのでうっかり蟇口を出しかけてギョッとした。つまりほんの少し前に昼食をすませたという記憶が消失していたのだ。これは脳細胞の欠落がかなり進んでいるという証拠で、これがひどくなると実際に幼児のようになって、放っておくと何べんでも食う人があるということを知っているからおそろしくなったのだ。

近いことは忘れても昔のことはよく憶えているという通説があって、成程そのとおりだと思うこともあるが、よく考えてみるとそれは個々の場面情景だけで、私の場合なんか、それさえも選択的だという気がする。季節は比較的よく憶えているが、時日の記憶は、はなはだあいまいである。それと云うのも、去年の秋自分の醜い過去の記憶を葬り去ろうと考えて、最近二十年ばかりのあいだ克明につけていた日記と手帖を焼いたとき、もしやと思って捜させた田舎の生家から、ダンボール箱いっぱいの旧制高校時代のノートが送られてきて、それを冷や汗を流しながら読んでいるうちに、四十余年以前の若く鮮明であるべき記憶があっちでもこっちでも間違っていたことを発見して驚いたからである。

それで私は、大変勝手であるが、前に書き散らしたその頃の回想のようなものを、このノートによって訂正するというやり方で、文を進めさせてもらいたいと願うのである。

私にとって何と云ってもその時分の、大正十五年から昭和五、六年にかけての最も強い思い出となっているのは、平野謙、本多秋五との出会いと志賀直哉、瀧井孝作両氏との出会いである。

私は大正十五年の四月に八高理科乙類に入学した。乙類というのはドイツ語を第一外国語とする組で、医科志望が大部分を占め、この伝で甲（英語）と丙（仏語）があるわけだが、八高には丙はなかった。平野と本多はともに文科乙類であった。とにかく八高に入学して行李と夜具を持って南寮五室にはいってみると、本立てをはさんだ向かい合わせの席に岐阜中学から来た文科乙類の平野謙がいた。平野が背のすらりとした稀代の美少年で、着く早々煙草をふかしたので「こりゃたいした不良だぞ」と思ったということは前にも書いたことがあるから略するが、一室六人、うち一人の室長二年生を含めた三人までが四年修了と同時に入ってきた子供みたいな高校生であったから、平野と私とは断然たる年長者として他を押えたわけで、そのうえ私たち二人は偶然にも、小説愛好者という点でも共通して大人びていた。私なんか、彼の本立てに並んだ文学書を見て喜びもしたが、また油断ならぬとも思ったのであった。

本多秋五もこのとき愛知県立五中を経て入学し、同じ南寮の二階にいた。彼は、平野とは、おなじ組でハヒフヘホと机が近かったし、中学時代から「朱雀」という同人雑誌をやっていたくらいの文学好きだったから、直ぐ気が合ったらしいけれど、私がつきあうようになったのは可成り後であった。ただ、平野を通してお互いの存在を認めていたことは確かである。何故なら、或るとき平野が私のことを話題にすると、本多が「ああ、あの烏みたいな男か」というようなことを云ってうなずいたらしく、そして何日かして本多が電車を待っていると私がいきなり話しかけて「君は僕のことを烏と云ったそうだが、よく当っているな」と云ったと、これは本多の記憶談だからである。

当時の私が烏に似ていたことを自他ともに認めたことはこれでわかるが、実際一メートル六三に四八キロしかない貧相な学生が、のど仏の飛び出したやせ首を黒い制服の襟からのばし、眼を光らせてほっつき歩いていれば、誰だって他に形容のしようはなかったに相違ない。おまけに私は兄の医大予科時代の古洋服を着て、どういうものか何時も突っかかるように肩を怒らせて歩いていたのだから、はたから眺めたらさぞ傲慢で滑稽なやつに見えたろうと、今思うだけでも冷や汗が出る。しかも、そんな私がこともあろうに角力部に入ったのであった。

入寮早々の一年生が出会うものが、夜のストームと寮歌練習、それから放課後の入部勧誘であったことは全国高校共通であったに相違ない。そして彼等運動部員のピックアップの順位が、まず対四高戦種目の野球、庭球、陸上競技と、それから京都または東京で行なわれるインターハイの柔道、剣道、ボートからはじまって次第に蹴球、バスケット、バレーボールと下り、最後どん尻の角力に終わることもまた共通した現象だったろうと思われる。

彼等上級生たちは夕食前後になると入れかわり立ちかわり部屋にやってきて、これぞと思う体格の新入生をみつけてはしつこく引っぱるのであったが、私たちはみんな、結局それに負けるというよりはむしろ後の連中の勧誘を断わるために、なり行きまかせでどこかへ入ってしまうということになるのであった。そういう次第で、文字通り吹けば飛ぶような、従ってどこからも振り向かれることのなかった私までも、皆の立ち去った後で遠慮深気にやってきた川瀬君という角力部三年生に口説き落とされてフラフラと入部を約束してしまったのである。

勿論、だからと云って私自身も川瀬君も、まさか蚊とんぼみたいな私が土俵に上り得るなどと考えたわけではなかった。川瀬君は川瀬君なりの、私には私なりの思わくがあったのである。私は小学生時代シコ名を「勝湊」と云って（本名が勝見だから）かなり強かったうえに、叔母の連れ合いが武蔵川谷衛門という協会の年寄りで新聞記者係りをしていた。それで私は、私とほぼ同じくらいの身長しかない川瀬君がマネージャーの後任をさがしているのだと云うことを聞くと、うっかり承諾する気を起こしてしまったのであった。

この件は、そばで見ていた平野から今だに冷やかされる種となっているので、ここに真相を記して弁解しておく。角力部はじきやめた。川瀬君という人は真面目な人で、四股を踏むことは最も上手で、何時も本職あがりのコーチに褒められていた。しかし練習でも試合でも、ほとんど勝ったことがなかった。取り組むと同時にずるずると押されて行き、土俵際で非常に軟らかく弓なりに反ってこらえた後にどんと仰向けに倒れるときまっていた。余程勉強が嫌いであったらしく、三年生を三回落ちて、学校の規則によって退学させられたということを、後に同じ角力部に入った同じ理乙の北川静男から聞いた。

北川静男は高校時代を通じて私の最も親しい友であったが、本多や平野とも友だちになり、芸術論となると主にニーチェ、時にプランクを武器としてわれわれを論破しようと試みた。本多が昭和九年末から十二年半ばにかけて書いた随筆や論文（このなかに名作「村山知義論」が含まれている）に、北川静雄というペンネームを用いたのは、このせいだろうと思う。あるいは名前の静雄の方は、次兄静雄氏のそれを意識したのかも知れぬ。私の筆名の静男は、おそらく間違いなしに、共通の友北川から二人がとってつけてくれたものと思っている。

北川と私との合い言葉は「いつかハイデルベルヒで会おう」という甚だロマンチックで

幼稚なものであった。われわれは、かのネッカー河畔にそびえるハイデルベルヒ大学を、そこがどういう学校であるかも知らずに自分たちの未来の留学の場所と決めていた。つまりわれわれが映画「アルト・ハイデルベルヒ」で見たビールの杯を高くかかげて高唱する学生群と、美しく可憐な給仕女ケティの住む水清き町が、そこに必ずあるはずだったのである。

角力部を何時やめたか、ふた月もいたであろうか。当然のことながらマネージャーらしいことは一度もやらず、一回予算分取り会議に出たきりでやめてしまった。本多はボート部に入ったはずだが、或は彼のこと故、ある程度は頑張ったに相違ないとも思う。平野は長身を見込まれてバレーボールに口説き落とされ「指先で弾くようにするんだから痛くてしようがない」と云って、手つきをやって見せたことを憶えているから、これも私よりは多少長続きしたらしくもあるが、間もなくやめた。もともとバレーやバスケットは女学生相手にやる柔弱なものだという通説みたいなものが生徒間にあって、余り尊敬されないスポーツであったから嫌気がさしたのかも知れぬが、何よりの理由は、やはり彼が練習で身体を縛られることをきらった点にあるのだろう。

彼は室長に勧められて尺八部にも入って、近くの煎餅屋の二階へ練習に通っていた。入るとたちまち上達して（それとも中学時分に少しはやっていたのか）千鳥の曲とかいうの出だしのところを、実に巧妙な指さばきで吹いてみせたりしていたが、しかし、これもじきにやめてしまった。何しろ下手なのは鉄棒くらいのもので、たいがいの遊びはうまいがそのかわり直ぐやめてしまうのだと、自分で云っていた。五目並べなんか、何度やっても負かされた。

寮の窓から飛び降りて、境界の土堤を乗り越えたところに菓子屋があって、夜になると時々皆で菓子を食いに行った。そこのお内儀さんは、平野が美しいのでチヤホヤして癪にさわったが、それは別として、店に闘球盤という簡単な球弾きみたいな遊び道具があってみんなでやってみると、これも彼が断然強かった。流行歌もすぐ憶えるたちで、上手に口ずさんで見せる方だった。「久し振りだに一番やろか、早くお出しよ将棋盤」という都々逸を聞かされて驚嘆したことは、今だに忘れることができぬが、しかしこれは彼のひとつ憶えで、そっちの方はそれ切りで進歩が止まってしまったようである。

平野は、酒は飲めないけれど猪口一杯くらいやると機嫌が好くなって、この頃でもいい咽喉を聞かせることがある。入寮したてのころ、部屋のコンパを街の鳥屋でやって、二階で禁制の酒を飲んでいたとき、彼が大声で寮歌を歌ったら、隣で飲んでいた応援団委員の三年生が襖をあけて入ってきて、「いま歌ってた人の声は応援団向きだから是非入ってくれ」と云ったことがあった。

次手に云うと、北川静男の死後、北川の家で正月の歌留多取りをやったことがあった。平野は三人の若い華やかな女性を相手に鮮かな手さばきで奮闘したが、とにかくうまいもので、彼がパッと札をはねると、それが襖まで飛んで行って撥ね返った。それで女性軍が余りに讃嘆の声を挙げるので、私がムクれて、隣の食堂に出て行ってしまって、やがて気のついた一人に声をかけられるまでじっとしていたこともあった。

とにかく、これくらい多芸であったわけだが、たまに片鱗を見せるだけで、どうも皆トバ口だけでやめてしまう癖があったようである。従って最近の彼が区劃整理問題に関して年余に渉る異様なねばりをみせ、住民を率いて力戦奮闘した結果、ついに目的に近づき、今なお戦いを続けているという経緯を知ったときは実に不思議の感に堪えなかったのであった。何しろ彼の近所に住んでいる私の娘の報告によると、彼は例のぼろ自転車に乗って地区を見回ったり、街頭演説をやったり、私費を投じて広島、名古屋を調査に出かけたりしたあげく、いよいよ建設局が実測をはじめそうになると、喜多見町区劃整理対策協議会長として実力阻止の先頭に立つ決心までしたというのだから、驚くのが当然であった。私が思うに、彼のこのねばりの発現の端緒は、「島崎藤村論」を書いたあたりにあるのではないか。よくわからないけれど。

話がそれて申しわけなかったが、もとに戻って私は角力部をうやむやのうちに抜け、しかし滑稽なことに、応援団の狩り出しに従って渋々グラウンドに行っては野球の練習を見物しているうちに、またぞろフラフラと見当ちがいの応援団委員になってしまったのであった。

応援団と云っても忙しいのは七月中旬の対四高戦までの二ヵ月余りの間だけで、毎日の放課後に太鼓をひとつふたつ担いでグラウンドに出て行って野球練習を激励するというのが主な任務であった。その間に「臥竜原頭」という応援歌の音頭をとったり、選手が失策もしくは三振すると激しく声をかけ太鼓を連打して奮起をうながしたりするのだが、選手がくたくたに疲れ果てていることを知りながらこれを責め続けることはまったく可哀想であった。特に阿久津慎という生れつき脚のおそい同級生が走塁でアウトになるたびごとにこれをやって責めるのは辛かった。

地上の球が見えなくなるとフライ捕球に移って終わるわけだが、一度そのためにセンターの太田照彦君という、平野や本多の同級生で後に木村と姓を変えて朝日新聞に入った人が、落下球を頭に当てて転倒失心したことがあった。この人は頑張り屋で翌日は頭に白鉢巻をして出てきたが、その日から団長の金子房次郎が、選手ばかり酷使するのは理屈に合わないと云って、選手の引きあげた後の暗いグラウンドで委員だけ素手のキャッチボールをやらされたには参った。

名古屋での対外試合は、翌年愛知一中から名投手伊藤一郎が入学するまでは出ると負けで、中学校にもかなわないくらいだったから、そのたびに委員の下っ端である私は竹竿に通した太鼓を担いでとぼとぼと引きあげてきたわけであるが、これがひとたび対四高定期戦ともなると様相は一変して、その年大正十五年学期前期の試験が終わると付近の神社から借り出した太鼓や大小の応援旗を荷造りし、「勝たずんば死すとも帰らじ」とばかりに皆を決して敵地金沢に乗りこんだのであった。

その頃の自分がどうしてこんな気になったのか不思議でならぬが、事実であったことは確かで、現に私は出発前夜二年生委員の石崎という人から「君の肌着は汚れているからいざという時みっともない」と云って当時ハイカラだった富士絹のシャツを貰って着替えた覚えがある。そのうえ、いよいよ金沢の宿屋に入って、太鼓のバチを街へ買いに出るに就いて団長の金子房次郎から「これを持って行け」と云って白鞘の短刀を渡されたのであった。この瞬間には私もどきりとして「金子君は負けたらこれで腹を切るつもりかしらん」と思ったくらいであったけれど、芝居がかりにしろ何にしろ金子君は大真面目だし、私も何となく勇ましい気分になって刀を腹に呑んで宿を出たのであった。

バチを買いに出た理由は、四高応援団の使用する太鼓は鼓をそのまま拡大した形のもので、長い藤の棒で叩くとカンカンという疳高い音が出る、私たち持参の数少ない太鼓を補強してくれる意味で四高からその何個かが提供されるからそれに見合うバチが必要で、それも途中でササラみたいに割れてしまうから沢山買いととのえて置かなければならなかったのである。

さて街に出て盛り場を歩いて行くと、別に危害を加えられる気配はないのであるが、行きかう四高生の蓬髪と汚さには薄気味悪い思いがした。カフェ・ブラジルという奥に細長い店で彼等が公然とビールを飲んでいる姿をのぞいて驚きもした。何故なら私たちの八高では長髪も飲酒も禁じられていたから。

それで肝心の試合の方はどうなったかと云うとテニスも陸上競技も散々であった。ことに陸上では、何とかいう恐しく脚の達者な人がいて短距離も中距離も跳躍も皆一等をとってしまうのだから、手の下しようがなかった。いよいよ最終の野球となっても、双方零点とは云えわが軍は終始圧され放し。これは駄目だと思いながら九回裏ツウダウンまでたどりついたドタン場で、天なる哉命なる哉、三年生榎本久馬太の一打が見物人の頭上を越える大ホームランとなって遠征の面目を辛うじて保ち得たのであった。この試合の後で、生徒監中村寅松教授が整列する選手の前に立ち「平生粘着力に欠けるという評のあった八高生が粘りに粘って敵に最後の打撃を加え、逆に南下軍の赤旗をうなだれしめたことは欣快に堪えない」と云って、扇子で顔を覆って泣いたことをいまだにはっきりと憶えている。その写真がアルバムの隅にぼんやりと色あせて貼りつけられている。

井上靖氏がこの時四高柔道部選手として京都のインターハイに南下していたことは云うまでもないであろう。

こんなことを書くから、小説にまで高等学校調が抜けないと平野に評されるのだろう。自分でも馬鹿々々しいが、しかし毒を食らわば皿までだから、ついでに翌年の四高迎撃戦まで書いてしまうことにする。この年、私は落第したため、父に応援団委員を禁じられ暑中休暇が始まるや否や直ちに帰省を命ぜられて生家に帰っていたから、実際のところを見たわけではないけれど、平野が同情したとみえて、昭和二年七月十四、十五、十六日の名古屋新聞の切り抜きを送ってよこしたので、それによって戦況を知ったのであった。結果は陸上四十六対四十四で敗け、テニス五対四で勝ち、野球は三対零伊藤投手ノーヒット・ノーランで勝った。欄外に私の筆で「テニス新入生有田、海部は実に強し。主将井村はこの頃父危篤にて苦しき立場にあり。自分の敗れたるは残念なるべきも、怨みをはらして満足ならん」などと添え書きしてあるところを見ると、私の熱はまだすっかり覚めてはいなかったらしい。もっともこの切り抜きを貼りつけたノートの次の次の頁には「一緒に死なうとしたある女人があつた」という見出しで芥川龍之介の「ある旧友へ送る手記」の全文を掲げた七月二十六日付け朝日新聞の切り抜きが貼ってある。つまり、青年の誰もがそうであるように、私もまた当時、あれでもありこれでもあったのであった。

その「これでもあった」という方の記憶が四十五年後の今日はっきりと残っているわけではない。やむを得ぬから、軟派的慾望も相当に共存していたということを証明する大正十五年六月頃の日記の一部を引き写して、自分でそれを納得する他はない、文中に連発するメッチェン（mädchen 少女）は当時の高校生用語で、今でいうガールフレンドにあたるのだろう。

「自分はいったいメッチェンを持てば持つほど勉強できる人間だろうか。どうもあやしいものだと思う。しかしメッチェンが欲しくて欲しくてたまらない。いつも自分のことを考え愛してくれるメッチェンがあればいい。痩せてはいけないが勿論肥ってもいけない。鼻がしっかりしていて目が一番大切である。細い目は実際に見たらどうかわからないが、今考えてる所では余り好きではない。口もうんと好い口をしていてくれなくては困る。耳が不恰好ではやりきれない。髪はうんと黒くてピカピカ光って、首、ことにのどが美しい人がいい。年は十六が一番いい。女学校に通ってた方がいい。画も詩も小説も好きで好きでたまらないけれども、わからないのがいい。おとなしくなくってもいいが、自分の批評を少しでもしては大嫌いである。好き嫌いははっきり云うのがいい」

いやはや自分で写していても幼稚で身勝手で気恥しくなるが、事実だから仕方がない。もっとも、このすぐ次の頁には八月二十五日の日付けでこう書いてある。

「僕は自画像を画くときは自分の醜さを誇張してかく。自分が思っている自分の顔よりは醜い顔をかく。『この鏡にうつる顔より醜くかこう』などと思ってかくことは勿論ない。しかし画いているうちに画の方が実際より奇麗になることを恥じる気持がある。だから結局実際より醜い画ができあがるのだろう。それから僕は鏡にうつった自分の顔が最も醜い時、つまり自分の顔の醜い点が最も強く現われている時その顔をかく。僕だって鏡にうつる自分の顔がどううつしても醜いなどと云うことはない。普通の顔にうつることが大抵の場合であると云ってもいい。それなのに、苦心してまで醜くうつった顔しかかけないのは、自分の心が『お前の顔はもっと醜いぞ。うぬぼれるな』と云うからである」つまり、欲望空想と現実反省の共存と云ったところで案外現在の若い人と似ているのかも知れない。ただ私はこの一年前にトルストイの「クロイツェル・ソナタ」を読んで、異様な衝撃を受けたことだけは忘れ得ない。

本文の姦通殺人などという部分はむしろ無感動に読んで過ぎたのであったが、「あとがき」の部分で彼が「キリスト教徒は性交をしてはならぬ。そのためには人類が滅亡してもかまわない」と断言しているのを読んだとき、不思議にも心の底から震えあがったのである。そしてこれが抜き難い性嫌悪の固定観念としてその後の自分を支配し続けたことを、いったいその理由がどこにあったのだろうかという強い疑問とともに、心に残しているのである。

前にも記したとおり八高は十月一句切りの二学期制であったから、夏休みが終わって九月となれば、期末本試験が迫ってくるわけだが、学校は休み放題、試験勉強は大嫌いという私が大人しく机に向かっていられるはずがない。何とかかんとか話題をつくっては、同じ思いの仲間と教科書を離れることばかり考えていた。そして、このとき私の怠け心をそそってくれたのが満天下を騒がせた「鬼熊事件」であったのである。

この鬼熊事件というのは千葉県香取郡の荷馬車ひき岩淵熊次郎こと鬼熊が、情婦・けいが別に寅松という男を持ったというので、けいを殺して山の中に逃げこみ、神出鬼没で寅松をつけ狙い、これを追って巡査、消防団、青年団、在郷軍人が大山狩りをやったが、何しろ当の消防団員たちが毎日弁当を犯人に運んでやるという始末だったから一向捕まらず、おまけに巡査が大鎌で切り殺されるといった騒動の末、ついに逃亡四十二日目に観念して先祖の墓の前で兄からもらった毒饅頭を食い、咽喉を剃刀で掻き切って自殺したという英雄談であった。ラジオはやっと前の年に始まったばかりだったから連日書きたてるのは新聞で、或る新聞なんか江戸川乱歩、甲賀三郎、平林初之輔を集めて「熊公合評会」をやったくらいであった。私たちがこの騒ぎを利用したのは勿論で、そのためばかりとは云えないけれど私は落第した。とにかく九月終わりの試験最中に、喫茶店へ行ってひとしゃべりして寮に戻ってみたら、玄関の掲示板に「鬼熊遂に自殺す」という号外が貼り出されていたので、昂奮してまた勉強をとりやめたことはいまだに憶えているのである。

年に一回全寮コンパというのが開かれて、各部屋から余興を出すことになっていた。このとき或る部屋が早速この事件を影絵にしてやった。白い幕の向こうで、頬かぶりした鬼熊がボール紙の大鎌をふりあげて仇の寅松を追いまわすという簡単な芝居だったのだが、実はこの寅松というのが平生寮生から憎まれていた生徒監と同名だという点をあてこんで仕組んだ企画であったから、思わぬ大当たりとなった。鬼熊が「コラ寅松、ヤイ寅松」と連呼して脅迫すると影絵の寅松が「お助け下さい」と拝んで逃げまわる。拍手大喝采という次第で、結局、最前列に坐って我慢していた寅松先生がとうとう満面に朱を注いで立ちあがり、大声で何かどなって退場して幕となったが、今考えてみれば別に厳格な先生でもなかったのだから、若気の至りとは云え全く気の毒な次第であった。

この晩の私たち南寮五室の出し物は「金色夜叉熱海海岸の場」であった。平野謙の貫一、Nのお宮、Oの通行人、私の前口上、室長Sの尺八伴奏という配役で、貫一の扮装は制服制帽で問題なかったが、お宮の衣装は、私が兄の知人の家に行って、そこのお嬢さんの着物を借りてきた。平野は役柄もぴったりだし、鶴舞公園の私立図書館へ行ってセリフを筆写して来たくらいで申し分なかったけれど、Nの方は中学時代の仇名がデヴィルだったというくらいの醜男で、長身、面長、大口のうえに少しどもるので散々であった。お宮にはSという数え十七歳で小柄な適格者があったのを、当人が恥ずかしがって承知をせぬからNに廻ったわけで、着物がつんつるてんのうえに頭の毛の代わりにメリンスの黒い兵児帯を印度人みたいに巻いて出たので、本当に悪魔と薹《とう》の立った宿場女郎の混合のような姿になってしまった。しかし肝心の芝居の方についての記憶は全くない。

Nは非常な秀才で後に医科に進んだが、その時分は満面にはびこるニキビを気にして「三日つけたら鏡をごらん」という広告で有名な美顔水を、何時も机上に置いて治療していた。そのうち、ニキビの潰しすぎで顔色が茶色に汚くなってきたので、誰だったかに忠告されて、オキシフルを買ってきて毎日二度くらいつけていたところ、見る見る皮膚が漂白されてボロボロに乾いてきたので、一同びっくりしたことがある。庭球部に入っていたが今は故人となった。通行人に扮してNのお宮をひやかしたOも死んでしまった。室長のSも、それからまたお宮役を拒否したSもこの世にない。残ったのは年長でおまけに落第ばかりしていた平野と私だけになってしまったのである。

私は大正天皇がなくなられて冬休みにはいり、やがて正月の学期が始まると同時に寮を勝手に出て学校の近くに下宿した。退寮の理由をどう届けたか憶えがないが、もちろん消燈時間も何もない一人きりの部屋で本を読んだり考えたりしたかったためであった。三月三十日に書いた下手な詩のようなものがある。

我部屋は坂の上にあって、その坂を下りると四辻がある
夜になると街の電燈が重り合って遠くの方に浮ぶ様に光っていて
暗いその四辻の角の一軒の果物屋が半分だけ見え
淡い電燈が貧しい一山十銭の蜜柑やしなびた林檎やキャベツを照している

この後は略するとして、とにかく当時の自分がこういう情景に心ひかれていたことだけはわかる。後に梶井基次郎の「檸檬」を古本屋で手にとったとき、中をチラッと見てすぐ買ったのはそのせいだったと思う。

次手に似たような経験を書くと、同じ日に読書感想文がある。こう書いてある。
「トルストイの作品は霧を通して見た灰色の壁の様だ。この壁は無限にひろがっている。壁の向う側には太陽が輝き、人々が各〻の欲望を持って神と雑居している。あらゆる人間的なもの、あらゆる天上的なものが、ぎっしりつまってうごめいている。ドストエフスキーはまた偉大である。恐しく人間的であるが又恐しく超人間的である。作中の人物は、そのいちいちの性格が超自然の域にふみ込んでいる。（中略）この二人をくらべるときドはエクセントリックな人間であり、トルストイは無限の凡人である。ドは天上的でありトは地上的である」

この翌年の夏、奈良ではじめて小林秀雄氏に紹介され下宿に一晩泊めてもらった折「今なにを書いているの？　読んで下さい」と云うと「何も書かない」と答えたあとで「トルストイは僕らをうんと大きくした人だ。しかしドストエフスキーはとても駄目だ。頭が馬鹿にでかいなあ」と浩嘆された。そのとき、その意味が感覚的にすぐ飲みこめた。人生経験の多い少ない、思索の深浅ということとは別に、半ば直観によって万人に通ずる部分を文学が持っていて、それが芸術特有の強みであることを感ぜざるを得ないのである。

さて私には寮を出たころから目当ての少女ができた。勿論その時分のことだから相手は白いエプロンをかけたレストランの給仕で、紅茶なり、コーヒーなり注文したものを運んでくるだけだから、日記を見ても半年くらいの間は「あの女」とあるだけである。あとで、タマ子という名で齢は十六だとわかったが、余りよく通うので監督が受け持ちを変えたかと思い心配したことがあったくらいで、一方では自己嫌悪にも盛んに襲われた。

平野が一人でタマ子を見に行ってくれたりしてしきりに応援してくれたが、自分では「顔の肉に弾力がない。口に入れるとすぐボロボロ割れる砂糖のかたまりみたいだ。口のわきに何かの傷の痕があってそこだけ少し変な形に低くなっている」とか「女だもんだから心を引かれるのだ。玩具であって恋人ではない。あの女の顔が目前に浮かんで消えないのはおれに女の自由がないからだ」と苦悶したり、そうかと思うと「おれはあの女よりも美しいと、おれは云い切れるぞ」と力みかえってみたり、また翌日になって、平野が来たとき「あの女が目にチラつくのは僕に女の自由がないからだ」と云っておいて、それを平野が「女に対する心の自由」という好い意味に解釈すると「あんなことを云わなければよかった」と後悔したり、今度は三、四月すぎるとタマ子讃美の詩を作ったりで、とにかくわれながら熱心に思いつめたものだと思う。

「彼女の眼は実に美しい眼だ。（中略）子供の眼のなかには、こっちから見ていても窓の外の色んな店や人や道や草原や荷車がハッキリうつり横切って行く。ああ、本当に彼女の眼は美しい。おれは彼女の様な眼をした女とでなければ、とても結婚しようとは思わない」。まさかこの詩を見せたわけではあるまいが、平野にはこういうところをしきりに強調したらしい。終戦後になって彼に「君が、タマ子の眼は西洋便所の表面を流れる水のように美しく濡れていると云ったのでびっくりしたことがある」と冷やかされた。そのころそういう清潔な便所ができて感心したのだろう。

あの時分の生活をふり返ってみると、学業を放ったらかして小説本ばかり読んでいたと云って間違いはなさそうである。明け方まで本を読んで午近くに起き、正門わきの小山という食堂で飯を食って喫茶店で時間をつぶしたり本屋をひやかしたりした後は、時たま出席日数稼ぎに教室へ顔を出す以外は再び下宿に戻って晩飯まで本を見るか呆然として何かを考えるという毎日を送っていたのである。そして夜になると、一日おきくらいに電車に乗って街に出かけては、自己嫌悪に悩みながらタマ子のいる地下食堂に通い、不満を胸に抱いて部屋に戻ってまた本に食いつくというのが日常であった。

だからと云って、誰もが多分そうであっただろうように、私もまた目的を定め系統を追って勉強のために読書をしたというわけではなかった。ただただ青年の慾望に身をまかせて手当たり次第乱読を続けたに過ぎなかったのである。私は中学生の時分に、友だちに勧められて、原作者の名前も忘れてしまった「人肉の市」とか島田清次郎の「地上」とか江原小弥太の「新約」「旧約」とかいうベストセラーものを好奇心にかられて読みはじめたのであったが、それからしばらくすると芝居好きだった兄の影響で、新潮社の黄色い大判の「ストリンドベルヒ全集」やスマートな装幀の「近代劇大系」や小型版で見るからに尖鋭なカイザーやトルラーの表現派戯曲集や、それから雑誌でいうと「演劇新潮」「劇と評論」なんかを手にするようになり、同時にこれらに触発され、何とはなしの思春期の精神的要求に従って、トルストイ、チェホフ、「漱石全集」と読み進んで行ったのであった。

そして一方では倉田百三の「出家とその弟子」とか、石丸梧平の「親鸞」とその個人雑誌の「人生創造」と云ったような、飲みこみやすく感傷的な文章に引きこまれたり、また雑誌「文芸時代」を読んでその若々しく新しい主張に刺激されたりしていたのである。

もっとも他方では、黒髭の日露混血児大泉黒石のベストセラー「老子」や「俺の自叙伝」といったものにも目をさらすというふうに、手当たり次第つぎつぎとでたらめに読みあさってもいた。

黒石のアナーキスティックで自由奔放なユーモア物と怪奇物は、「ダダイスト新吉の詩」や武林無想庵の野放図な文体と共通する魅力で、トルストイに締めつけられていた私の頭を解きほぐしてくれたので、私は浪人時代の図書館通いのたびに参考書とまぜて黒岩涙香か彼の著書の一冊かを借り出して、勉強の頭休めに読んだものだ。そしてごく最近になって戦後の「自由学校」という映画にオトコオンナみたいな役で出演して評判をとった大泉滉氏が、彼の息子であるということを人から聞かされて驚いたりもしたのである。

入学前の一年、つまり大正十四年になると、それでも自然に本の選択が行なわれるようになってきて、広津和郎の芸術社版革表紙の「武者小路実篤全集」十二巻をはじめとする白樺派を読みつくし、やがて動かぬ焦点が志賀直哉ひとりにしぼられてきた。そして何となく小説というものが「わかる」というような自信が私の胸に湧いてきたのであった。私も人並みに、そのころの白樺派の影響で造型芸術に興味をもち、当時古本屋の店頭に安い定価で山積みされていた木村荘八の洛陽堂版「泰西の絵画及び彫刻」という解説本を次々とあさって、粗悪な挿画写真を食い入るように凝視して、何とかその素晴しさを自分のものとしたい思いにかられたのだけれど、遂に実を結ぶことなく終わってしまった。

ここで私はひとつの恥ずかしい告白をしておかねばならぬ。そのころ私は兄と同じ下宿屋の一室を借りて予備校や図書館に通っていたのであるが、また刺激的な広告にそそられてゾラの「ナナ」とかモウパッサンの「ベラミー」とかアルツィバーセフの「サーニン」とかいうような肉慾本を買ってきては、胸をとどろかせて読みふけっていた。医学生であった兄は私の不用意に放り出しておいたこれらの本を目にして心配したのであろう、ある日、私の机の上に丸善からさがしてきたマリー・ストープス夫人の何とかという（マリッド・ラヴではない）薄い小型の子供向け性教育の冊子を置いて「英語の勉強になるよ」と言ってくれたのであった。

さて寮を出た後の私が、何をどんなに読もうとしたかということに就いては確たる記憶がない。むしろ、あの頃の私たちが、驚くばかりの本の洪水に襲われて狂奔していた状態を思い起こす方が、私にとっては現実感が強い。

とにかく昭和二年初頭から半年ばかりの間に、七種類の、しかもそれぞれに厖大な円本が、たて続けに出版されたのである。その内容が新聞紙一頁大の広告として発表されるごとに、われわれ青年は、古今に冠たる大思想家、大作家や身近なわが国の小説家たちの傑作が、わずか一円という安値で提供されるという好運に、昂奮を禁じ得なかったのであった。

改造社の「現代文学全集」、新潮社の「世界文学全集」、近代社の「世界戯曲全集」（これは十銭安い九十銭だった）、春秋社の「世界大思想全集」、第一書房の「近代劇全集」、春陽堂の「明治大正文学全集」、恐ろしく部厚い平凡社の「現代大衆文学全集」。そして息つく暇もなく七月には「岩波文庫」が開始され、また十一月には岩波の「芥川龍之介全集」が出て平凡社の一円本「世界美術全集」が続いた。そして広告文にうたわれた文句そのままに、私たちはどうしても、それら全部をわが物としなければならぬと信じたのであった。

これでどうしてサイン、コサイン、ドデカヘドロンなどと、学校の勉強にかまけていられようか。勿論、その全部を買って読んだわけではなかったけれど、それでも全集は私を学業不良で落第させずにはおかなかったのである。

私は平野謙や、もうその頃は親しくなっていた本多秋五をつかまえて、白樺仕込みの芸術論をふりまわした。床の間の壁にトルストイの肖像とロダンの「考える人」の写真をはりつけている本多には、古本屋で買ってきたドイツ版の「デューラー画集」で対抗し、佐藤春夫の、なみなみならぬ心酔者である平野には志賀直哉で対抗した。そして「ツァラトゥストラ」や「善の研究」や「思索と体験」をかつぎ出し、難解な哲学用語を連発して圧さえにかかってくる北川静男に対しては、ゲーテを持ち出してその芸術オンチを愚弄した。「美とは何ぞや」とか「芸術と非芸術のちがいは何をもって判定するか」というような空な議論を四時間でも五時間でも、はてしなく続けて一向にあきないのであった。

私は前に、いくら年少でも名作は感覚でわかるものだと書いた。それはその通り今でも信じているのであるが、しかし、そうばかりでもないということもまた認めざるを得ないのである。実際私は「ファウスト」を読んだがさっぱり感激しなかった。第一部は多少は筋の変化もあり可憐なグレートヘンの登場もあって何とか読み終えたけれど、第二部となると混沌として理解すべからざる場面、洒落のめしたような問答の連続で、何が何だか五里霧中のままに放り出してしまった。「ドン・キホーテ」も長いばかり、「神曲」「失楽園」となると、もう半分は見栄、半分は義務感みたいな変テコな心理状態で無理やり最後までたどりついて一息つくという次第であった。

まったくこういう強情我慢といったものは青春時代特有のものと見える。そして一方では、傑作というものは何が何でも傑作だという信仰に支配されて、しゃにむに食いつくことが結局、進歩を生み出すのではないかという気もするのである。

いま考えると幼稚とも思い可愛らしいとも思うのだが、実は私は「ファウスト」があきらめ切れなくてレクラム版の第一部を買ってきて、鷗外訳の円本と、それから平野や本多のクラスのドイツ語教師の桜井天壇の訳本をたどりながら再びとりついたのであった。しかしやっとドイツ語を習いはじめたばかりの一年生に何がわかろう。私はたちまちレクラムを投げ出し、Die Sonne tönt nach alter Weise という一行で始まる天使の合唱の数行を暗記しただけで終わってしまった。

けれども不思議なことに、それから四十余年過ぎた今日でも私はそれを忘れないでいる。その荘重な韻律がまるで全「ファウスト」を象徴するかのように私の胸に響きわたってやまないのである。

私が原級にとどまって毎日憂鬱で怠惰な日を送っていると、何と思ったか二年生になった平野が休学届けを出して学校を休んでしまった。これも妙な話で、三年生のなかには東大医学部を受けるためにわざと落第する人がたまにはあったが、文科にはかつてないことであった。あるいは私を見てうらやましくなったのか、いまだに理由がわからないけれど、とにかく平野が故郷へ帰ってしまうと私は北川、本多としげしげ話すようになり、また落ちて行ったクラスの毛利孝一や室田紀三郎とも新しく友だちになって往来するようになったのであった。

北川は東海一の大病院であった好生館の院長北川乙治郎の末子で、その時分はもう父が死んでいたので南大津町の市電終点の角屋敷に兄姉妹、継母、それから継母の娘の六人で老女二人、老僕一人、女中一人に守られて住んでいた。本多はすぐ上の兄さんと女学生の姪といっしょに、継母に宰領されて八高校舎と市電滝子終点の中間あたりをちょっとはいった畑中の二階屋に住んでいた。

北川の家は、名古屋城のお堀のすぐわきにあって、八高からは市電でもかなりの時を要したのでそう頻繁に訪問することはなかったけれど、タマ子の食堂に寄った次手に行けばやはり長い議論に時を忘れるのが常であった。彼は哲学の種がつきるとファーブルやポアンカレーで攻撃し、こちらが「昆虫記」「ローソクの科学」「科学と方法」「科学の価値」を苦労して読み終えると今度は劉生の「初期肉筆浮世絵」を買ってきて奇襲するというふうであったが、本多の方はどんな議論を吹っかけても、どんな本を持ち出しても、「うーん、うーん」とうなずいて受け入れ、時には重い口を開いてゆっくりゆっくり慎重な質問を発すると言った有様であったから、こちらも少し後ろめたいような気になって滅多な受け売りはしなくなったのであった。

反撃しないという点では平野も同様であったけれど、彼の方は私が「江戸時代文芸資料」という学者用の稀少本を古本屋で掘り出してきて、なかに集められている疑問つきの西鶴や種彦の好色本をひけらかすと、どこかのルートをたぐって梅原北明編集で宮武外骨などが一冊を受け持ったりしている「変態資料」という叢書を手に入れたうえ、同じルートから「ファニーヒル」とか「蚤の話」とか言った正真正銘の猥本を取り寄せて来て対抗するような負けず嫌いなところがあった。

一方で私は、寮を出ると同時に油絵を描くことにも熱中しはじめていた。死んだ兄が水彩やスケッチを絶えずかき、今また弟が医業のかたわら油絵を試みているところをみると、そういう造型的なものにひかれる気質が自分にもあるだろうという気もするけれど、あの頃の私が急にそんなことに興味を感じたもととなれば、やはり何と云っても白樺一派から受けた刺戟にあったと云わざるを得ないのである。私は彼等の導きに従って画集をあさり、高村光太郎訳「ロダンの言葉」上下二巻を精読し、またせっせと「白樺」のバックナンバーを捜し出しては、その写真版の挿画を切り抜いた。重ねると十センチ近くもためた。そして下宿の隣室の四畳半を別に借り、アトリエと称してそこに油絵道具いっさいを運びこんで一日何時間かをたてこもったのであった。

いま考えてみて私は自分のでらために驚くことがある。いったい私はどういうつもりでこんな馬鹿気た生活をしたのであろう。目的があったのならいいが、私の場合はただ学問を進めるための基礎的訓練を辛抱する意力に欠けていたがために、好き勝手な本を読むという安易さにおぼれこんだに過ぎなかったのである。

ただひとつ心の隅では（てのひらを返すようなことを云って悪いけれど）目的なしにこんな生活をやったということに救いを感じている。このごろの若い人たちのアングラ、ゴーゴー、ゲバを「何やってやがるんだ」と思いつつも、しかしこれも自分と戸板返しの裏表という気もしているのである。

冬の朝

一条のうすれた朝の光が雨戸の節穴から私の枕元までさしこむと
私は起きあがって戸を開いて外を眺める
まだ力の弱い日光はところどころに薄く震える光の輪を落し
木々もまだその光によっては起こされない
雀が一羽か二羽とんでくるが
すこし土を突つくばかりですぐあきらめて
またもとの枝に帰りそのまま動かなくなってしまう

やがてこの辺の女学生たちが学校に出かけはじめる
みな寒そうにしているが
朝の力が身体にみちみちているので
息をはき、お互いに呼びあい
何か大声で叫んで愉快そうに笑っている

日光が強くなり
家の軒や木のあいだに残っている朝靄を金色に輝かせる
木々はすっかり目覚め
降り注ぐ朝の光に向かって枝を張りのばし
ぼんやりしていた空はカッキリと青くなり
そのなかを雀の群が羽音をさして喧しく飛びまわる

街の方からは大きい鉄鎚の響がうなりだし
急に、かすんだ家並みの上から濃い白い煙がモクモクと湧きあがる
ひとつの煙突が煙をはくと申し合わせたようにあっちからもこっちからも
太い白い煙のかたまりが威勢よくはき出される

朝の光がますます強くなると
街のむこうに山脈がゆったりと現れる
　こうして晴れた日の朝がはじまる

なぜこんな恥さらしの詩を写したかというと、私はやっぱりその頃の自分が無意識に左翼文学の影響を受けて眼前の風景を眺めていたのだという感慨を持つからである。何故なら、同じころ私は
「マルキシズムを知るものから聞いた芸術論は徹頭徹尾芸術をつかんでいるものの云える論でない。芸術を知らざるものが他の場合にあてはまる論議をもって芸術を決めようとする。彼等にはセルフ・エビデントなるべし。芸術家には何のことかさっぱりわからぬだろう。彼等は芸術のオリジンを知らぬ」などとイキマいているからだ。
私は平野や本多が買ってくる「文芸戦線」や「プロレタリア芸術」を借りて読むこともあり、葉山嘉樹の「海に生くる人々」とか「セメント樽の中の手紙」とかも読んでいた。平野たちの同級生の井上良三君という小柄で大人しい人と喫茶店で議論して云い負かされそうになったりしたことを印象深く記憶している。何しろ「史的唯物論」というやつで向かってこられると、感覚一本槍の私は手も足も出なくなってしまうのであった。そして他

方では、圧迫に抗して未来を望もうと努力している彼等のロマンティシズムが私を否みがたい力で魅していた。

そして、ほぼこういう混沌状態で昭和二年も過ぎ、翌三年三月の進級に辛うじて成功すると、私はしばらく前から考えつめ思いつめていた志賀直哉氏訪問の念願を達するために、思い切ってその許しを求める手紙を書いたのであった。そして幸いにも願いはかなえられて私は出発し、八月二日午後一時ちょっと過ぎに、太陽のカンカンあたる奈良幸町の氏のお宅の前に着いたのであった。

私が猿沢池畔の古い宿「いんばん屋」に荷物をあずけて、志賀氏を訪ねた次第は以前、別のところに書いたからここで繰り返すわけにはいかない。ただ前に云ったように最近日記が出てきて、記憶で書いたための思いちがいや不確かだった部分が露呈してきたので、ここではそれを訂正または補うだけに止めておく。とは云うものの別にたいしたことではない。

そのころ氏はもと聯隊長のいたという借家に住むかたわら、上高畑に自分で設計された新しい家を建てている最中であったが、私のうかがったその幸町の広い借家のあたりは、古びた漆喰塗りの土塀のなかから赤い花をつけた夾竹桃が道の上にのびていると云ったような閑静な一廓にあって、道の片側を小溝が流れていた。表札で所在は確かめたものの約束の午後二時には一時間近くの間があったから、私は一軒おいて隣だったかの、小さな牧場のところの樹陰に入って待とうとしたが、牛が臭くて気持ちわるかったので、またもとの道端に戻り、隣家の黒板塀に寄りかかって汗を拭いたり、しゃがんだりしていた。そこへ向こうの方から四十五歳の志賀氏が陽よけの洋傘をさし、白かすりの裾をはしょって、ドスッ、ドスッというような歩き方をして、近づいてきたのであった。

氏は私を従えて格子戸をあけて家に入り

「どうか敷いてくれたまえ」

と云って丸い革座蒲団を出していったん奥へ入ってから再び戻ってきて、座敷に坐られたが、その姿は私にはまるで巌のように見えた。

壁間の絵を見せていただいてから、ベランダに出て氏の質問にポツリポツリと答えているところへ小林秀雄氏が入ってきた。それまで一向にはかばかしい答えをせぬ年少の私を余程もてあつかっていられたとみえて、私と小林氏をひき合わせると同時に、氏がやれやれと云った表情になって小林氏と話しはじめたことを馬鹿にはっきり憶えている。このとき私は小林氏を三十歳くらいだと思っていたけれど、今度、氏の年譜を調べたらたった二十六歳で、三月に東大仏文を卒業し、五月上旬に長谷川泰子という人とわかれ、奈良に移られて間もない傷心の身の上であったことがわかった。私はこんな氏の部屋に一夜泊めてもらったとばかり思っていたが、本当は二晩もお世話になっていたことも日記でわかり、今となって申しわけないことをしたと後悔しているのである。何しろ「めくら蛇に怖じず」で（このたとえは今考えると可笑しいほど当っているが）、同じ志賀氏のとこへ行った仲間なら、友だちだという気持ちしか起きなかったのだから仕方なかった。

志賀氏は私が持っていった自作の油絵二枚（これはまためくら蛇以上だった）をちょっと眺めて「概念的だね。もっとよく見て描くといい」と云われたきりであったが、私の関心が絵にあることを知ると、御自分の所蔵品をひととおり見せて下さった後で、小林氏もいっしょに二科会の画家の九里四郎氏のお宅へ連れて行ってくれた。そして氏が不在とわかると、すぐひき返して今度は春陽会の若山為三氏のところに立ち寄り、滞欧中の沢山の名作の模写をひとつひとつ若山氏に確かめて説明された。まったくわけもわからぬ少年に対してどうしてこんな親切をつくして下さったのか、その後度々お目にかかるようになって、氏が誰に向かってもそうであることを知るようになったけれど、今の自分を反省すると、ただただ恥じ入るばかりである。

もっともこれは私がその時そう思って恥じたり遠慮したりしたという意味ではない。反対に少年のエゴイズムと云うか何かで、私は自分が心から尊敬している以上、自分はその人から受け入れられる資格がある、というふうに思いこんでいたらしく、若山氏のところで五目並べや将棋がはじまると私もそれに加わり、雨が降ってきたというので氏が帰宅しようとすると、小林氏にくっついて行って夕食を御馳走になり、そしてしばらくして若山氏が遊びに来られて、また将棋や五目並べがはじまれば下手なくせにそれに加わると云った調子で、何時までたっても帰ろうとはしないのであった。

当時を追想してみると、志賀氏はまるで話の通じぬ小僧を持てあまして将棋盤などをもち出したのであったろうとお気の毒に思うが、当の本人は一向平気でその日の日記に「志賀さんは頭抜けて強く飛車角おろして若山さんに勝ち、若山さんにおれは十分くらいで負けてしまった。五目並べは皆おなじ位だったが志賀さんは考え考えやるので、おれが負けた方が多いけれども、おれの方もよく慎重にやれば決して負けない。最後に金銀で志賀さんとやり勝った。それからお茶を飲んで帰った」と書いて本気で口惜しがっているのである。この日は午前一時までいて小林氏と連れだって雨のなかを辞し、「いんばん屋」には泊まらず、一の鳥居近くの「江戸三」の亭を借りていた小林氏の厄介になり、翌朝起きてみたら志賀氏からお借りしてきた新調の洋傘二本を盗まれていたのである。

小雨のなかを小林氏の後からついて行くと、氏は玄関に立って出て来られた夫人に「昨日の洋傘は盗まれました」と云ったきりだった。そして私たちは門を出てきたのであるが、このとき「ここではこういう云い方をするのか」と思って感心したことと、それを云っている小林氏のゆかたとも寝巻ともつかぬ、よれよれの着物を着た後姿とをいやにハッキリと憶えている。

しかし前に兵本さんという小説家志望の小柄な一風変わった人と公園散歩中に出会ったように書いたのは間違っていた。兵本さんには江戸三で昨夜の夜ふかしのため寝ているところを九時ごろ起こされたのであって、だからこのとき兵本さんは門の外に小林氏と私を待っていたのである。

三人は公園をぶらついて三月堂に入り、それから上の二月堂にのぼって若狭井のそばにある北の茶屋でわらび餅を食った。

「毎日やることはないし昼間は暑くてたまらないから、ときどき来て昼寝して帰るんだ」

と小林氏が云った。広い土間に大きい土べっついが据えられていて、片側の壁沿いが畳敷きになっている古い冷や冷やした茶屋に、私たちもしばらく寝転んでいた。そして兵本さんと別れ、志賀氏に紹介された博物館前の飛鳥園に行って、三月堂の月光菩薩と吉祥天と聖林寺の十一面観音頭部の焼付写真を買ったりした後、夕方の七時ころまたひとりで志賀氏のところにうかがった。

食堂に入って行くと氏はかなり弱った顔付きをして

「暑気当たりで腹をこわしたのでカイロを入れて一日じゅう寝ていて今、起きたところだ」

と云って、食事をして居られた。それでも十時になって私が帰ると云うまで私を追出そうとはされなかった。そして前の夜、私の将棋が余りに下手なので「うちの書生が奈良でラストだから今度やってみたまえ」と云われたことを思い出され、その書生を呼んで対戦を命ぜられた。

「もうこれより下はない」

と笑って見て居られたが、中途で耐え切れなくなって助言をはじめたために滅茶滅茶になった。

「今度は助言なしだ」

と云うので改めて勝負して見事に勝ったが、三度目は勝ちそうになったところを盛り返されて危くなり、やっとこらえてまた勝ちそうになったところで再び氏の助言と講釈がはじまったので、やり直しばかり多くなって勝負なしの引分けとなった。

「それからまたしばらく志賀氏の将棋の講釈を聞いた。そのうち眠くなり、また明日博物館が見られないとこまると思って十時に帰ってすぐ寝た。やはり小林さんの所で寝た」と書いてある。

まったく思い返す度に冷や汗が出るというのは、このことであろう。私の自分勝手が志賀氏に対してだけでなかったこともこれでわかる。最初の日は「印板屋」そしてこの日は「日吉館」と、部屋をきめて荷物をあずけておきながら、二日とも初対面の小林氏の部屋に泊まりこんでいる。案内までしてもらっている。

ことに二日目など何故、日吉館に帰らないで小林氏のところに上がりこんで、しかも「すぐ寝た」のか理解に苦しむのである。もちろん私には私なりの解釈はある。つまりそういう人々のそばに少しでも長くいたいという一途な欲望が、肝心の相手への非礼を乗り越えてしまっていたのである。他に正当化の方法は思い浮かばない。

この文章の七回目に、兵本さんに起こされたあと江戸三の亭でぐずぐずしていたときに私のうつした写真を出してもらったが、小林氏が案外機嫌のいい顔でとれているのはせめてもの慰めである。

枚数に余りがあるので、その時分の入費などをちょっと記しておくと、寺の拝観料はいずれも五十銭で、博物館が十銭、絵葉書が二十銭、汽車賃は名古屋—奈良間が二割引きで一円五十七銭、汽車弁三十五銭、鴨ナン二十銭、親子丼五十銭、宿は二食つき三円、煙草の敷島が十八銭。奈良に一泊して帰りは夜行とすれば、だいたい合計十一円くらいですんだ。もちろんこれは貧しい高等学校生徒の場合であるが。

それから三ヵ月たった十一月二日、三日、四日、五日と、今度は平野謙、本多秋五を誘って奈良に行った。宿代を浮かす目的で本多に頼んで山岳部からテントを借り出して行ったのだが、散々うろつきまわったあげく、鷺池の上の頭塔の森と境を接した広いススキの原の真ん中あたりに幕営した。近くの交番の木村さんという若い巡査が大変親切な人で便所や洗面所を貸してくれたりした。

テントを張り終わる頃から雨になったので、急いで市内に出て銭湯に入り、「松月」というカフェで夕食をした。ランチがひどく不味かったが、美しい女給がいたので皆で浮かれた、と書いてあるが、どう浮かれたのか一向に記憶がない。

さてテントに引き返したものの雨でどうする術もないので、本多が兄さんからもらってきたバルザックというフランス製の白葡萄酒をちびちび飲みながら、百目ろうそくを立ててトランプのツーテンジャックをやった。そのうちにこれにも飽いて、せま苦しいテントに背中と頭をつけて雨の音を聞きながら三人とも未経験の俳句を作ることにした。何も記念だから、できた順に記すると次のようになる。

頬熱く間近き雨を聞きにけり　藤枝
道を問いて女の言葉みやびなり　平野
女ありその名は何ぞ秋の雨　藤枝
うす紅葉立ち木をぬいて五層塔　本多
陽をうけて老いたる鹿のしばたたき　本多
汽車の窓ひのき林をよろしみぬ　平野
ついひぢの土をしめして秋の雨　本多
雨やまぬ友の手先きを見てありぬ　平野
秋の夕蠟燭の焰身じろぎぬ　平野
樋を放ちその下土の生乾き　本多

いやはやと云う他ないが、なかでは本多の作がとにかく態をなしているようである。六時ころになっても雨はやまず、寝るわけにも行かないので私は毛布をかぶって志賀氏のお宅に行き十時ころ戻ってきた。

明け方ひどく寒くなり、皆身体をちぢめて寝ているとまわりの原で鹿がヒョロヒョロと鳴いた。本多は頭塔の森で狐が啼くのを聞いたと云った。夜が明けたので幕をかかげて外を見ると空はすっかり晴れあがっていてやがて陽が射してきた。

この日は一日じゅう晴れたり曇ったりの天気で、私たちは型通り春日神社からはじめて公園内の寺を巡り歩いた。三重塔、北円堂と見て最後に博物館に入ると、友だち二人と連れだった小林さんに再会して喜んだりした。そしてすっかり曇ってしまった夕暗のなかをテントに戻り、私が一人で酒を買いに出て近くの乾物屋の軒先に立っていると、志賀氏が例の早足でステッキをふりまわしながらニコニコと近づいてきて

「いま君たちのテントを見てきたよ。あまり小ちゃいので、はじめちょっと見つからなかったよ」と云われた。

「何かいるものはないかね」

「寒いから蓆があると有難いですが」

「じゃ工事場に行ってみよう。あるかもわからない」

高畑の普請場であっちこっちさがしていると、奥さんがどこかの奥さんといっしょにみ

えて「ここにいらしったの？　今テントを拝見してきたところよ。お三人もよく入って寝られるわねえ」

「若い時分はそれが面白いんだ」

志賀氏が「ここにはないから、後で家の方で捜しとくよ」と云われた。

志賀氏は私たちのテント生活に余程同感されたらしく、私が引き返し蠟燭をともしていると甥のノボルさんと寿々子さんと直吉さんまで見学に来て珍しそうに中をのぞきこんで帰って行った。平野と本多は鋤焼を食うんだと云ってでかけていたので私はひとり酒を飲んでいた。

翌四日は日本晴れとなった。ひとあし先に起きて頭塔の森の有刺鉄線から中に入りこんで目ぼしい石仏を写真にとったりしたのち、三人で薬師寺、唐招提寺に出かけ、ゆっくりとまわり歩いて夕暮れちかく奈良にもどってきた。

私たちが志賀氏を訪問すると、氏は満足気に私たちを眺めて、いろいろと質問したり話されたりした。結婚した翌年に赤城山に山小屋を作って住まわれた時のことを懐しそうに回想され、また「僕もいつか紀州あたりの山に家族を連れてって原始生活をやってみたいと思ってるんだ」

と元気に云われた。そして私たちがしばらく居て蓆と毛布を借りて辞去すると、舟木重雄氏を誘ってまたテント見物に来られたりした。そうしてまた少ししたら暗闇のなかをノボルさんが蓆二枚をかついできてくれたのであった。

私たちは翌五日にテントをたたみ、蓆と毛布をお返ししてから法隆寺をまわって無事名古屋に帰った。

私たちの幕営した薄の原は今行ってみると建物で埋めつくされ、頭塔の森の頭もかくれ、人影もまばらだった通りには自動車がはげしく行きかって何が何だかわからなくなっている。隔世の感という気がしないでもないが、それも余りに紋切り型すぎて可笑しいくらいである。

「この一年まるで意志なき生活をしてきた。ただ許されるかぎりの自堕落をやってきた。しかし別にそれを直そうと思うわけでもない。それは自分には不可能事なのだと思う。何と云っても周囲がこんなに現実を強いてきても、自分には現実にむかっての生活をすることができない。遊戯しかできない。生まれつき浮草のようにできている。何か理論的に(ごく表面上で)考え主張するけれども、自分でやることは不可能である。自分の実のところは神経だけでしか生活できない、生活力の弱い人間であろう。周囲がいくら自分を深く内心から後悔させたところで、自分には今までどおりの不都合な生活しかできない。ひと一倍後悔しつづけて死んでしまうのであろうか。

来年になっても自分はおそらくできるかぎりの怠けた生活をする。一時的なその場かぎりの享楽、頭をつかわず、肉体的で、楽なことが一番自分をひきつける。

自分は虚栄心、自尊心が誰よりも強い男だ。だから、とにかくこのまま生活して行くのだ。それでどうなるか。とにかく慾望のままに生活してみるのだ」

昭和三年十二月三十一日夜と書いてある。つまりこしかたに行くすえを考えてヒステリックな絶望感に悩んでいるわけだが、私にはこれが当時の（あるいは今でもの）若者に共通した気持ちであったようにも思われる。つまり若者は毎年毎年、大晦日の夜になると、一年を回想して自分の意志薄弱に苦しむのであろう。ただ私の場合、家の貧しさと兄の病気の事情をまったくないがしろにしているという自責の念が、ひと一倍強く働いていたことは確かである。

まったく今度あの時分の日記を読み返してみると、四十余年前の無軌道な自分の姿を眼前につきつけられるような気がしてその生ま生ましさに驚かざるを得ない。そして私は回想記というものにつきまとう甘々しさと美化とをわずかでも避けるために、もう一度日記の引き写しを許してもらいたいと思う。前の部分から三ヵ月半たった昭和四年四月十五日の一部分である。

「これからは、とにかく旺盛に生活をやって行こうと思う。いま気にとめている女が三人ある。明食の女と岡さん（岡さんかどうかわからぬ）と帝国館のモギリ女で、みな十六、七だろうと思う。このうち帝国館はまだ前から見たことがない。ただチラッと横から見ただけで、おまけに二度しか見ない。明食タイプだと思う。

明食は、しばらく行くのをやめていてこのあいだ北川に誘われて入ったら大変奇麗に見えた。岡さんには随分ながくほとんど会ったことがない。自分の近くから全く去ってしまえば心を使わないですむような気がしてほっとする。変な癖で、他人はこんなことはないと思う。これは本当にまいっているのではないからだろう。また自分が気にかけていた女が時々汚く見えることなんかがあると、やはりちょっと安心する。その癖また懲りずに見に行く。気苦労な性に生まれついているためかと思う。それからこのごろ自分の女の姿に対する批判のレベルが低下したような気がする。一度東京に行ってよく見てくるといいと思う。変な気持ちでわけがわからないが、何でも他人よりいいものが欲しいと云うような性分でこんな気持ちがあるのだろう。そうかと云って東京へ行こうとなると、それより奈良の方がいいので駄目だ。

フラウを決めるのは東京へ行った時のことにして、それまでは遊ぶのが一番いい。しかし女で、おれのことばかり思って、おれの思うとおりになって、嫌になったらやめてくれる女がいることは絶対にないから困る。しかしどうしても明食以上の眼に魅力ある女は、東京にだってそうそうはいないと思う。他人のフラウと姦通するのがいいが、そううまくは行くまい。そういうことを他人がやると憤慨するが自分ではやってみたい。

夜小出君と毛利といっしょに明食に行ったけれどもタマ子はいず、そのうちに平野君が太田と根岸の二君を連れて入ってきた。タマ子を見に来たんだといった。毛利は帰って五人で公園の精栄軒に行った。ひさ子という平ったい顔の女が云ったこと。朝は九時ごろ起きる。十一時ごろから店を始める。夜の一時までやる。寝るのは三時ごろになる。皆ここに泊る。ひとつ蒲団に二人ずつ寝る。休みは交代で一ヵ月に一度くらいある。朝から寝ている。活動に行く人もある。月給はくれない。着物は自分で買う。エプロンをつけてないから汚れる。ソースが一番こまる。それから公園の夜桜をちょっと見て帰ったのは十二時過ぎだった」

「明食」というのは「明治食堂」の略で、「岡さんかどうかわからぬ」というのは学校の前を通る女学生で、一度遠くからつけて行ったら「岡」という表札の出ている家の辺で消えたから確信がないという意味である。この頃からカフェの女給にエプロンがなくなったということがわかる。まったく下らないことをよくも仰々しく書いたものである。

翌十六日。

「明食は今日はいた。可愛く奇麗だった。遠くから見ているばかりだ。話をするようになれると有難いのだが、あすこでは駄目だろう。監視が厳重だから。帰り精栄軒に寄った。ビールを飲んだが不味くてとても飲めなかった」

翌十七日。

「小出、河村両君と明食に行った。タマ子はいた。どうも鼻が低すぎる。しかしあれで鼻が高いと余り固定して幼く見えないだろう。高くなる可能性が見えているといいと思う。

タマ子は小出君は余り感心しなかった」

　翌十八日。

「精栄軒の『とほる』の太ももをつかもうとしたら突き飛ばされて、腰かけたまま手をついて転んだ夢をみた。自分の慾望がひどく出ていると思った」

　翌々二十日。

「精栄軒に寄った」

　翌々二十二日。

「夜、平野君と明食に行った。タマ子が紅茶を持ってきたが、ちょっと動かないで立ちどまっている。何か話したいようだった。明食の板前の娘で一時手伝いに来ていたが、ここで帰さないのでそのままずっといるのだと云った。四年目くらいになる。ちょうどおれが八高に入った年からいるわけになる。それ以来おれはこの女に関心を持っていたわけだ。タマ子の方でも何か考えているのだろう。

『ときどき見に行ったり、やめたり、そうかと云って何ものを云うでもなし、それでもう四年になるのに始めと少しも変らない。向こうでも頼りにならないような感じを持っているのだろう』と平野君が云った。

　本当にそうだろう。帰り精栄軒に寄った」

　翌々二十四日。

「学校休んで寝ている（二十二日あたりから痔になった）。平野君より借りた『改造』にのっている『暗夜行路』を次々と読んだ。自分はこの頃の生活を（学生として最もよくない部類に属する）心で肯定している。肯定する理由は全くないのに金さえあれば続ける気でいる。自分は他人よりも色慾の強い、意志の弱い人間である。こんなぐうたらな生活を、やる所までやれば嫌になるだろうというようなことは、自分の場合には云えない」

翌二十五日。

「休んだ。痔が少しよくなったので平野君と明食と精栄軒に行った」

この最後の場面だけは非常によく記憶している。びっこを引き、平野につかまって歩いた。まったく平野はよくつき合ってくれた。そして五月十日には銭湯で平野に会ってタマ子が明食をやめたということを知った。つまりあの時タマ子は最後の別れをしたのであった。これで長い退屈な引用を終わることにする。

私は要するにこんなふうな、幼稚な自己嫌悪と傲慢な自己肯定の交代する生活を、本当に本多が形容した「鳥」のように、何かに突っかかるような眼つきをして続けていたのであった。

本多が書いているように、前年のある日、国文学の石井直三郎教授が私たちのクラスで作文を書かせて文芸部委員の詮衡を行なったことがあった。そしてこの作文を本多を含む委員たちが読み、私の作文が優秀であったにかかわらず、私は委員になれなかった。教授が平生の私を見て忌避したのだろうと彼は云っていたが、私もまたさもあったろうという気がしている。作文の目的が選別にあったとは初耳であるが、題は西行の「心なき身にもあわれは知られけり、しぎ立つ沢の秋の夕暮」という和歌に就いて感想を書けということであった。それに対して私は「歌は後半だけで充分である。前半はただの思わせぶりな説明で嫌味だ」と書いたことを憶えている。この和歌については前に教授がめんめんと解釈を加えて絶讃したことがあった。私はつまらないことを云うと思っていたので、ちょうどいい機会だと考えて書いたのであった。私はそんなふうな可愛気のない生徒であったのである。

まったく、このころ昭和四年二十一歳の自分を回想してみると、私はよく破裂してしまわなかったものだという感慨におそわれる。何もかも未消化のまま飲みこみ、その刺戟にふりまわされて、ああ考えたりこう思ったりしていたずらに昂奮していたのだ。

ベートーベンのソナタを聞くと、たちまち窓の外の立木の並び方や枝のそよぎが異様な統一を持った美しさで眼にうつり、シャリアピンのドン・キホーテを聞いていると、老いぼれの理想主義を嘲笑するような巧みな節回しに腹を立て、おしまいになって権威と清らかさに満ちた女声が高く、哀れな男を圧しつぶすように響きわたってくると、その魅力にひきつけられながらもドン・キホーテへの同情のあまりレコードを止めてしまいたくなるのであった。つまり、音楽をその本来の味わい方で聞く力も余裕もなしに、一方的に自分にひきつけておいて、友にはいいとか悪いとか云って吹聴するのであった。そして他方でレコードにうっとりと耳を傾けてロマンチックな気分を楽しんでいる友だちを見ると、下宿へ帰って詩みたいなものを作って彼等を軽蔑するのであった。

王子様や王女様や王妃様を追い出せ
メッキをはぎとれ
香水を泥溝にたたきこめ
生活のなかから現実をえぐり出せ
太陽にあっても消えないものをつまみ出せ
それを煉瓦の様に積みあげよ
それだけが青空と反射しあい
虹を吐き
曇り空にむかってそそり立ち
見る人に希望を与える

「これが本当のロマンチシズムだ」そう思ってしたり顔をしていた。せまくて暗くて窓のない、そして「マダム」と呼ばれるインテリめいた美しい年増女ひとりだけがいる喫茶店が急に増えはじめたのはこのころであろうか。白線帽をかぶってガタガタと板ばりの床を入って行く高校生はもちろん歯牙にもかけられなかったが、それでも私と北川静男は「マダム」のモダン味と高級レコードにつられて医大近くの「ブラック・キャット」という店に行き、レコード磨滅料を一枚につき五銭だったか支払ってはねばった。

　昭和三年あたりからはじまった江馬《えま》修《なかし》や片岡鉄兵の左翼への転回、細田民樹や野上弥生子の同伴者的小説、潮のように盛りあがりはじめたプロレタリア文学運動の波は、否応なしに私たちの周囲を洗いつつあった。私はその公式的なテーマとイージーな楽天主義と空疎な叫喚のくりかえしに反撥しながらも、時代の良心の置き場所がそこ以外にないことを感ぜずにはいられなかった。「文芸戦線」、それから「戦旗」に連載された芸術大衆化論争、「蟹工船」、プレハーノフの「階級社会の芸術」そういう雑誌や単行本を平野と本多の書架から借りては読みふけるようになっていった。

　平野も本多も、同級生の太田とか根岸とかいう左翼理論家の大義名分論に半ば屈し半ばは躊躇しながら、徐々に心をそちらに傾けつつあった。そしてまた実際に、全国を覆う不景気と労働者の大量解雇と就職難と失業者の増大と農村の疲弊とは毎日の新聞をにぎわせ、マルクス主義経済史観の正しさを眼前に証明しているように思われた。学校の内部にまだ実際運動の気配はみられず、理科生の私は太田たちと日常接することはなかったけれど、私もまた心情的な関心をその方に持とうとしつつあった。

そして何年か前の東大先輩から贈られて寮歌として歌われている Es Läutet というドイツ語の歌詞を、あたかも現在の高校生に与えられているものであるかのような感慨をこめて口にしたりするのであった。

鐘が鳴る、鐘が鳴る
汝はその響きを聴かないか
新しい時代の鐘の音を
向上せよ、向上せよ
今よ今、汝向上せよ
近づき来る時に備えて
わが愛するすべての友よ（大意）

だがしかし、それによって私の志賀直哉に対する尊敬の情が一分でも減少したわけではなかった。前年につづいて昭和四年、五年と私は年に二度くらいは奈良にでかけて氏の謦咳に接することを無上の楽しみとしていたのである。回が重なるにつれて「おれみたいな幼稚な人間は何時追い出されるかわからない」という危惧の念は薄らいで、あるときなどは氏が「トーマス・マンを読んでみたけど、どうもピンと来ない」と云われたのに対して

「それは全部読まないからで、僕は道化者というのがいいと思います」と答えるくらいにはなっていた。

私は氏を訪ねるようになってから、ごく自然に、自分の気持ちのうえのことについて嘘が云えなくなり、割りに純粋に正直になり勇気も増してきた。自分に対して純粋であれば氏のような人間になれ、そうでなければあんな人にはなれない、ということを信ずるようになっていた。

昭和五年三月かろうじて八高を卒業すると、大学入学には失敗したにかかわらず何となく一仕事終えたような気になり、そして夏になると浪人の自分にも夏休みが来たように錯覚して、七月三日から八月一日までの一ヵ月間を下宿料二十円で奈良の日吉館で過ごした。そして志賀氏が二十七日に家族連れで箱根に避暑されるまで、ほとんど一日おきほどに訪問しては下らないことを云って氏に迷惑をおかけしていたのであった。高畑の新しい家に移られて一年少しした頃で、氏は四十八歳、夫人、女学生の留女子さんから九ヵ月の田鶴子さんまで入れてお子さんが五人と二人の女中という大家内であったうえに遊びにみえるお客が多く、お蔭で私は新井完、九里四郎、若山為三などという画家たちの話を聴くこともできた。しかし小説家に会うことは全くなかった。瀧井孝作氏は前の年にもう八王子に転居しておられた。

ただ一度七月十一日に網野菊氏におめにかかった。私は最初に志賀氏を訪問して小林秀雄氏と公園を散歩していたおりに「この裏の離れが網野さんのいたところだ」と教えられたことがあり、志賀氏からは「これを読んでみるといい」と云って「光子」をお借りしたことがあった。おまけに三日前の若山氏との雑談で氏が
「僕は女の友達はあつかいにくくて弱る。網野さんのような人でさえ時々淋しいと云って書いてくる。こっちはそれをどうしようもないから困るんだけど、しかし向こうにとってはそれが自然なんだね」
と云われるのを聞いたばかりであったので「この人が網野さんか」といっそう心に留めたのであった。御主人といっしょに夏休みで奉天から来られたとか、私もしばらく同席した。そのせいか、志賀氏が片山孤村や桜井天壇や山岸光宣のことを話され、私に向かって
「あれからまたトーマス・マンを読んでみたけど、どうも少し生ぬるかないかね」
と云われ、続いて「金のないユダヤ人」という翻訳小説の筋を話して下さったことなどをいちいち鮮明に記憶しているのである。
志賀氏は御家族に対しては健康第一であまり学校の成績など気にされぬように見受けられたが、留女子さんが一学期の成績表を見せに来られたときは、数学三点、英語五点、歴史五点、園芸五点などと余りに悪いので、英語の教科書を持ってこさせて読みと訳を命じ、発音を直したりされたあげく
「箱根に行ったらお父さんがこの本を一冊おしまいまで完全に教えてやるからね。いい

か」

などと念をおしたりされた。

網野氏にも留女子さんにも、もしお気を悪くされたら茫々四十年前のお笑い種として許していただきたい。

そのころの志賀氏は気力が充実しているように見えた。十九日の暑い午後、留女子さんの成績を見たあと、来あわせた若山氏と私に向かって先日大阪で見てきたという周代銅器のことを昂奮して話され

「あのどっしりと強く、ピッチリとした器を見ていると、ああいうものに日常かこまれていた人間の生活というものが想像つかない。明、乾隆あたりの穏かで甘い、多少頽廃した焼き物なんかになれば、その時代の生活の感じがよくわかる。ブルーデルの彫刻なんかには周銅と共通なところがあるね。しかもブルーデルは実に適切に近代なんだ。そこのところの回答まではまだ行ってないんだがね。アッシリアのあの五本脚の人頭獅子体の彫刻とか傷つける獅子とか、あれも似た感じがあるね」

などと云われた。別のとき奥さんを呼ばれて

「大和のあたりに虫のいない湖畔の土地をみつけて、ひと間で両側にずっと寝台を並べた家を作って、皆で原始生活をやろう。若山君と相談した。ただし費用は千円までだ」

笑いながら私の方を見て

「そしたら、君が鳥は僕が射ってやると云うにちがいないな」と云われた。

私は奈良へ行くと一週間くらいで金が三銭しかなくなり、北川の兄さんの忠之氏から一円札と三銭の郵便切手四枚を送ってもらうほどの貧乏をしていたが、毎日散歩したり写生をしたりして元気に暮らしていた。近所に安井曾太郎の借りていたいい部屋があると勧められたが、実はそれどころではなかった。あまり貧乏臭い風をしているので、二月堂前の石段の降り口にある交番で、とがめられたりした。私を「主義者」とまちがえた老巡査に引っぱりこまれ、私が反論すると「僕の責任を追及するつもりか」とか「飽くまでやる気か」とか「高等中学校の生徒がそんなだらしない風をするか」とか古風なことを云いつのって、なたまめキセルで机を叩くというありさまで、とうとう一時間半も激論を戦わすような滑稽な目にも会った。

若山氏がヨーロッパで模写して来られたアングルの「オダリスク」「トルコ風呂」、レオナルドの「聖アントワンヌ」、ミレーの小品など、写真版とちがった原寸の画面で見られるそれは、私に新しい何物かをつけ加えた。

日吉館の裏二階の私の四畳半の部屋の隣には田坂乾吉郎という文化学院出の石井柏亭の弟子だという青年画家がいて、毎日カンヴスを下げて写生に出ていた。二人して「大仏」という仇名をつけた肥った女中と、シーさんと云う小柄な女中が午になると座敷に箱枕を並べ、アッパッパ姿で昼寝をする。それをこっそり写真にとって叱られたりした。

一軒おいた飛鳥園の小川晴陽《せいよう》氏には時々仏像や襖絵の写真撮影に連れて行ってもらって、それらを最もいい状態で鑑賞するという恩恵に浴した。朝六時ごろ起きて器材を積みこんだ自動車に乗り、木津川に沿って走り、宇治から醍醐寺に行って桃山時代の襖絵や宗達の舞楽屏風などを撮影したのち、逢坂山を越えて三井寺まで走って岩佐又兵衛の床の間の壁画襖絵や黄不動の模写、新羅明神像など多くの傑作を好きなように眺めたりした。古代官服の蘇芳《すおう》染めというのは、蘇芳《すおう》の煮汁に灰の灰汁《あく》と明礬《みょうばん》を混ぜ、その配合によって紫ともなり赤ともなるというようなことを、小川氏の復原実験によって教えられるような幸運にもめぐり会った。

東大社会学科に入学した平野がやってきていっしょに散歩したりした。平野は、この年の十月の終わりから十一月にかけての私の奈良京都行きのときにもやって来て寺をまわり歩いた。そのころ彼は小説家になるか映画監督になるか、いろいろに決めかねていた。四畳半の私の部屋でそんなことを夜更けまで話しあった。そして彼はその年の十二月三十日には、帰省の途中、名古屋に寄り、私に東京に出て彼の下宿に同居して勉強することを勧めてくれた。そして昭和六年の二月になると私は本郷森川町の彼の下宿の部屋の居候になり、東大国文科に在学中の本多秋五ともしげしげ顔をあわせるようになり、旧交を暖めることになったのであった。

この双葉館に厄介になっている間に、私は小林氏の滝の川の家を二回訪問した。ある日、平野や本多と駄弁っているうちに、この頃「文藝春秋」の文芸時評で毎号プロレタリア文学に痛烈な批評をあびせかけている小林秀雄というのは奈良の小林さんではないかという推測が出た。それは多分まちがいないだろう、それで一度会ってみたいが、もし違うところまるから顔を知っている私が確かめに行ってからの方がいいということになって出かけたのであった。

どんな顔をして私が出かけたかということは、偶然同じ二月十五日に平野が写生した私の顔の絵がみつかったので面白半分に公表させてもらったが、肝心の小林氏の方は、暗いなかを尋ねあぐんだ末やっとその二階家を見つけて本人であることを確かめたことと、相変わらず面白くもなさそうな顔をしていられたことと、「いま志賀さんが上京していられるから行ってみるといい」と教えてくれたこと、それから帰るとき「またおいでよ」とこれも奈良で別れるときと同じことを云われたということしか憶えていないのである。

次に平野といっしょに訪ねた際も、精読家の平野の質問に親切に答えておられた様子だけは眼に浮かぶが、その内容は忘れてしまって、私には話の中途で煙草が切れると立ちあがって押し入れから十個か二十個入りのバットの大箱を出して来てこたつの上に中身をあけた無造作な氏の姿と、「このごろは僕にもファン（という云い方はしなかったが）ができて、なかに一高生で頭のいいやつが一人いる」と少しうれしそうな表情を浮かべられたことしか記憶に残っていないのである。この頭のいい一高生というのは中村光夫氏を指していたのではなかろうか、近頃そう思われてならない。

翌々日の陰気で雨もよいの朝、青山南町の母君のおられるお宅に志賀氏を訪問した。

「改造」の記者が来ると

「今年は仕事をやるつもりだ。『暗夜行路』は書いてみて読む人が面白いように書ければ雑誌にのせてもらうけど、もし話の結末をつけるだけのものにしかならなかったら前のと一緒にして本にしてしまう。――既成作家はそろそろ首になりそうだね」と笑われ

「小林多喜二から手紙が来た。それだと元気で、今までの仕事は忘れて新しくやるつもりだと云ってきた」

ともらされた。私に三河の辺のことをしきりに訊ねられるので「どうしてですか」と云うと「家康の若い時分のことを書こうと思うから。一番はじめの妻が変な性格の女なんだ。それで少しは地理的に正確でないといけないからね。伝記の方はもう借りる約束がある。気候のいいころ一度行ってみようと思っているけど、つまらないところらしいね」と答えられた。それから久しぶりに上京していろいろ東京見物をした話に移り

「こないだ小林に案内されて玉木座に行った。榎本という役者は変で面白いところがある。ジョセフィン・ベイカーは踊りがうまいね。滅茶滅茶に手足を動かしているようでいて、チャンと決まるところは決まって型になっている。エロチックと云うけど、そんなと

ころは僕には見えなかった。羽左衛門も見たよ。僕はあの役者は、女子供が好きだというのと同じような意味で好きだね」そして
「あさってから里見なんかと信州の温泉をまわって金沢へ行って、それから奈良まで引っぱって行くんだ」

と元気いっぱいに云われた。

そこへ奈良に留守番の子供さんたちからの手紙がとどいた。いちいち小さく折って「お父様へ」とか「おばあ様へ」とか書かれているのを、氏は老眼鏡をかけて
「まるで辻占のようだね」

と楽しそうにひろげ、留女子氏の「奈良の雪ふり」という詩は「うまい」と褒めて母君や妹君や私にもまわして見せた。

「康子の字は読みにくくてこまる」

などと云われた。しばらくして昔の友だちが来られると一段と愉快になってスポーツの話に移った。

「この齢になるとテニスは劇しすぎるし、ピンポンもめまぐるしくていけない。野球がいいね。このごろは当てる方だけはなかなか上手になった。角力は自慢の尾崎とこのあいだ二番やったが二番とも転がしてやった」

私は午食を御馳走になり、何時もそうであったように、気力を回復して門を出たのであ

った。

前のところで書き落したことがある。私は小林氏が「僕にもファンができた」と云って嬉しそうな表情をしたと書いたが、実はそのとき氏の前には、もっと親しいはずのマタ従弟の平野が坐っていたのである。いつか東京のデパートの展覧会で、奈良元興寺の国宝薬師如来を見たおり、光線の加減でその口の辺が小林氏にも平野にも似ていることを奇妙に感じたことがあったが、二人の血のつながりを考えれば当然であった。

もちろん、あのとき平野がそれを知っていたわけではない。彼の話だと子供の時分からお母さんの従姉に小林の秀ちゃんという子があるということは聞いていたけれど、それが評論家小林秀雄であることを知ったのは、戦争末期、平野のお父さんがなくなられた葬式のごたごたの際であったということである。私は何かのおりにチラッとそれを聞いたのだが、彼は例のはにかみで特にこういうことは人に云わない方だから、割りに知らぬ人が多いように思われる。

網野氏とは奈良でお会いしたことがあり、佐多稲子氏とは小滝橋のお宅でお眼にかかったことがある。お二人ともまったく忘れておられるのは当たり前だが、私には印象が深く残っているのである。昭和九年の暮れであったろう、結核で兄と枕を並べて寝ていた私の妹が佐多氏の愛読者で、なけなしの小遣いから新刊の「牡丹のある家」を買い大切にしていた。私は妹を喜ばせようと思い、その本に署名していただくことを平野に頼んだ。そしていっしょに来るといいと勧められて、夕食中のお宅を訪ねた。今考えても恥ずかしいが、そのとき私は駅からの途中で乾物屋に寄って鰯の味醂干しを買って持って行った。思いやりの深い佐多氏がそれを受け取り

「ちょうどいいものを頂いたわ」

と早速焼いて食べられたことを非常に有り難く感じたことを忘れない。署名していただいた本は、現在も生きのびた妹の手元に愛蔵されている。氏は隣室でお友だちと食事し、平野は窪川鶴次郎氏と何か話していたが、どういうきっかけからか、辞去する私たちを鶴次郎氏が送って来られて、私たちは新宿の中華料理店に寄って食事をすることになった。そして私は、氏が二階の窓から通りを見おろしながら、乏しい料理を、実にゆっくりと時間をかけ、ゆっくりと長く噛んで、まるでなめるように奇麗に食べ終わるのを、不思議な尊敬の思いで眺めていた。

当時こういう食べ方は、左翼運動にたずさわるものの心得とされていたのである。つまり、留置場や拘置所の貧しく栄養の乏しい食事から、肉体の敗北、ひいては気力の衰えを守るためであった。口に入れたものはネギの端に至るまですべて自分の血とし肉として戦わなければならないという、信念に支えられた日常の訓練なのであった。そういう世界を私はこの眼でかいま見たのであった。

この辺で私の貧弱な青春回顧を終わりたいと思う。世の中がああでもありこうでもあっ

たように、私もまたああでもありこうでもあった。悔恨と自恃のひっきりなしの交代に悩んだ。そして恐らく今でも若い人はそうであるにちがいないと思う。そのころ許せなかったことも、今は茫とした回想のなかで半分くらいは自分に許している。これを書いてみてそう思ったのである。

（「東京新聞」昭和四十六年七月二十七日〜九月一日）

書きはじめた頃

終戦で海軍の病院をやめてから浜松で眼科を開業するまでの四年間、私は浜松から四キロばかり離れた西ケ崎という農村で、病気の家内と二人の娘を道連れに、家内の老父の経営する病院を手伝って暮していた。

あの時分のことでまわりに本屋も何もないし、田舎でめぼしい本を手に入れることもできなかったので、私は本多秋五に幾許かの金を托しておくことによって適時に適当な本を得るという方法を考え出しそれを彼に強請した。乏しい紙をさがして包装したり、それを郵便局まで出しに行ったり、律義一方の彼のほかに誰があの停電と栄養失調の時代にこれほどの親切を尽してくれようか。本多はもうとっくに忘れているだろうが、私は自分の一方的な欲望を彼に押しつけた罪を今に至って彼に恥じている。

本多のおかげで単行本は手にすることができたが、雑誌の方はそうも行かないので、私は近所の貸本屋から手当り次第に借りて読んでいた。そのなかに新しく創刊された「群像」もまじっていた。パステルであったか何であったか、バラ色の肥った裸婦の群像を描いた梅原龍三郎の表紙絵が大変美しく見えた。あまり要求がなかったらしくて、返すのがおくれても貸本屋は文句を云わなかったから、私は好きなだけ手元に置くことができた。

一方で私は本多と平野謙の勧めにしたがってポツポツと小説らしいものを書きはじめていた。そしてそれ等は「近代文学」同人諸氏の庇護によって、書くにしたがって誌上に掲載されて行ったのだが、或る日の午後、貸本屋の置いていった「群像」の「創作合評」欄にそのひとつ「イペリット眼」がとりあげられていることを発見して私は腹の底から驚いたのであった。昭和二十四年の七月号、評者は中山義秀、青野季吉、荒正人の三氏で、これを持ち出してくれたのが荒氏であることはすぐに推察できたけれど、とにもかくにも文字通りの畳水練みたいな作品がいきなり白日のもとにさらけ出されたような、羞しさと嬉しさの入りまじった感情は私の生まれてはじめて味うものであった。勿論自分ひとりだけの自信はあった。それなしで小説を書くはずはない。しかしそれが全生活をかけたものではないということ、つまり素人の手慰みみたいなものに過ぎないというヒケメは始終自分についてまわっていた（今でもある）から、それが他の専門家たちと同じ条件のもとに職業批評家によって合評されたことは、私に非常な勇気を与えた。私は貸本屋に頼んでその月が終わるのを待ってそれを売ってもらった。その黄色っぽいザラ紙の切抜きは今でも手許にある。

当時の私がもっとも敬服していた小説家は野間宏氏であった。その肉感的な文体、特に精神と内臓皮膚が直結しているような不思議な新しさと重味を持った文章は私にとって驚異であった。こういう男を掘出し、仲間にひき入れて力強く自分たちの主張を押しすすめつつある本多や平野やその他の「近代文学」同人諸氏の精気に満ちた姿を想像して、片田舎の診療所で無暗に力んでいた。何かで彼等を冷かすような文章が眼に入ると腹を立てた。「おれの友達の投げる球を打って見よ。確かに棒球にはちがいないが、しかし君たちの腕では決して遠くへは飛ばないぞ」、しきりにそう思った。

そんなことが忘れられない。

（「群像」昭和四十一年十月号）

わが「近代文学」

「拝啓、菊薫る候となりました」という書き出しではじまるあの「近代文学」発刊の知らせが私の手元に届いたのは、正確には何時のことであっただろうか、今改めて取り出してみて、黄色いペラペラな封筒に押された消印が読めないので判らないけれど、多分昭和二十年十二月の中旬のことであったと思う。と云うのは、折り返し私の出した返事に、また折り返し届いた本多の手紙の日付けが十二月二十三日となっているからである。挨拶状は封筒よりはマシのやや厚手の黄色っぽい紙であったが、欄外に薄墨色の貧乏臭いインキで書かれた本多の私信は、やはりその表面にひっかかってニジンでしまっていた。

「平塚にはもうおいでではないと思い、といって何処にお住いか判らないので。奥沢の小生宅は焼け残りました。平野と語らってこんな雑誌やります。これが駄目なら私ももう駄目です。出来たら見て貰います。どこ宛てがいいですか。奥さんに宜しく　本多秋五」。

これを読んだ時の感激は、おそらく生涯忘れることがないであろうと思う。

そのころ、私は戦争中勤めていた平塚の第二海軍火薬廠共済病院が占領軍に接収されたので官舎をアメリカ軍将校に開けわたして一時家内の里に寄寓し、そこの家業の眼科を手伝っていた。この家の前の県道を北に行くと天竜川に突き当たり、そこから天竜川に沿ってのぼればフナギラ部落である。終戦近く一兵卒としてフナギラ陣地の構築に当たっていた本多は、大八車を引いて浜松へ往復する途中で何度かこの病院の前を通ったはずである。門前の左右、道との間のせまい空地は二乃至三抱えの松や欅を混じえた涼しい樹立ちとなっていたし、病院はかなり目立つ建物であったから、引率者が思いやりのある男だったら、ここらで兵隊を休ませて水くらい貰いにやったかも知れない。そしてまた本多がよく気のつく男だったら、これが私の家内の里であることをさとって彼女を呼び出し、握飯の二つや三つ要求できたであろうに。ともかくもわれわれはお互いに戦争にまぎれこんで音信は絶えていたし、周囲への連想の鈍麻していた状況はこんなことからも追想されるのである。

「近代文学」発刊の挨拶が、今改めて読み返してみるとイヤに低姿勢であり、それにともなって本多の便りが馬鹿に湿っぽいことは、ほとんど不思議なくらいである。同時にそれを読んだ瞬間に自分がまるで逆上したような昂奮に陥ってしまったこともずいぶん奇異の感がする。すべて当時の混乱した情勢と心理のなせるわざであったのだろう。

何だか知らぬが、私は嬉しくて嬉しくてたまらなかった。むやみやたら身体中に力瘤がモリモリと盛りあがって来た。年来の友二人が手をたずさえて何ものかに向かって出発する姿を想像すると、何ともかとも云いようのない感激に襲われた。二人は前途に不安を感じていたのだろうが、私は自分の信用する彼等の言うことが天下に受け入れられぬ道理はないと思った。自分は彼等とともに文学好きであったが情熱に欠けて退いてしまった。だから今二人が何かやってくれるかと思うと、それが自分の身替りのような気がしてならないのであった。

私は早速長い長い返事を書いた。中身は勿論憶えていないけれど、余程うわずっていたに相違はなかった。もっとも本多自身も実は或る程度意気昂然としていたことは、次の返信によって証明できる。

「拝復、お手紙ありがたく拝受。旧友は有難き哉。早速帰郷中の平野へ速達で送つてやりました。

平野は今度一六〇枚の藤村論（新生論）を書きました。一読して『ヨンダ、ヒラノケンスツクトタテリ、キンダイブンガクハ　シンセイロンノセタルザツシトシテ　キオクサレン』と電報をうつた、さういふものです。今度はじめて一家をなしたのです。創刊号には初めの八〇枚が載りますが、いいのは後半です。

た。

『戦争と平和論』は鎌倉文庫から出ることに大体きまりました。

『近代文学』は紙が難問題でしたが、今日、一期四、五〇〇ポンド割当の決定をききました。

神は双手をあげて我等を祝し給へり！

今東京の毎日を見てゐると恐いやうです。敗戦の実相は徐々に全貌を現はして来るでせう。雑誌は発刊に先立つて既に天下を三分してその一を保つ概があります。しかし困難は裏手からやつて来るでせう。三月以内に同人の家庭生活は危機に見舞はれるでせう。読者層――といふものが今日は不安定な代物ですが――は崩壊するでせう。

われわれの内部からいかなるものが飛び出して来るか？　とにかくここで頑張らねば頑張る時はない。己自身を知るのもその頑張りによつてでせう。

このごろ空前の活躍ぶりで、ゆつくり手紙書けず残念です。河村にどうぞ宜しく。奥様にもどうぞよろしく　匆々　二〇・一二・二二・夜　本多秋五」

私はこの手紙を読んでますます昂奮した。そうか、そうか、とうとうあの因循姑息な平野も奮起したか。彼は昔から「懦夫一度奮起せば」という言葉が好きで、そのくせ自分は一向実行せぬことをコボし続けていたが、今度はいよいよ奮起したか。

私は日に何度となくあの挨拶状を読み、そして末尾にならんでいる同人諸氏の名前を眺めた。一体この人々はどういう人達なのだろうか。山室さんという苗字は二人の口から数回聞いた覚えはあるが、とにかくみんな二人と同じように、長いあいだ隠忍自重して時を待っていた人々に違いない。きっと一度にパッとやるに相違ない。どうかうまくやって貰いたいものだ。そんなことをつくづく思うのであった。

本多の手紙の方も繰返し繰返し読んだ。余り何度も見ると、「困難は裏手からやつて来るでせう」とか「読者層は崩壊するでせう」とかいう些細なところがいやに気にかかって来る。その度に「ええい、そんなことでどうなる。至誠が天に通じないという法があるか」と思って片田舎で一人角力を取っていた。

創刊号、それから二号と出て行った時の嬉しさを忘れることはできない。

私はその頃もう三十を半ば過ぎていて（しかし三十代、何と若かったろう！）、自分自身の選んだ道を歩き、経験も思想も彼等とは離れてしまっていたから、彼等の芸術観に同じることは不可能であったけれど、彼等の文章のはしばしから浸み出る一種の気が不思議な親近感を私の胸に呼び起こすのであった。

私は自分が小説を書く気になったのが何時ごろのことであったか、よくわからない。本当は彼等の元気に触発されて多少はそういう気分が生まれつつあったのであろうが、意識的には、自分のなかにそういう欲望の存在は自覚できなかったし、何よりも、友だちが自分の分もやっていてくれるという満足だけで自足していたと思う。実際的にも六十人余りの入院患者をかかえ、妻が病気という状態では、そういうことは思考の範囲外であったにちがいない。

だからやっぱり私は平野と本多が二十一年の春に私の病院を訪ねて来たとき「小説を書いてみないか」と勧めてくれた、あの時がキッカケだったのだろうと思う。

度々本多の手紙を写すので悪いが、その前には彼から次のような便りをもらった。

「書きたいことが沢山あるのだけれど、暇がなくて書けない。雑誌は今のところ一万円金がほしい。朝日に一ペン広告すると一八〇〇円位かかる。皆んなで駈けまはってこれはどうにかなりさうな形勢だが、雑誌はとにかく一万八千円の資本で、第一号一万六千円、第二号一万八千円の費用を払って出、第三号も出る。それで日配には何千円か寝てゐるのだから、奇蹟的に資本は回転してゐる。広告だけで七十五万円とか集まったといふ読書組合などは別だが。

個人生活の方はそれに劣らず困窮してゐる。最初の要求は米の飯で満腹するまで食ひたいといふことだ。僕はフカシパンが大好物だからそれでもいい。次にはタバコがほしいといふべきか、卵またはバターが喰ひたいといふべきか、優劣判定に一寸こまる。三月中旬帰国した時、女房はあと六十円とかあるといってゐた。それで五月に赤ん坊が生れるのだから、冷静に考へたら無茶だ。財産申告は一五〇円位あると思ってゐたが、一三五円だかだつた。三月末にはポケットマネーが五円以下になつた日があつた。今は六十円ある。けふ鎌倉文庫へ前借に行くつもり。

それでも近代文学社でお茶だけのんで、晩めし抜きで夜十時ごろまで議論して、十一時ころ家へ帰つて、皿一杯のめし、菜つ葉に代用醬油の夕食、理研ヴィタミンＡＤ一錠といふ暮らし。勇ましくも、またいとほしい。暖かくなつたので、それも助かる。

平塚へ来ることが出来るなら、米ミソ、タマゴなど持参して、平野宅で会食させてくれたら一番有難い陣中見舞です。奥さんによろしく　匆々　二一・四・五　本多秋五」

この手紙を読んだ瞬間から、彼等に米や肉や天婦羅を腹一杯食わせたいというのが私の願いとなった。前にも書いたように、私は農村で医者をやっていたから比較的食事にはめぐまれていた。それに大部分の入院患者は、都会人を思う存分収奪した農民漁民で、彼等は自家製の黒砂糖や密殺した豚肉などを食い切れぬほど持ち込み、余りを医者に恵んで日頃の欝憤をはらしているという状態であったから、それを貯めておいて二人に腹の破裂するほど食わせることはさして難しくなかったのである。

何かの次手であったか、それとも単に遊びにだけ来たのであったか、今は忘れてしまったけれど、とにかく二十一年の春の或る日、私はようやく数年ぶりで彼等と再会することができた。そしてその夜だったか、次の夜だったか、浜松市内の河向うの焼け残った劇場で興行していた文楽の人形芝居を見物しての帰り途、真暗い瓦礫の街を抜けて何か話しながら歩いていたとき、二人のうちのどちらかが私に「小説を書いてみないか」と云い出したのであった。

彼等の勧めに従って私がすぐ小説を書き出したかどうか、実際はわからない。すべり出しも悪く加速度もつかない性分だから、何度となく考えはしたにちがいないが、とりかかったのはかなり後のことだったと思う。それに自分の芸術観は彼等とちがうし、彼等の影響下で書くということは思いもよらぬことであった。

ただ佐々木基一氏の「停れる時の合間に」という小説が私に勇気を与えた。創刊号、二号と連載されていたこの小説の冒頭の部分の澄んだ美しい文章に私は同感した。おそらくこの小説を読まなかったら私は「近代文学」に自分の作をのせてもらう勇気は出ないでしまっただろうと思う。

平野と本多が帰って間もないころから妻が再び喀血をくり返すようになり、結局天竜川の岸の山の上にある療養所に入院し、私は一人になった。そして一週二回食糧を背負って見舞いに通う途中の電車の中や、電車を降りて辿って行く山路で自分の書くべき小説のことを考え、元気になったり躊躇したりした。結局自分は自分なりの小説で、彼等に自分の芸術観を示す以外にないと思った。雑誌の風に合うものができないことは最初からわかっていた。

十枚乃至三十枚の短篇四つを本多に送ったのは二十二年の五月であった。本多からは、その中の一、二に対して消極的な賛辞（と云うよりはむしろ許容）、残りの二に対しては積極的な否定の感想が送られて来た。平野は「本多のケナシた口直しではないが」と云って本多の許容した作のひとつを褒めて来た。私はやはり不快であった。しかし同時に、二、三十枚の短篇が、動乱の中心部で昂揚した生活を送っている彼等にとって物足らぬのは当然のことだとも思った。そして何となく続けて小説を書く気になった。「許容」された小説「路」が「近代文学」十三号にのったのは昭和二十二年九月である。筆名は本多と平野が相談して藤枝静男とつけた。どういうわけか六月十六日づけの書留で稿料が届いている。二百十円也、「今は借金がまだ残つてゐるため一枚十円、一枚かくのに原稿用紙二、三枚、タバコ一、二本といふ稿料です。次からは二十円に増額できる見込です」と書き添えられていた。私が生れて始めて得た原稿料であった。

（「近代文学」昭和三十九年八月終刊号）

落第坊主

戦後芥川賞の候補に三回なったけれど三回とも落ちた。最初の時は「文藝春秋」で見るまで知らなかった。最終の銓衡まで残ったと書いてあり色々批評もされていて嬉しかったが、しかし本当に賞を貰ったら自分の今までの平穏無事な医者生活は乱され、経済的にも不如意になるだろうし、又こういう名誉は自分にとって犠牲を払うほどたいしたことではないと思った。落ちた方がいいと思った。二回目の時は予め知らせがあったから、思い切って委員の人に除外を申し込むために上京した。「お前に決めた」と言われたわけでもないのにキザな奴だと思われるかも知れなかったが、友達は賛成してくれるだろうと考えた。途中の車中で本多秋五に会ったら「あの作品は絶対に当選しない。心配ない」と請合うようなことを云った。本多がこう云ったのには理由があった。あの作はもともと「近代文学」に出してもらったのだが、原稿が同人諸氏の間を廻って大体よかろうと云うことになったあとで、平野と本多に東京のどこかの駅の待合室だか喫茶店だかで会った。二人とも不満らしくて、平野が鞄のなかから原稿をとり出して「書き直せないかね。いやだろうな」と云って又しまいこんだ。本多が「とにかく僕はあの小説については他の同人諸君に責任は負わないよ。あの小説には反対だから」と云った。従って、本多が落選確実というのは当り前であった。それで私もそのまま引き返した。結果は本多の半当りで、石原慎太郎氏と大いにせり合って落ちたわけだが、「太陽」と「瘦我慢」では題名だけでもかなわないのは当りまえだ。三回目の「犬の血」の時は、委員の瀧井氏から「万一当選したらどうしますか」という葉書きをいただいた。私は自分の住んでいる田舎でいつも「芥川賞候補の」というつけたしの紹介をされることに嫌気がさし、どっちつかずのサラシ物になっているような嫌な気分になっていたので、「くれれば喜んでもらいます」と返事を出したが、よくしたものでこの時は該当者なしということになった。当選していたら私は五十だったからそれまでの高齢者尾崎一雄、中山義秀両氏の算え年三十九歳を遥かに抜き、今回の斯波四郎氏の四十九もレコードにならなかっただろう。とにかく落ちた作品は文藝春秋にのせてもらい、又立派な作品集も出してもらって感謝した。私は学校でもよく落第したが、芥川賞でもそれを繰り返したわけである。

戦争中海軍の病院に勤めていた時分「お前は有能だから、陸軍にとられると困るから海軍軍医にしてやる。しかし本当の軍人としてはもの足らんから初めから予備ということにする」と云っていきなり敬礼も知らぬ予備海軍少尉にされたことがあったけれど、つまり認めてはやるが第一線に出すには点が足りないというわけで、芥川賞の場合と共通したところがある。

閑話休題、学生の頃はよく落第した。入学試験に四回、進級試験に二回、あわせて六年おくれたから、大学に入って見ると中学の同級生はもう一人前の医者になって学位論文にとりかかっているし、まわりの新入生は子供に見えた。そこでもう一度落第した。

もっとも私の四つ上の、今は死んだ兄貴などは、病気したせいもあるけれど、この私がのろのろと大学を卒業した二年後に改めて大学にもどり、講義に出たら昔の同級生が教授になっていたという次第で驚いたり嘆いたりしていたが。

私が落第したのは勿論勉強しなかったためであるが、しかし遊んだためではなかった。私は私なりに真面目に勉強したのだ。ただそれが学校の勉強でなかっただけだと思っている。私は学校を休んで図書館に通い、学資の大半で本を買ってわき目もふらずに読んだ。高等学校に入った翌年は蒲団や机まで持ち出して奈良に下宿し、志賀直哉氏のお宅にただ顔を見るだけのために通い、それで何ものかを得、自分の学校のある名古屋には、家からの毎月の送金をとる日だけ帰った。若い私は両親の心配など眼中になかった。

大学を卒業してからは自分の専門の眼科に熱中して、最後の二年位のあいだ四階の研究室から殆ど下りず、三度の食事も食堂からとり寄せて、家へは寝に帰るだけのことがあった。研究室に泊りこむことが多かった。そのため妻の留守中に空巣に入られたりしたけれど、やっぱりその頃の私には妻の思惑など気にする暇がなかった。自分の本当の要求に忠実であることが人間として一番立派な態度だと一途に考え、世俗との妥協は卑しいと考えていた。

今になって、私はまわりの人々が長い間よくも自分を許して置いてくれたものだと不思議に思ったりすることがある。怠け者の癖に生意気だった自分の姿を、不意に鮮烈に思い浮べて冷汗をかき、身体が熱くなることがある。子供の友達の中などに一寸似たようなのが居ると恥ずかしくなって来る。「えらそうな面しないで、教科書でも読め」と云いたくなったりする。いい気なもんだ。

（「風報」昭和三十四年十一月号）

平野断片

私の本名は勝見次郎で、この方がよっぽどいいという人が多いが、「近代文学」に最初の短篇をのせてもらうときに、まわりの人に恥しい気分があったから、同人の平野と本多に変名を頼んでおいたら、やがて雑誌が来て「藤枝静男」とあったので「ははあ」と思った。

藤枝というのは私の生まれ故郷だからすぐ飲みこめたが、静男の方にはちょっと迷った。高校時代の同級の親友で、私が一年で落第したので一時別クラスとなり、三年のとき向こうが落第したので再び同級生となった北川静男という男があった。私の学校は成績順に前からならばせる規則があったから、最劣等生の私と落第生の北川とは最前列に文字通り机をならべたわけで、この北川が卒業まぎわに腸チフスで死んだときは、いま考えても不思議に思うくらいの苦痛を味わった。授業中などに隣りの空席を見ると急に悲しくなり、涙が後から後から出て机のうえに溜まり、とうとう溢れて床にポタポタ落ちてもまだ止まらなかったりした。何故あんなに悲しかったのか、今もってよくわからぬ。

それはともかくとして、静男というのは、平野も本多も親しい仲間だったし、ことに本多などは左翼時代のペンネームに「北川静雄」という名を使ったことがあるくらいだから、それから思いついたのだろうと私は考えている。たいがいの人は、私が静岡県藤枝生まれの男だから、それをそのままならべたのだと思っているらしい。ことによるとそうかも知れないが、それは二人に聞いてみないとわからない。

北川とは同じ理乙で知り合ったのだが、文乙の平野とは、入学当初の寮が同じ南寮五室、六人一室のひとつ机の向かい合わせの席だったという理由で友だちとなったのである。平野は部屋に入ってくると、トランクを床に置き、釣鐘マントをはずし、真新しい白線帽を脱ぐや、一礼して「僕は文乙の平野朗と申します。どうかよろしく」と云った。それから「煙草を吸ってもいいですか」と云って、ポケットからバットだかエアシップだかを取り出してプカリプカリとやり出した。これには先着していた一同まったく恐れ入ってしまった。

やがて何日かたって、皆がうちとけて話をするようになったら、平野は「僕は中学へはいつも市電で通っていたが、その時シャンな女学生と乗り合わせると、そのメッチェンが降りたら、その直後にその場所に行って彼女のつかまっていた釣革にぶらさがる。そうす

ると まだ少し温味が感ぜられる」と云った。これにも一同驚いた。相当の不良だと思った。一学期もすると、彼が実は女に対して異様なくらい融通のきかぬ固物だということがわかったが、何しろ稀代の美男であったから、当初は軟派の不良少年だと思ってもあながち無理とは云えなかったわけである。

そのころ何かの話の末に、私が「親兄弟のためなら死んでもいい」と云ったら、「僕は親爺の病気の身代りにだってなる気はない。よく考えればそれが本心だから」と答えたので、正直な男だと思ったことがある。もっともその後いつか二人で京都へ行って散歩していたら、平野が向こうから歩いてきた老人をチラッと見て「あッ、お父チャンだ」と何とも云えぬ声を出して駈け寄って行ったので、このときは思わず吹き出しそうになった。

正直と云えば、平野が後に結婚したとき「私たちはこの度左記のところに同居しましたので宜しくお願い致します　平野謙　泉田鶴子」という活版ずりのハガキをよこした。「同居」にはちがいないが、とにかく正直なものだと感心した記憶がある。

平野は非常な勉強嫌いの怠け者であった。しかし今この私の机のうえに一枚のキャビネ型の写真がある。まず画面の右手に万年床が敷いてある。後ろの床の間の本棚には「近代劇大系」をはじめとして例の馬鹿厚い芥川全集や「天馬の脚」や彼の大好きな佐藤春夫の本などがキチンとつめこまれていて、その上に丸い目醒時計とリプトンの大罐とヴァンホートンのココアの罐が乗っかっている。瀬戸の丸火鉢には薬罐がかけられ、火鉢のわきには炭をいっぱいに盛りあげた炭籠が置かれている。机の上には大小二冊の、多分片山の独和辞典とインキ壺と、彼愛用の丸い立て鏡と、頭をハッキリさせるエジソンバンドと緑色セルロイド製の遮光帽が乗っている。そして平野自身は、その机のむこう側に、こっち向きに坐って左掌を顎の下にあてがい、右手を開かれた部厚い本のうえにかけて、伏目になって勉強の態である。左手の壁には、何だか時間割りらしいものがピンで止められている。つまり今や夜を徹しての猛勉強の準備は万全と云った光景を写したものである。現にこの写真の右隅には私の手で「一九三〇年二月二十五日。平野朗氏。哲学試験前日」と記されている。

何故こんな写真をとったのかわからない。これは昼間写真屋を連れてきて写さしたのである。「ある日の勉強家」と云ったポーズにはちがいないが、それを貰ったとて私が信ずるはずがない。「お父チャン」に送るためだったかも知れん。しかしとにかく平野がこの写真を写し終わると同時に安心して、何もかも放り出してコーヒー店へ散歩に出てしまったことは、平生からみて疑いない。

高校を卒業して大学へ入ると平野はすっかり変ってしまった。急速に左翼運動に近づくに従って顔付きまで変ったが、その方のことを私に洩らすことはなかった。

そのころ私は上京して何ヵ月かのあいだ彼の下宿、本郷森川町の双葉館の三階の角の八畳に居候していた。飯代くらいは払ったかも知れないが実質的には居候であった。あるとき外出して、新宿の盛り場で喧嘩を見物していて袂から有金全部を掏《す》られてしまったことがある。帰ってそのことを云うと、平野は引出しからガマ口を出して金を畳のうえにあけ、半分に分けて片方をくれた。今そのことを懐しく思い出す。

(未発表、昭和三十六年三月執筆)

平野のこと

　このあいだ久しぶりで平野の二つちがいの弟の蕃君に会った。蕃君は東北大学の教授で今回は京都の学会に出席する途中だということだったが、同君の長男が僕の住む浜松の大学の工学部に四年間在学してチョクチョク遊びに来ていたので、まあ卒業を機会に挨拶に寄ってくれたというわけであった。

　蕃君とは、彼が平野の藤沢の例の崖上の傾いた家に居候して農林省だかに通っていた昭和二十三年か四年ころ、そこでほんのちょっと口を利いただけの付き合いで、平野に似あわずモッサリとして大人しい、まず見るからに弟らしい弟だというような印象を受けただけで、今度はそれから十数年たってやっと第二回目の面会という次第であった。しかし共通の話題にはこと欠かなかったので、半日ばかり愉快に喋舌ったのである。

　この蕃君の長男は東京の朝日新聞の技術研究所に就職したのであるが、親爺が上京していっしょに食事でもしようと思って電話をかけると「今日は忙がしいから駄目だ」などと云ってニベもなく断る。「長男というものはああいうものですかね」と云っていた。「そうかな、家へ来ると素直でいい子だがね」と云うと、「なるほど、兄貴も他人の受けは随分よかったらしいから」としきりにうなずいていた。そと面ばかりよくて、家へ帰ると弟たちに威張り散らす、親にも有無を云わせない、それでいてお父さんの方では平野が中学に入っても「坊、坊」と可愛がっていたそうだし、蕃君は五十過ぎた今でも話の合間にうっかり「朗兄さん」(本名)などと口走る、そういう弟妹九人に君臨していたのだから、たとえ本人が何と云おうとも、平野の長男性は骨がらみである。

長男というものはおっとりしているから他人に愛される。しかし同時に何時も家族から立てられて我儘になっているから、外で褒められて愛想よくふるまった分だけ、家のものに無愛想にするという傾向がある。どうも僕の次男としての経験によると、長男というものは、なりゆきで已むを得ず、ずるずるべったりに愛想よくなるものらしい。それで一種の自己嫌悪にかられて一番弱い家のものに当たり散らすらしい。平野が時々無抵抗な若い仲間に向かって、衝動的にまったく平野らしくない当たり方をすることがあるのは、この習慣の延長のような気もする。こういうことはたいがい心の通わぬ社交的な会合を勧めた挙句に起きるようである。もっともこれは思いすごしで、或は齢のせいで気が短かくなっているだけかも知れない。

蕃君が「兄貴も教師をこんなに長く勤めるとわかっていたら博士になって置けばよかったです。学位制の新旧交替のとき論文を提出すれば簡単になれたんだから、あれがあると何かと得をしますから」と云ったので僕も頬笑んだ。やっぱり弟だけのことはある。主任教授に嫌味を云われれば、売り言葉に買言葉でやめてしまう、転科すれば本多や僕がいくら勧めても卒論を出さない、そしてひとの二倍も大学に居た男が何で博士論文など出すものか。第一そんなことを云えばいっぺんにどなられるにきまっている。それでも弟は長年兄貴のやりっ放しを見ているから自然堅実に育ち、こういう兄おもいのことも云うのである。

もっとも平野でもひとのこととなると、なかなか常識的で現代ばなれしたことを云う。僕の娘が結婚の相手を見つけて婚約しようとしたとき、相手の身元を現地まで行って調査しろと強硬に主張したのは――これは勿論石橋を叩いて渡る本多であったが、それに同調して盛にうなずいたのは平野であった。しかし前以って調査して見合いをしたうえで結婚したのはこの僕で、てんでに熱くなって恋愛結婚したのはこの二人ではないか。不思議なことがあるものである。

本多を教師にひっぱり出したのも平野である。あっちこっちの口を見つけては本多を口説いて、その度に腰の重い本多から仕事のペースが乱れるとか、俺の許容量はこれで一杯だとか、何だかだとぐずつかれて立ち消えになってから、何年くらいになるだろう。定収入がなくちゃいかんとか、将来病気になったとき少しでもキチンと金が入るとか、健康保険がどうだとか、なあに講義なんて気にするほどのことはないとか、よくも飽きずにと思うくらいやっていたが、今度やっと目的を達したわけだ。はたで見ていて、これがやりっ放しの平野の云うことかと疑うほどだったが、僕はやはりこんなところが彼の長男たる所以かなとも思っていたのである。

（講談社版『日本現代文学全集97』月報、昭和四十年六月）

跋文

集ッタモノノ署名ニ余白ガアルカラ一言ヲ加エルコトヲ許サレヨ、コノ会ハワレ等ノ友平野謙新著ノ出版記念会ニ相違ナイガ、同時ニ彼ガ本年度ノ芸術院賞恩賜賞ニ選バレタコトヘノ祝意ノ表現デアッタコトヲモ亦書添エテオカネバナラヌ。

彼ハコノ賞ノ本質ガ文学的名誉ノ表徴デアルコトヲ充分ニ承知シナガラモ、己ノ目指シテキタモノガ恩賜トイウ二字ヲ冠シテ賞讃サレルコトニ対スル違和ヲ拭ウコトガデキナカッタガ故ニ、今日ノ集ヲ新著ノ出版会トスルコトヲ主張シテノミ受入レタノデアル、先コノコトヲ断ッテオク。トニカク我々トシテハ難病ヲ切抜ケテ再ビ本来ノ仕事ニ力強ク踏出シタ彼ヲ頼母シイト見、大手術ヲ克服シタ労苦ヲヨミスレバ好イトイウワケデアル、平野ノ頭脳ガ依然タル博渉深解ノ強サヲ保チ、ムシロソノ迫力ヲ増シタ現状ハ慶賀ニ値スル、同時ニマタ彼ガ七十ノ寿ヲ迎エテワレワレノ前途ニ希望ヲ与エツツアルコトモ感謝セザルヲ得ナイノデアル、懦夫ノ自称モモ早ソノ肩書ヲ自ラ撤回シテムシロ大言壮語スベキ時ガ来タヨウデアル。

コノ気難シキ夫ニツキアッテ倦マズマタ弛ムコトノナイ田鶴子夫人ニ対シテ一同ガ大ナル敬意ト祝意ヲ表スルハ勿論デアル。

一九七七年四月十二日夕

世話人藤枝静男記ス

（「群像」昭和五十二年六月号、平野謙「恩賜賞受賞のこと」所収）

平野謙一面

「文体」第三号に掲載された「私小説と作家の自我」が平野の最後の対談で、去年の十二月七日午後のことであった。食道癌手術後の身体はすこしずつ元気を回復しつつあったけれど体重は一向増さず、外出しての対談は無理だったのだが、近所に住む私の次女のところなら行くと云うことで私も浜松から出向いたのであった。次女はどういうものか平生から平野に可愛がられていたから喜んで出てきてくれたわけで、「群像」の元編集長中島和夫君を混じえて三時間余り呑気に喋舌ったのである。中島君とも気を許した長いつきあいなので、珍しく饂飩や何かいろいろ食ってかえったあと、帰宅してまた蕎麦を一杯食ったと電話をくれたりして私を喜ばせたのであった。ああいう別個の急変で生を終わろうなどとは思いもよらぬことで、今更ながら口惜しくてたまらぬ。朝日新聞にのった死亡記事の最後のところにこの対談のおしまいあたりが引用されていて「僕なんか癌で死にぞこなってマスコミからは完全に落伍した身分だけれども、そういう落伍者の身分で新聞や雑誌なんか読むと、作家も批評家もなんとかかんとか云いながら、根本においてわが世の春ということを全然疑っちゃいない、いい気なもんだという気がするね」と云っている。その時は気がつかなかったけれど、平野はやっぱり半分は自分をこの辺で最期かとも覚悟し、半分はことによるとまだ暫くは生き伸び得るかも知れぬとも思っていたのだろうと考えて、いっそう痛ましくてならぬのである。手術後の身体に鞭打ってまとめた「平野柏蔭遺稿集・柏蔭覚え書」が、あれだけの膨大な資料を含んでしかも気迫に満ちているということは、やはりただごととは思われないのである。ある切迫した気配さえ感じられたのである。そして数ヵ月しか齢のちがわぬ私自身の気持に引きつけて云えば、心配ばかりさせて死なせてしまった父君に対する、彼なりの一種の報恩を果たしておきたいという、表に云わぬ気持が動いているように思われるのである。そしてそれが、彼特有の一見冷淡な評価の底に、父柏蔭の存在の文学史的意義を認めるという形でなされていることを推し得ることを嬉しく感ずるのである。

私は今から五十余年前彼に向かって「親のためなら死んでも護る」と云ったところ「僕はこれまで一度もそんな気持になったことはない」と云い放されて驚いたことがあった。実際彼は、凡そ肉親家庭のことに就いては一言も口外することのなかった男で、むしろ冷淡を誇示している風さえあった。死ぬまでそうであったと云って好いくらいであった。

しかし今は私はそうは感じていない。私みたいなベタベタした男にとって、彼の最後の仕事を読んでこの感じを得たことは、平野には気にいらぬかも知れないが幸福である。

彼は、ごくときたまではあったが、半分は冗談めいた顔をして、

冷やかに水をたたえて斯くあれば
人は知らじな　火を噴きし山のあととも

という詩を口ずさんでみせることがあった。「作者は調べたけど解らないんだ」と云っていたが、それに何かの感懐を托していることは見てとれた。本多は事実を知っているかもしれぬ。

（「新潮」昭和五十三年六月号）

故平野謙との青春の日々

平野が一昨年五月の食道癌の手術後に書いた文章は、昨年十月に出版された「志賀直哉とその時代」の後尾に組みこまれている「わが病牀記」以下の肉親に関する小文と労作「平野柏蔭覚え書」の五篇、それから本誌（「週刊朝日」）に掲載されて読者の広い共感を呼び起こした一文「宮本・袴田抗争に欠落するもの」を加えた計六篇である。著書には、前記「志賀直哉とその時代」と同時に出版された「平野柏蔭遺稿集・平野柏蔭覚え書」一冊がある。

私と本多秋五と平野とは、同じ大正十五年の四月に名古屋の八高に入学し、本多と平野は文乙の教室でハヒフヘホ順だから机を並べ、私と平野とは（私は理乙であったが）南寮五室の向かい合わせの席を与えられて起きるも寝るもひとつ所というわけであったから、三人は以来五十余年間を互いに最も信用できる友として今日まで親しんできたのであった。戸籍上平野は一年の年長であり、私、本多と続くことになるが、その差は僅か数ヵ月ずつで、ないに等しかったのである。

もっとも平野は、入寮して同室五人に名を名乗るや否や、ポケットからバットを出してスパスパふかしはじめて一同を驚かせたくらい不良じみて（実際はまるで反対であったが）見えたし、長身白面の、ちょっと類のないくらいの美青年でもあったうえに、だんだん日がたつに従って「ファンニーヒル」の全訳だの「日本変態風俗資料」だのという、秘密出版みたいな通信販売の珍本をとり寄せて読ませてくれたり、「久しぶりだに一番やろか」と唄って気をもたせるようにちょっと間をおいて、「早くおだしよ」とやってまた休んでから「将棋盤」と結ぶ都々逸を聞かせたりで、私みたいな「白樺」いってんばりの野暮天はちょっと押され気味であったのである。

私の席と彼の席との仕切りになっていた一列の低い本棚の上には、そのころでは贅沢だった新潮社の「近代劇大系」がずらりとならんでいて、彼がなみなみならぬ本好きであることを示していた。私もそれによってハウプトマンの「沈鐘」や、トルストイの「生ける屍」や、ゴリキーの「どん底」や、イプセンの「人形の家」などを読んだのである。

一年一回の全寮コンパは、各室で工夫をこらした余興を演ずることになっていたので、私の思いつきで平野の美男を利用した「金色夜叉熱海海岸の場」をやったことがあった。貫一は制服制帽で手間がかからぬということもあったのだが、お宮の役と衣裳には弱った。早生まれ中学四年修了で入ってきた十六歳の男がいて、小柄なところや大人しいところが適役ということになったが、本人が女になることを何と云ってもきかぬ。それで西川君という、紀州生まれの大男でドモリの、仇名をデヴィルという庭球選手に無理やり押しつけてしまった。

そこで私が責任上女の衣裳を工面しなければならぬことになったので、鶴舞公園裏の与語さんという、兄が数年前に下宿していた勤め人の家へ行ってお嬢さんの着物を借り出してきた。頭は、どうせデヴィルではお宮には見えぬから、黒いメリンスの兵児帯をターバンのように巻きつけることに決めた。

平野は学校を休んで公園の入口にあった市立図書館に行って、両方のセリフをノートに写してきた。どうせ喜劇になるつもりでやったのだが、はたして平野が貫一そっくりの姿で朴歯の下駄をはいて出てきて、あの時分は少し甲高かった声で「宮さん」とか何とか云うと、西川君がドモルので、すぐワーワー冷やかされて滅茶滅茶になってやめてしまった。――西川君ももう何年か前に死んでしまった。女形を拒否して頑張った太田君も早世し、みんな死に、同室六人のうち私ひとりだけが生き残って、こうして懐しい思い出し笑いをしながら、五十二年前のことを書いている。はかないような気がして感傷的になる。

想い出すことは他にもある。私は昭和五年平野といっしょに一年おくれて卒業し、平野は本多の入っている東大に行き、私はひとり名古屋に残って勉強もせず怠けていた。

そして、年の暮近くになってから平野の勧めに従って上京し、東大前の平野の下宿の居候となった。平野はもう左翼運動に半ば踏みこんでいたらしかったが、自分の持ち金を畳にあけて半分私にくれたりして、決して迷惑そうな顔を見せなかった。三階の角の一番いい八畳間に住んで、酒も飲まず、大人しく、相変らずの飛切り美しい顔は変らなかったから、朝寝過ごしたりすれば女中が膳を枕元へ運んでくるし、蒲団から首を出して給仕させながらそれを食って起きて寝巻を脱ぐとすぐ畳み、服を着ている間に蒲団を始末して坐蒲団を机の前になおすというような持てかたをしていた。

私は大学を受けて再び失敗し、何ヵ月かすると、本郷葵町の郁文館中学のグラウンドに接した素人下宿の三畳に移って相変らずぶらぶらしていたのだが、二、三ヵ月もすると今度は高円寺の信濃館というガラ空きのような下宿屋に変り、またここも二、三ヵ月で出て反対の深川東大工町の小名木川に沿ったあたりにあった四階建ての同潤会アパートの一室に移転したのであった。

この頻繁な移転の一年間のどの時期であったのか、今は思い出すことができないのだが、ある日私は平野に連れられて、本郷の一高の裏手の方の小さな寺の門のわきにある貸し間を見に行ったことがあった。

箱型の二階家であったのだが、彼はその家の正面や横側の寺の境内や裏手の様子をまわって眺めるばかりで、内へ案内を乞うて目的の二階の部屋を見せてもらおうとはしないのであった。そうして「あの窓から飛び降りて墓地へ入ってしまえばわからなくなっちまうなあ」と呟いた。そしてそのまま私たちは引返したのであった。

そして私はその後のある日、本多に呼び出され「平野がパクられたかも知れないと心配しているんだが、もしそうだと刑事が張り込んでいて、僕がうっかり行くとやられるかも知れないから、関係のない君がちょっと行って外から様子をうかがってきてくれ」と云われたことがある。その前をゆっくりのぞいて通り過ぎてきたが、平野の所在を確かめることはせず「誰も居ないよ」と報告すると本多は「そうか」と云って帰って行った。

その後一度だけ、病気だというハガキを貰って訪ねると、若い女が同居して看病していたので、彼等の運動の片鱗に接した思いがして緊張したり、ある羨望を感じたことがあったりした。

この家に所謂リンチ共産党事件（あるいはスパイ査問事件）の犠牲となって死んだ小畑達夫が一時同居して、平野から小遣や腕時計をもらっていたことを知ったのは、比較的最近のことである。平野がこの事件に強い関心を持ったことには、底の深い必然性があったのである。

今の私は、病中の平野が、最後の筆をこの問題についてとったということに、ある因縁のようなものさえ感じているのである。

（「週刊朝日」昭和五十三年四月二十一日）

本多秋五

新聞その他で、本多が新日本文学会の大会の席上感動的な演説をしたという記事を読んで嬉しかった。

本多の演説がどんなに下手かということは誰でも知っていると思う。それは彼の生来の口下手ということもあるが、その他に、彼がいかなる場合でも自分の必然に従ってものを云い、手続きなしに人を食ったようなことが云えないせいもあると思う。

このあいだ私の娘が結婚したとき、彼は第一番に指名され、勇躍して祝辞を述べてくれたが、五分以内という司会者の命令は無論まもることができず、

「花嫁の家の風呂場は広さが銭湯くらいありまして――洗い場の大きさは、だいたい――（と考えて）――エー、その辺からこの辺までくらいありまして――」

と天井を見て思い出し思い出し、二十分も喋舌るので、はじめての人はこの話しが祝辞

のどこへつながるのか分らず、驚いていた。

何年か前に浜松で中国旅行談をやってもらったときには、本多自身が自分の演説的才能のないことを思い知って絶望した。多分年末だったと思うがひどく寒い日で、そのうえ地方的にはまるでネームバリューのない彼を呼んだのが私の間違いのもとで、時間が来ても会場には三、四人の老人しか集まってなかった。仕方ないから主催の市社会教育課と図書館の吏員、それと会場の商工会館の館員を召集して開会した。

勿論本多は、念には念をいれて準備して来たメモを繰りながら、いつものとおりじゅんじゅんと話しを進めはじめた。それは約二時間にわたってこういう調子のものであった。まず重慶の揚子江岸に到着する。

「そうしますと、嘉陵江の青い水が、左上手の方から流れてまいりまして、そうして正面からちょっと右寄りの方のところで揚子江の本流の黄色い水に合流して居ります。——そうして見て居りますと、この三つまたに分れた水の上を、沢山の舟があっちへ動いたり、こっちへ動いたりして居ります。小さい舟もあるかと思うと、大きい舟もあります。帆をあげた帆掛け舟もあるかと思うと、汽船もあります。——六梃櫓や八梃櫓、それから左右八梃ずつで合計十六梃櫓——アそう、櫓ではありません。棒のような単純な櫂です。それでバターッ、バターッと、ゆっくり、ゆっくり下って来ます。——そう、舟は荷物を重くいっぱい積んで居ります。舟べりが水面すれすれに沈んで居ります。そういうのが、通りすぎますと、また後の方から同じように重い舟がゆっくり、ゆっくり、バターッ、バターッと下ってまいります」

これには聴いている人がみんなイヤになってしまった。勿論新興の意気に燃える中国のことであるから随処に旺んな場面が見られたであろうし、また実際本多も多くその点に触れていたし、現にこの場面も何千という人間が動き働いている巨大な光景に間違いなかったのであるが、話しそのものは一向景気よくならないには弱った。むしろ聞きようによっては、三千年の興亡を載せた悠々たる大河と、永遠に変ることのない分厚い風土が彼のテムポに合わせて展開してくるのではないかというような印象を受けた。

私自身は、寒さも寒いし、我慢していたが、応援の意味で同行して来たはずの平野が無責任にも机に顔をつけて眠ってしまったには驚いた。彼はこのために風邪を引いて、翌日岐阜へ帰るとそのまま発熱して寝込んだ。

以上の例は、本多の口下手と、人を食ったところがない実例として書いた。彼と謂えども、相手の意にあわせてものを云い、好い加減なところで妥協して結論をつける気になれば、もう少しすらすらと喋舌れるであろう。彼は勿論結論を伝えようとするのだが、それを口に出そうとする瞬間、実にさまざまな感慨と無数の素材とが、せめぎ合って彼の胸中をふさいでしまうように思われる。そこで、正直で人を欺せぬ彼は、もう一度あらためてそれらの材料を壇上でゆっくりと嚙みしめ、整理し吟味しながら、納得ずくの結論にもって行く。その過程を聴衆にも分かとうと試みる。「試みる」というのは、大概の人は、彼の余りの丹念さと、それにふさわしい緩かな動作にまいってしまって、どうでもいいという気になり、その結果彼の演説は失敗に終るからである。

新日本文学会で彼が人々を感動させたというのは、彼の心情に余程の急迫があって、それが平生の余裕を一気にとび越えさせたのであろう。私は、ことの内容は別として、彼がこの経験を「術」として学ぶことを希望する。冗談にして云えば、それはまた人助けでもある。

それで、これから本多について書こうとするのであるが、どういうふうに書いたらいいのかわからない。本多のことを云う場合にはどうしても私自身のことが出てくるし、それは読む人にとってさぞうるさいだろうと思うと当惑する。しかし私のように悪く我の強い人間には、自分と全然無関係の場面で働いたり喋舌ったりしている本多は記憶に残らない。実際に眼の前で動いてくれないと、何だかあやふやで自分の判断が信用できないのである。それで、なるべく気をつけて書くつもりだけれど、目ざわりの点があったら我慢して欲しいと思う。

本多の生れた愛知県西加茂郡猿投村花本の家には行ったことがある。あのあたりを矢作川の急流がかなりの幅で流れていて、彼の部落からひとつ離れた上流にかかっている平戸橋の近在の陶工と陶器工場の群落している辺から、勘八峡という桜の名所になっている。橋の上から眺めると眼下の右岸には平たい広い岩床が露出していて、反対側上流の岸は桜の土手になっている。この近所は一体に桜の多いところで、今でも私は別用で年に一回は必ずと云っていいくらい訪問する。別用というのは、本多の二番目の兄さんの静雄氏が花見の宴に招待してくれるからで、川と道ひとつへだてた小高い丘を領有している静雄氏が、庭内の竹林に接した然るべき桜の大樹の花の間に幔幕を張り、あれは何と呼ぶのか、屛風絵でよく見るような陽除けの大傘をたてた下にムシロを敷いてわれわれをもてなしてくれるからである。

この人は本多と十ちがいで工学博士で戦前戦中は逓信省のえらい技術官僚で、今は名古屋にある日本電話施設会社の社長であるが、本当は瀬戸古陶の蒐集研究家として、また愛知用水工事で消滅すべき猿投山麓千余の奈良平安時代の古窯址の大がかりな発掘調査の指導者兼金主として有名な人である。この人のことを、私はむしろ今後はその方面で記憶されなければならぬ恩人ではないかと考えている。それで私が出かけて行くのも、実際はそちらの用事が主で、花見と同時に庭前に並べられるおびただしい発掘品と、コンクリートの倉庫二棟に収められた古瀬戸、常滑の古壺類を鑑賞するのが目的となっている。静雄氏の幕僚とも云うべき専門家や同好者たちにまじって愉しい一日を過ごすわけである。

話しがそれたようだけれど、しかしこんなことも本多に全く無関係とは思わないので、次手に彼の兄姉について簡単に記して見る。

十五年上の長兄鋼治氏は本多に瓜二つである。静雄氏はどちらかと云うと丸顔でロイド眼鏡をかけ、身体つきも丸っこいが、鋼治氏は長身長顔で、たとえこの人が北海道の果てに現れても、本多の友人ならば絶対に見誤ることはないと思う。もし本多に兄さんがあることを知らない場合にも、これによって兄さんの存在することを知るにちがいない。それくらいよく似ている。花見のときなどは一家の長として庭の椅子に腰を下ろし、やや仰向き加減に顎をのばし、短い煙管に半分にちぎった煙草をつめて、ゆっくりした動作で吸いながら集まった人々を満足気に眺めまわしている。発掘品などに全然関心はないが、弟の掘りだしたものを賛嘆してくれる人々には満腔の好意を感じていると云った、えも云われぬ風情がある。本多にくらべてすべてに大型で茫漠としている。長い三日月がたの顔の眉骨と鼻先きと顎先きが突出していて軽度の末端肥大症の趣きがあり、中国元代の禅月大師筆十六羅漢図（御物）に見られるような異相を呈している。

去年の冬、豊田市長選挙に立候補され落選されたが、このとき平野も加えて三人で出かけて行って応援のための（私にとっては生れてはじめてで多分最後の）文芸講演会をやった。聴衆は満員で、本多は最初にやったのであるが、控室から見ていると、市公会堂の舞台の裾のカーテンにかくれた薄暗いところで、鋼治氏が一人ポツンと椅子に腰掛けて、例の煙管をくわえ、ちぎった煙草をゆっくりくゆらせつつ、末弟の晦渋訥々たる戦後文学論のいちぶしじゅうをさも嬉しそうに聴いて居た。このときは、われわれのところには石油ストーブがあったので平野は無事で、肝心の候補者の鋼治氏が風邪を引いて寝こんだ。姉さんは本多と三つちがいで、やはりよく似ているが、その程度はかなりゆるやかである。おんもりゆったりとして美しい。情の細やかな人で、ただ弟の友人という理由から、私は金を貰ったことがある。表面上は御主人の依頼で、台湾の放送を民間でやる計画があるについて広告放送の効果的なやり方を学ぶ必要があるからこの本を読んで要約してくれというのであった。同時に厚い英語の本を渡されたが、結果は、どうでもいいような口ぶりであった。金は多分百円くらいもらったと思う。昭和六年ころのことで、私はあまり多いので驚いた記憶がある。

三兄の義雄氏とは口をきいた記憶がない。非常に大人しい人だったという印象だけが残っている。「だった」というのは、この一つちがいの兄さんは終戦近いころサイパンに向う途中で輸送船もろとも戦死してしまったからである。われわれが名古屋の第八高等学校の生徒であったとき、氏は名古屋高等商業学校の学生であった。そして氏と本多と、ひとりの姪（長兄の長女）とが、八高近くの畑の中の新築の二階家を借りて、二度目のお母さんの監督のもとにそれぞれの学校に通っていた。私は非常に屢〻この家を訪問したが、義雄氏と顔を合わせることは少なかった。玄関から階段をあがったとっつきの三畳ほどの小部屋が兄さんの部屋であった。そしてその北側のひろい床の間つきの八畳を逆に本多が占領していた。或はこれは本多が我儘だったというのではなくて、小部屋の方が南向きで上等であったのかも知れないが、われわれは、丸顔で眼鏡をかけたこの温和な兄さんが、われわれの顔を見るとすぐ席をはずして下に降りて行ったりする動作から、いかにも弟に遠慮し場所をゆずっているような印象を受けた。

しかし本多が精神的味方としていちばん身近に感じていたのは、この年のちがわぬ兄さんであったと思う。安全な放送局を投げうって「戦争と平和論」にとりかかるという、ほとんど無謀な本多の決心を理解し、心から完成を期待してくれたのはこの人である。それだけに、この人を中途で失ったことは本多にとってさぞ苦痛であったろうと思う。

何時であったか、本多が多分「近代文学」の一隅にこの兄さんのことを書いたことがあった。記憶が全くおぼろであるが、何でも本多が中学生のころ夜道をおそくなって戻って来ると、道端の電柱の陰のところにかくれるようにして兄さんが自転車を持って立っていたというような想い出だったと思う。この短文を読んだとき、私にはこの文章を書いているときの本多の、兄さんに対するほとんど胸を締めつけられるような愛惜の情が、そっくりそのままわかった。

本多の自分本位の、非生産的でしかも危険な生活を長く支えてくれたのは、この封建的肉親の情に溢れた兄姉たちである。

本多の生れた猿投村花本の家は、部落の田圃を見下ろす低い台上にある。ほとんど旧のままとみえて麴製造用の泥塗りの室も屋敷うちに放置されている。

私は子供の時分よく町の麴屋に甘酒づくりの材料買いに出された覚えがある。暗い店の板の間に並べられた薄い平箱に一面の白い黴に覆れた麴がはりついていて、甘味をおびた匂いがあたりにたちこめている。お内儀さんが先きのそげた板で入用なだけそれを新聞紙の上に掻き落としてくれる。

本多の生家はあれの製造と卸しをやっていたのであろう。いつ頃までやっていたのか、訊ねたことがないのでわからぬが、私の識った時分に「麴で沢山の金が入っていたわけではなくて、地主が主だろう」と云っていたから、その方はお父さん限りで、それも割に早くやめていたと思われる。だからお母さんが名古屋に来て子供たちの面倒をみていられたのだろうと思う。

前に書いた八高近くのその彼の家にさかんに行ったのは昭和二年から四年のはじめ頃までで、これも前に書いたが本多はそこの二階の広い方の部屋の床の間に西洋刷りのロダンの「考える人」の大きな写真と、長い白鬚を垂らしたトルストイの大きな横顔写真とを貼りつけ、一隅に本箱と西洋机を置いて威張っていた。

文科乙類（昔でいう独法）に彼と平野が、理科乙類（昔の医科）に私が入学して学寮に入ったのは大正十五年の四月である。私は中途で勝手に出て近くに下宿したが、二人は学則に従って一年間の寮生活をしたから、本多が借家におさまったのは昭和二年の二年生からということになる。(もっとも私は落第したので依然として一年生であった。平野は翌年私を見習って学校を休んで自発的に落第した。)

われわれが毎日毎日何を議論していたか、今はまるで覚えていないけれど、やはり自分の新しく読みつつある本の感激的紹介が主な話題になっていたと思う。トルストイの肖像も「考える人」の写真も、そのころの一歩おくれた私たちの白樺的、人類の幸福的、天才崇拝的空想のよりどころとして掲げられたものであったのであろう。

ただ私には、彼とつきあいはじめたころ、彼が熱田中学時代に渡辺綱雄氏等と出していた「朱雀」という同人雑誌を見せられ、その中の夢を書いた彼の短篇を真向からケナした記憶だけがハッキリとある。それは深い穴に墜落しようとして辛うじて縁につかまっているが、身体の重みで指がズルズルとすべって行くという、非常に感覚的なもので、私はその描写から谷崎潤一郎の初期の病的な作品を聯想し、興味の持ち方が下品だと云って攻撃したように思う。彼自身の口からは一度も谷崎あるいは芥川等の精緻な文章に対する好みを聞いたことがないので、彼にそういう一時期があったのかどうか、私は知らない。今でもそうだが、一体に頭の回転速度の鈍い方だし、牛が餌を食うように、ともかくも与えられたものは素直に口に入れ、モグモグとよく嚙んで、それから胃に入れてからももう一度口に戻して嚙んで、その後にそれぞれ然るべきところに納めるというやり方だったから、このときの私の攻撃に対する反撃も勿論なかった。ともかく高等学校時代の本多は、白樺から戦旗を経てプロレタリヤ文学に移りかけて行く時期であったと思う。次手に平野のことを云うと、彼は中学時代から持ちこした芥川、佐藤春夫、シュニツラーからダダイズムに対する小興味を経てルナール、ヴィルドラック、ピランデルロ、それの日本的再現者としての岸田国士に同感し、一方で新興芸術派に共感しつつ同時にプロレタリヤ文学運動の方に不可避的に牽引されて行く時期であった。彼にとっては、景気のいい白樺的天才主義は全く肌にあわぬものであったに相違ない。当時の彼は非常に甘々しいスラリとした美青年で（あのころの代表的美男俳優岡田時彦など、彼の前に出たら問題にならなかっただろう）オシャレで見得坊で、しかも内向的でエゲツナイところがまるでなかった（時々癇癪は起こしたが）から、シュニツラーや岸田の小戯曲は、われわれの見るところでも彼にとって最もふさわしいもののように思われた。

新潮社の「近代劇大系」と第一書房の「近代劇全集」は彼の愛読の書であった。私と、もう一人の友だちの河村直と、彼との三人は、時々彼の書架からその一冊を引っぱり出して朗読し合ったりした。三人とも可憐な女になりたがったが、まず平野が一番うまかった。「どん底」のナターシャなど

「まあね……思うのよ、ほら明日にも……誰かがやって来る……だれか……特別なひとが

……あるいは何かが起こる……長いあいだ待ってるの……」

などというところを、彼はなかなかうまくやった。勿論本多は仲間に入れやしない。そんなこと出来るわけがない。

しかし実際はこの平野が「戦旗」を買い、本多に紹介し、そして二人が徐々にマルクス主義運動に惹きつけられて行ったのである。

昭和四年に本多は東大の国文科にすすみ、一年後れて平野は東大の社会学科に入学し、学内の組織に近づいて行ったと思う。思うと云うのは、私は医科の入学試験に落第して東京から離れた名古屋に下宿生活を続けて居り、またたまに会うにしても、勿論彼等がそのことを喋舌ったはずがないので想像に過ぎないからである。

ただ次のことは多分平野からそのころ聞いた。昭和五年の夏休みを、本多は生家に近い挙母《ころも》（本多家の勢力範囲、今の豊田市、あの辺の中心）の街に氷屋を開業して過ごした。所謂青白きインテリゲンチャが極度に軽蔑されていた時代で、きまじめな彼はともかくもこの程度のやり方ででも自ら労働体験を得ようと試みたのであろう。そして同時に彼はこの田舎の町の氷屋に「ナップ」や「戦旗」を置いて店頭販売と宣伝をやったのである。こうしたことは当時の熱狂的な左翼青年に常在した稚気乃至客気とも今から云えば云えようが、しかし同時に自らを逮捕と拷問の危険に曝すという決断も要したのである。そして私は、こういう一度思いこめば「千万人といえども我行かん」式の勇気はもともと彼の生得のものであると思う。後には、みすみす兵隊にとられることを予見しながら、「戦争と平和論」を遺書として書き残すために特権的立場を放棄してしまう。こういうやり方には勿論それぞれの立場で批判もあるであろう。家族の迷惑と不安と悲しみを切り捨ててしまうような自分勝手を非難されても已むを得ないところもある。前の場合は、封建的肉親の情愛を断ち切って行動することが革命運動の要請であり、若い彼はそれに単純に従ったまでであろうが、後の場合になれば、一家の長として、事の重大さと家族の苦痛とを充分感じていたはずである。極端に冷たく云えば、この場合は純粋に本多個人の欲望を遂げるために家族を突っ放したことになる。

本多の精神の根元にはそういう恐ろしいところが潜んでいる。そういうギリギリのところであらゆる仕事をしているふしがある。「虎は死んでも皮残す」と思っているらしい。友だちとして見れば、彼の一生懸命さはやはり尊いと思う。自分に出来ないだけに余計そう感じる。

さもないことをいやに力瘤を入れて書いたが、小市民的幸福を最大の幸福と思っている男の感想として聞き流して欲しい。とにかく「猿投の本多さんの四男が氷屋を開いて赤の運動をやった」ということは、今だにあの辺で記憶されていることは確かである。

平野の話したことは別のことである。彼が遊びに行って泊っている間じゅう、二人は矢作川の上流に水泳に行ったが、本多は挙母の街の乾物屋だか何だかの娘に恋着していて、平野にしきりにその話しを聞かせた。娘はミス挙母だかで、向うでも本多を憎からず思っていたらしい、そういう華かな報告であった。これは真偽を本人に質したわけではないが愛嬌としてつけ加えたのである。

この辺で、年譜まがいに彼の所在をならべて記して置く。

昭和四年　東大国文科入学、本郷森川町の素人下宿の二階の八畳に居た。

昭和五年　夏休みに挙母で氷屋をやった。十一月七日のロシヤ革命記念日のデモに加わって大学の門を出るとき守衛に顔を見覚えられ、二、三日して逮捕された。捕まったので下宿から断られ、暮に釈放されてから一時本郷の岩崎邸のわきに下宿した。

昭和六年一月　下落合の素人下宿に移った。熱田中学でいっしょに同人雑誌「朱雀」をやっていた渡辺綱男さんと同宿。渡辺さんは早稲田大学文科に居た。

昭和六年夏　下宿そのものが移転したので、それについて四谷番衆町に移った。卒業論文「森鷗外論」にかかっていた。卒論を書き終る頃からプロ科に入った。

昭和七年三月　卒業し、また下宿ぐるみ西大久保に移転した。

昭和八年十一月　逮捕され四ヵ月余留置場住まい。

昭和九年三月末日　釈放されて花本の生家へ帰った。

昭和十年暮まで　花本で監視生活。

昭和十一年　兄さんの世話で逓信省無線課に就職して、玉川奥沢の姉さんの家から役所に通った。
昭和十二年　腎臓病で約三ヵ月寝た。九月に病気が治って上野の池ノ端七軒町に下宿した。
昭和十三年秋　東京逓信局にかわり、ＮＨＫの放送考査官になった。ニュース原稿の事前検閲をする役目である。
昭和十三年十二月二十五日（大正天皇祭）学士会館で結婚式をした。同時に西大久保に小宅を借りて新婚生活に入った。
昭和十四年夏　南京虫が出たので代田二丁目に移った。
昭和十六年一月　新年祝賀式に出たきりで役所をやめ「戦争と平和論」にかかる。
昭和十八年十月「論」ひとまず書き終わり、タイプにかかる。
昭和十九年夏　奥さんを埼玉県に疎開させ、自分は玉川奥沢の姉さんの旧宅（当時は次兄静雄氏住居）に下宿する。十月にタイプひとまず終わる。
昭和二十年五月　奥さんを連れて花本に再疎開した夜、召集令状を受けとる。
これから後のことは、本多自身が折に触れて書いているので略す。とは云うものの、私が召集前の東京生活を知っているわけでもない。この辺のことに最もくわしいのは勿論平野である。しかしたとえ平野でも、彼の生活の隅々まで通じていたかどうかと云うことになると、それはわからない。現に私自身、昭和五年から六年にかけて数ヵ月、森川町の彼の下宿双葉館の三階の端の八畳間に平野と同居していたにかかわらず、平野は自分の外の生活についても交友についても、全く私には喋舌らなかった。私が迂闊だったと云えばそれまでだが、それはあの頃の左翼学生の気風で、特に左翼同志ならばたとえ古い友だちの間でもお互いの生活にたち入ることは遠慮するのが当りまえであったから、やはり平野でさえも知らぬ点があると思うのである。

ただ断片的の記憶はある。ちょっと無意味すぎて気になるが、或る人にとっては最小の興味くらいあるかも知れないと思って書く。

ある冬下宿に行くと本多が高熱を出して寝ていた。枕元に姉さんがつき添って看病している。私は蒲団が立派なのにまず驚ろいた。彼の体格に合わせた特別あつらえか何かで、部屋いっぱいに広がっていて、ちょっと人の坐り場所がない。本多がときどき頭をブルブル震わせて甘ったれたような呻り声を出すと、姉さんが「秋(しゅう)、頭が痛むか」とか「秋、だるいか」と云って、氷嚢を加減したり、やさしく頭を撫でたりしていた。

昭和六年の秋、四谷番衆町の下宿を訪問すると玄関へ出て来た。私といっしょに救世軍の士官が入って来て、本多に向かって非常に謙遜な態度で、困っている人のためにいくらか寄付してくれと云った。すると彼は板の間に膝をついて士官に正対して

「僕は貴方がたのやり方には反対で、考えがちがいますから、お断りします」

と云った。救世軍の人はちょっと呆気にとられたかたちでお辞儀をして出て行った。

昭和十三年の暮に彼が結婚したとき、私はその少し前の自分の結婚式で新調したモーニングを着て出席した。この時のことは前にも書いたが、出席した友人たちが口をそろえて
「今はわれわれにとって非常に暗い時期で」

と前置きしてスピーチに入ったことと、平野がいきなり
「私は結婚生活というものに根本的な疑いを持っています」

という意味の爆弾的発言をして一同を驚ろかせたことが忘れられないので、再び記して置く。

平野はその当時四谷荒木町の坂の中途にあった坂町別館という三階建てアパートの半地下の一室を借りて夫婦生活を営んでいたと思う。奥隣りに久板《ひさいた》栄二郎氏が居られて、私はいちど、平野を待つ間、初対面の同氏の部屋に請じられて紅茶を御馳走になった記憶を持っている。平野のところは、ある時行くと奥さんの鏡台のガラスの上半分がなくなっていたりで、彼が相当な立ち廻りの常習者だなと想像できた。

昭和十四年に本多夫婦が南京虫に追われて移った代田二丁目の家は、道路から石段にして二、三段上った瀟洒な小宅で、立派なドーベルマンを庭に飼っていた。彼が「その犬はどうだ」と聞くので、「なかなかいい」と答えると、「それならいい」と云った。何故だか

知らぬが、このことだけが印象に残っている。床の間に、小さい部屋では使い切れぬ籐椅子が積みあげられていて、その奥の壁にゴッホの「糸杉と太陽」の原色大判の複製が貼りつけてあった。

今自分で書いたこの年譜のようなものを眺めていると、昭和五、六、七年の頃の平野の姿がしきりに頭に浮かんで来る。

その頃のある時期に、平野は多分「泥棒の一夜」とか云ったフランス軽喜劇映画の主題歌を頻繁に口ずさんでいた。それはこういう前奏曲ではじまる唄であった。

チャカチャカ　チャーチャカ　チャーチャカ　チャー（云々）

これがしばらく続いて

今日もマストの上でエー　唄うはア　恋のうウたア（中略）星のかンずほどある男の中で星のかンずほどある女の中でエー　恋し合うふウたアりイ——あアあア　あの子よオとなって終わるのであるが、これを彼は何時でも千万の想いをこめてと云ったふうに口ずさむのであった。そうして聴いている私は、その度にこの唄の背後に若い潑剌とした女の影を感じて、羨望の念にかられるのであった。

この唄は私も知っていた。築地小劇場で、多分村山知義の作ならびに演出で、左翼劇場が何とかいう労働劇をやった。幕があくと、スト寸前の下町工場の工員の詰所らしい場面が現れる。しばらくして人々の立ち去ったところへ、窓の向うから駈けるようにして桃割れに結った女工員ハラセンが、胸の前で袖口を合わせた恰好で入って来る。そして快活にこの唄をうたいながら、しかし左右に気をくばりながら手早く、一人一人の机の引き出しに革命党全協のアジビラを配布して行く。観客席から嵐のような拍手が湧き起こる。そして幕が静かに下りる。

村山氏はこの他に構成派的舞台としゃれた照明を駆使して左翼的ヴァラエティも演出していた。それは或いは「演劇大衆化運動」のひとつの試みであったのかも知れなかった。私はこういう、どちらかと云うと暗ぼったいはずの舞台に、腕を突きあげるシュプレッヒコールや、絶叫する詩の朗読にまじって、海水着姿の左翼女優の裸体が現れる不思議な風景にとまどった。彼女等は玉木座の少女たちに較べて野暮ったく、無恰好に見えた。

だがしかし、彼女等は、女とのつき合いをまるで持たぬ当時の私にとって、考え得る最高の魅力を持っていた。「党」が時代の最高の良心を象徴し、シンパはおずおずとそれに奉仕することで僅かに自らを慰め、美しく知性ある女はマネキンガールになって美しく化粧して百貨店や化粧品店で商品を売り（最尖端の職業だが今のファッションモデルとちがって口と顔だけ）ひろめて革命運動に奔走する夫や恋人を助け、溌剌たる女性は喫茶店女給をやりながら女優として運動に参加したり、組織に加わってレポを勤めたりしていた。そして学生たちは逮捕と拷問と、時には生命の危険をおかしながら、鉄の規律の下に労働者の間に潜入し、ガリ版の原紙を切り、ビラを撒き、いつも労働者に向かって卑下しつつ空腹と不眠に耐えて戦っていた。ヒロイズムとロマンティシズムが世の中を風靡していた。そして奇妙にも、それが或る部分で、対立するはずのモダニズムと混合し、フワフワと華かに浮遊していた。

私は平野や本多がふわふわの中に居たと云うのでは勿論ない。そんなことは知れ切ったことである。むしろ本多などは生来の律儀から生理的欲望はそれとして機械的に処理して地味で根強い勉強と運動に没入していたと思うし、また平野は潔癖とハニカミから多分童貞であったと思う。ただ私は、そういう私にとって別の水平線上に存在する一種華かな世界に彼等が近接していることを認め、それを痛ましくも羨望していたのである。

私は平野から一度だけ彼の体験談として次の挿話を聞いた。或る夜更けの街頭で彼は若い女レポと連絡し、印刷物を渡された。そして不審訊問を食って警察に連行された。しかし警官は(彼はそう云わなかったけれど恐らく彼の美青年ぶりにまどわされて)二人をエロの方と勘違いし、からかい半分の取調べをはじめた。それに乗じて彼は便所に証拠物件を捨てて難を逃れることができた。

あの軽薄な流行歌を平野が口ずさむとき、私の感じたものは、こういう場面に於ける、或いは他の場面に於ける、レポの女でありまたハラセンのようなしっかりした女優であった。

私は、彼がそれに悩み、また運動に悩むのを何となく知っていた。むしろ感じていた。

われわれは皆二十三か四であった。青春のまっただなかにいた。肉体的欲望に緊張し、同時に精神的希望に燃えていた。それの苦痛と希望と挫折とは消し難いものである。そして私は誰でもそれを自分のために書き残して置く必要があると思う。本多はその挫折の苦痛と、かすかな立ち直りの希望との独白を「戦争と平和論」に仮託して書いた。平野はそれを小説に書かねばならぬ。

本多は昭和十六年正月に逓信局をやめて「戦争と平和論」に取りかかったことになっているが、勿論それはただ専念したという意味であって、何時ごろから書こうという気になったか、本人に訊ねてみないとわからない。

とにかく、彼の信奉したマルクス主義運動、それを実現しようと試みた革命運動は、満州事変、支那事変、第二次世界大戦と進む歴史の大波に打ち倒された。本多個人も敗北し、転向した。しかし勿論彼はどうしてもそこから再生しなければならぬ。その再生の証しを、生きている間に世に残して置かねばならぬ。そのためには、なし崩しの死を待つよりは、特権を放り出し召集を予見しても仕事に専念しなければならなかったわけである。だからこの本は彼の全精神全生活を賭け、全経験と全思想を投入した彼の自己救抜の書である。始めから終りまで、一様に緊張し、気魄に満ちているのはこのためである。

私は本多の仕事について僅かしか理解していないと思う。これは別に謙遜ではない。生れたときから別の人間だから当りまえである。

ごく簡単に云うと、「歴史の必然によって個人の自由は圧し潰されてしまう。しかしその個人の内部に存在する自由もまた当然歴史の必然の一部である。だからいったん圧し潰された後に、必ず個人の自由は再生する」、これがこの本のモチーフだと思う。

勿論どう読もうと、それは本多の意向にかかわらず勝手である。

私はその前には、彼の本音は「アウステルリッツの青い空」にあるとさえ思った。あの失血によってもたらされる病的な状態で感得された大調和の肯定の世界が、苦しさの余りに本多の求めた逃避の世界であったのかと思ったりしたのである。

もともと彼の問題は、何時どんなときでも「如何に生くべきか」に集中している。だから仕事の中で彼は執拗にこの問を繰り返し、何度でもそこに戻ってくるのである。如何に生くべきかの問題は、当然人生そのものの解き難き不合理にかかわって来る。それは中学生の空気銃で射ち落された雀の死を神の意志であるとする説教を承服できない少年の怒りでもある。そして路傍の捨児に対して「汝が性のつたなきを泣け」と云い棄て、ありあわせの喰物を投げ与えて立ち去って行く芭蕉の姿勢が、何かを暗示するものとして彼の眼底にやきついて消えぬ。

けれども勿論本多は、この世に生きている以上、何等かの手段でこの不合理を飲み込まねばならぬ。そこで白樺が来る。白樺には、この不合理を認め、しかし「それに耐える」という姿勢がある。同時にそれの内部からの批判者敗北者としての有島武郎の存在がある。本多が白樺→トルストイ→左翼→トルストイ→宮本百合子→白樺と、高等学校時代から現在まで、執拗に行きつ戻りつしている線上に、何時も、この「如何に」という刻印が打たれているのである。

私は、彼のこういう融通のきかなさと、篤実鈍重な論のすすめ方が、みんなから「古代人」などとひやかされる原因だと思っている。終戦後「世界」に志賀直哉の小説「灰色の月」が出たとき、本多は強い感銘を受けつつも、「作者は最後のところでもうひと振り尾鰭を振ってもらいたかった」と云い、よせばいいのにわざわざ本人のところまで行って不満を開陳したことがある。(このときは志賀氏は「それはそうかも知れないが、そんならあの場合実際にどうすればよかったのだ。君ならどうする」と反問されたそうである。)

本多の論文は読みにくいというのが世評である。つまりチャーミングでないという意味だと思う。私は馴れているせいかさほどに感じないけれど、公平に見れば、そう云われても仕方のないところはある。これはひとつには、前にも云ったように人を食ったようなことが書けないのと、それから彼が口下手であるにも拘らずまず第一に自分自身の納得のいくということを目標にトコトンまで説明しようと試みるところからも来ていると思う。

あるところからある結論へ到達しようとする場合、途中に小さな山があると、横目で眺めて裾を廻るか何かすればいいのに、彼はチャンと山自体を越して行く。川があってもそれを渡し舟か何かで手軽に渡ればいいのに、着物を頭へ乗せて、脚でさぐりさぐり、歩いて横断する。そしてその行程を詳細に語るのである。はたが迷惑しようと、彼はその代償として充分貧乏しているのである。

彼が己れの志を貫く場合、勿論第一は彼の貴重な性格による。しかし別に、彼が我儘だということも幾分ある。彼はそれを自覚せず、また自覚しようともしないらしいが、わきから眺めれば我儘である。いつかも兄さんや姉さんが「秋もいい加減で上り（双六の）にしてくれ」と云ったと苦笑していたが、そのあと平気で「貧乏は俺のせいではないと覚悟した。金は高いとこから低いとこへ流れる」という手紙をよこしたことがある。これが我儘である。もっともこんな手紙を見ても少しも嫌な感じがしないところも本多の人徳ではある。

彼は平生の生活でも、できる限り高級品を使う癖がある。お茶なんかどうでもいいのに一級品を買って飲んでいる。何となくおんもりとした貴族的なところがある。落ちぶれた公卿が束帯をつけて笏を持って構えているような風情がある。こんなことを云うと怒るかも知れぬが、別に悪口ではなし、また貧乏は公認だからいいだろう。

彼には慎重に考慮した結果あみ出された生活順序があって、決してそれを破ろうとしない。これも愛嬌ある我儘の一種である。私のところで泊るときなどでも、悠然として風呂からあがってくるとまず「奥さん、櫛はありませんか」と要求する。私が櫛なんか持ってるはずがない。家内が自分のを出してやると、むかし頭の毛が濃すぎるほどあったころと全く同じ手つきでゆっくり何度も後頭部に向かって整髪する。それから「奥さん、クリームはありませんか」と云って、女房のを丹念に顔に塗って摩擦する。それが終ると「奥さん、乾いた手拭いはありませんか」と云って、それで頭の毛を大事そうに包んで、やっと椅子にかけるわけである。自分の家に居るときはヘアネットをかぶるのだが、何十年もたって、もう一部分は地肌も出て来ているのに、いったい何のために毛押さえをするのかわからない。私は多分「首を横へ廻すのにも全身の力を用いる」という彼の性格の、ひとつの現れではないかと解している。

私は本多の仕事――人間を尊敬している。本多と平野とを生涯の友として持ったことを天に感謝している。こういうことは全くの偶然で、誰にでも与えられる幸福ではないと思っている。

このへんで終ることにするが、しかし勿論ちかごろ彼のしばしば口にしている「人類的等価の探求」に触れないでしまうことははなはだ心残りである。「如何に生きるか」を追求する彼がこの問題に踏み込み、成仏の手がかりにしようと試みるのは当然で、それはまた私自身にとっても非常に有益なことである。この探求のために彼が有史前の美術、アルタミラ、ラスコーの洞窟絵画、殷墟出土の銅器からイラン、インカの壺に至る全世界の遺産に眼をつけつつあることは最も会心の行き方で、この方面を包括した壮大な視野から彼が生得の粘りと低速で、核心に向って進んでいくことを私は心から期待している。彼の健康を祈る。

（「群像」昭和三十九年十月号）

貰ったもの失ったもの

一昨年谷崎賞をもらい、今年中日文化賞をもらい、文芸家協会からは長寿祝いの華やかなスコットランド製膝掛けを頂戴した。昨年家内を失い、今年平野謙と網野菊氏を失った。このふたつの間には直接の関係はないが、何となくつながりがあるようにも感じられる——年月というようなもの。

中日文化賞というのは自分には無関係と思っていたので驚いたけれど、名古屋に近い中部日本の浜松で仕事をしている小説家には相違ないから受賞範囲に入るのだろうという気がした。瀧井孝作、平野謙、小島信夫、篠田一士のような大家は郷土生まれではあっても東京で仕事をしているからそこまでは手をのばさなかったのだろうと思った。名古屋に住んで永年営々として周囲の作家たちを育ててきた小谷剛氏のことが直ぐ頭に浮かんだが、氏はもちろん既に受けているとのことだったので安んじて頂戴した。小谷氏とは医者で同業ということもあるし、戦後第一回の芥川賞で、氏が「確証」由起しげ子さんが「本の話」で受賞し私の「イペリット眼」が次席となったという縁もあった。

私は名古屋で八高四年の生活をはさむ青春まっただなかの六年間を送った。平野、本多秋五、それから最近「幕のおりるとき」という優れたエッセー集を出した内科開業の碩学毛利孝一などと交わり、また私のペンネームのもととなった北川静男を失った。そのじぶん国勢調査で人口百万にちょっと欠けると判定されて祝賀祭りの準備がオジャンになるという騒ぎのあった街が、今は実数二百万と膨れあがり、駅が移転して、たまに行っても何が何だか方角もわからなくなってしまった。

——時の流れというものが自分の内外にあり、何時のまにか七十になってしまった。膝掛けも、持って帰ろうとしたら受付の若い女性から「重いでしょうからお送りいたします」といういたわりの言葉を受けたのである。

日々の生活のうえでも、年齢というものが一日一日と自分を蝕んでいることを痛切に感じている。平野が死んで二回の対談をやり、一回の談話をやり、二篇の短文を書いたが、印刷されたものを読んでみると、どこでもかしこでも同じことばかり云っている。同じ想い出ばかりを繰り返している。こわごわ読み、汗が出るような恥ずかしさを経験したのである。おまけに私はそれらのことを昔の随筆に、醜態にも同じ云い方で書いている。数多くの想い出がポロポロと記憶から脱落し、朝飯を終えて二十分もすれば再び「朝飯はまだか」と催促するような、あの老醜に向かって急速に傾斜しつつあることを知るのである。……そういう私にとって冷えを防ぐ膝掛けの何とふさわしいことか。

私は昨日五月十五日、急に思いたって平野の生まれ育った寺、法蔵寺を訪ねてみた。寺は浜松、豊橋、岐阜、各務ケ原と乗りついで行った那加町のはずれ、西市場の山に近い畠なかにそびえていた。まわりを竹林に囲まれ、山門、鐘楼、本堂、住居とガッチリ頑丈に造られて、みるからにこの地方での東本願寺別院に次ぐ寺格とうなずける構えを持っていた。山門を入った左側に戦死した三男、大谷大学を出て寺を継ぐはずであった馨さんの碑がたっている。東本願寺大伽藍建設資金集めの最高功労者として剛腹と政治力をうたわれた祖父が大正中期に七万円の費用をかけて造りあげ、あとを継いだ父履道がその借金の返済と十人の子の教育に一生を苦しみ通したということは尤もだな、と私は思った。かてて加えて長男の平野は、家を継がないばかりか十年かかってやっと大学を卒業したのである。

私は来合わせた四男の徹さんを混じえて現在の住職五男末弟の闊さんからさまざまなことを聞いた。——平野が中学生のころ本山から授かった法名「秀亮」は、その格式に従った上納金を毎年本山におさめねばならず、無駄だからと云うので返そうとしても手続き上の不備から引延して、遂に彼はこの法名を背負ったまま彼岸に去ったのであった。そして戦中に供出した梵鐘は行方知れずとなったために戦後の二十二年八月に新鋳したが、父は昭和十九年すでに亡く、海軍にとられていた徹さんも闊さんも帰ったばかりで僧侶の資格などありもせずという次第で、鐘面には「第十五代秀亮」と平野の名が刻みつけられているということも知ったのである。そしてまた、平野が一方的に寺を放棄していたがために現在の闊さんも同じ第十五代ということにダブっているということなど、すべてが初耳であった。

友人のなかでここに足を踏み入れたものは本多秋五一人きりである。学生時代の平野はときどき「遊びに来いよ」と誘ってくれたが、約束の日の一週間くらい前になると必ず都合が悪いという断り状をよこすのであった。不思議でもあったが腹がたつこともあった。──闊さんは昭和二十四年かに本多がはじめて一泊して帰った礼状を奥から持ってきて見せてくれた。その二枚の薄くて黄色っぽくザラついた原稿用紙から、私は物資の乏しく貧しかったあのころを想い出したりしたのであった。

二人はつぎからつぎへと話し、闊さんはいろんなものを見せてくれた。「チチウエサマイマロンブンダシテキマシタ　アキラ（朗＝平野氏の本名）」という昭和十四年十二月二十八日消印の電報があったり、「情報局ノ事務ヲ嘱託ス　月手当百円ヲ給ス」という昭和十六年二月二十一日付の物々しい辞令と一緒に、「大学卒業者の初任給はだいたい七十五円くらいです」などと記された彼のそえ手紙なども出てきた。
中学時代の平野は、父愛蔵の揃い雑誌のなかから佐藤春夫、谷崎潤一郎など贔屓作家の小説を任意に切り取って綴じていたことが暴露して、雑誌というものは総体保存の大切なことを懇々とさとされたということだが、その父が大切に保存しておいた読売新聞創刊以来の蒐集を、戦後になって闊さんが売り払ったと聞くと、今度は平野の方が烈火の如く怒って闊さんを叱責したということであった。そういう父子相伝の書痴ぶりを私たちは笑い合ったりした。
二、三時間の歓談ののち、私は平野が三年ほどまえ、食道癌発病のすこし前に金を投じて造ったという墓に案内してもらった。本堂わきの空地に、祖父と父との墓と同大に並んで「平野家之墓」と深く彫られた墓石が立ち、その側面の右隅に母の法名が一行に刻されていた。そして裏面には「昭和五十年十月建之　平野朗」と彫られていた。彼は住職以外の一族の納骨所としてこれを造り「僕の骨もオバアチャンと一緒の所に入るんだ」と呟いたとのことであった。
私は彼の電報や手紙を見せられたときから、あれほど肉親に無関心を装っていた彼が、心の底では深く愛していたのだということを感じていたが、この墓の前に立ってそれが証明されているような気がした。彼の骨はまだ入っていないのだが、礼をして離れた。

（「東京新聞」昭和五十三年五月二十二日）

「文体・文章」

私は比較的最近まで「文体」という単語の意味がよくわからなくて、文芸批評文を読むたびに困った。どうも単に文章というのとはちがった、より高級で、文芸的価値の決め手になるような大切な要素を指すにちがいないと信じたから、自分の小説製作法が無自覚で自然発生的であることを指摘されるような気がして不安を感じた。しかし仕方がないから勝手に書いてきた。と云うよりは、この言葉自体が、大嫌いな私小説否定フランス文学傾倒派の文に頻出するので反感を持った。こういう人にかぎって志賀直哉や瀧井孝作の小説は外国に通用せぬなどと他人の褌で角力をとるようなことを云って得意になっている、自分が碌な文章も書けぬ癖に何を云ってやがると思ったということもある。

今では多少飲みこめてきた。つまり文体というのは、内心の要求・動機・衝迫にうながされて選びとった材料を整理し、個々の場面は読む人に出来るだけハッキリわかるようなイメージを頭に浮かべてそれを切りつめて描くという手続きである。その具体的現れである。これは小説家である以上は誰でもやることで、作者にはそれぞれ特有のモティーフがあるから自然にそれぞれの形が出てくるのは当りまえである。無意識に出てくる。これを指すのだろう。

それで考えてみたら「文体」というのはスタイルの直訳であった。何のことだ馬鹿馬鹿しい、と思った。安物はいくらでも転がっている。流行の関西弁スタイルなどやっぱり文体の一種だ。

この文の課題は「文体」でなくてその構成要素の一部「文章」であるから、自分としては苦労するが具体的にはまるきり書きようがない。このごろは批評家諸兄に褒められることが度々あって感謝し嬉しくも思っているけれど、私の文章などはじめから今日まで志賀直哉におぶさり切りで創見はない。文章論については谷崎潤一郎、丸谷才一氏の「文章読本」に尽されていて私は最も敬服しているので加えるべき言葉はない。自分として何時でも守っていることは、音読して滑らかに意味の通じない文は決して書かないという規律だけである。しかしこれはそうしないと生理的に不愉快だからで、単に子供の時分に植えつけられた固定観念のせいなのかも知れない。

とにかく私にとって文章と文体とは切り離しようがないので当惑するばかりである。それで読んでもらう人には申しわけないが両方いっしょくたにした感想を書いてみたいと思う。

大正初年の小学生時分は、私たちの「書き方」の教科書は日高秩父という書家のあらわしたものであったが、その字が余りに弱々しく女々しいというので父がひどく嫌って、私はかわりに唐の顔真卿の楷書を臨模させられた。この碑拓を綴じた折本はその後も長く手元に残っていて私は時々広げて眺めることがあったが（何もわからなかった小学生時代は別として）その度に、あの優雅流麗な書の流行した時代に彼だけが何故こんな無愛想で凝り固まったような字ばかり書いていたのだろうと不思議に思った。野蛮で、むしろ押しつけるような窮屈な造型感があり、抵抗と不快を誘うというか、なんだか見馴れぬものに向かっている感じがつきまとった。しかしこの頃では考えが変って、つまりこれは顔真卿が苦労して発見した自己固有のスタイル・自分の美意識の形体化のせいで、だからすぐには馴染めなかったのだとさとるようになった。そのヒントは昭和十九年か二十年かの敗戦近くに志賀氏から貰った同氏作の油絵から得たと云ってもいいと思う。

Ｆ六号を横にしてラッパ水仙とボケの花を画面いっぱいに描いた明るいこの絵は、誰に見せても素人初歩の単純正直まる出しで、対象の花の美しさへの興味がまったく成心なしに晴れ晴れと描かれている。誰が見ても無器用と云うだろうし、しかし誰が見ても悪い気はせぬであろう。まことに志賀氏以外の誰の絵でもない。一時熱中して油絵をはじめていた昭和十三、四年、奈良から東京に移転したころの作品である。

私はこの花の絵を見たときすぐ「或る朝」が頭に浮かんだ。誰でも知っているように、氏は始め小説を書こうと試みて「文章から云うと円朝口演の速記本を読んだり、用字から云うと涙を泪としてみたりというふうな細い真似までやって文章を工夫してみたけど一向に満足できず、法事の朝の出来事を翌日そのまま書いたときはじめてコツがのみこめたと思った」（とこれは直話）。しかし自分ではそれが小説だとは考えなかったから明治四十一年一月十四日の日記に「朝から昨日のお婆さんとの喧嘩を書いて（非小説　祖母）と題した」と記した。そして九年たった大正七年に発行された第三小説集「或る朝」の巻頭にタイトルを「或る朝」と変えて発表したのである。その間にこの僅か九枚半の文章は自己の「小説」として自覚されていたということになる。つまりこの作によって志賀氏は小説家に不可欠な文章の自己固有のスタイルを獲得したということになる。

それで私がこの花の絵を見たとき、この絵は「或る朝」の一歩手前だと思ったのである。小説の場合と同様、氏は自分で油絵を描く以前に沢山の絵画を見ている。普通人より遥か以上に造型美術に親しんでいたことは、雑誌「白樺」の挿絵写真の多くを選んだということからも、大正末期に「座右宝」を編纂出版した熱心さからも、また高価な「蓮鷺図」や倪雲林の傑作を買いとって身辺に置いたことからも明かである。実作者としての梅原龍三郎、若山為三等との親密な交友は云うも更である。そして――にもかかわらず志賀氏のこの絵にそういう既成のものから引き写された技巧の痕跡がまるでないこと、気《け》もないくらいさっぱりと無関係であること、隅から隅まで自身の眼だけに頼って幼く無垢に清潔に描かれているということ、そのことが「非小説　祖母」を書いた書き様と重なり合って私の眼に浮かんでくるから、私はこれを「或る朝」の一歩手前になぞらえて見るのである。一歩手前という意味は、志賀氏が、使い馴れた言葉やペンではなく生まれて初めての油絵具という材料で対象を表現しようと試みているからで、つまり手がまだ意志に従って自由に動かない状態にあるという意味である。だから眼は十全でも出来上りは手前に止まっているのである。氏の随筆に、ある画家の絵を見て「これは絵ではなくて絵みたいなものだと思った」という一節がある。志賀直哉は自分が描くときは自分の「絵」を描く。その時が来るまで見様見真似で絵はつくらない。「絵みたいなもの」はかかない。他人のスタイルは容れない。だから「或る朝」で「コツをのみこんだ」のと同じ時が訪れるまでは正直で幼稚でいる他はない。私の書斎に掛けられているこの花の絵のようにである。それにしても二十五歳のとき文章でやったことを再び五十五歳で繰り返すとは、云うべき言葉もない。

顔真卿が何時あの類のない強い書体を発見してああいう異質の書家となったかわからない。しかし或るとき突然にまわりのお手本から来る呪縛から逃れた状態で試みた無意識自由な作品が自分固有のスタイルとして飲みこまれ、以来動かぬものとなったのではあるまいか。私は自分の文章が志賀直哉摸倣から一歩も出られないまま今に至っていることを知っている。多分その故であろう、このごろこういう空想上の結びつきを両者に想定して、その小型のものでもいいから何時か自分にも訪れぬものかと、はかない望みを抱いているのである。流行の女性投書家スタイルで「そんなことをしきりに思う今日このごろです」と冗談にでもしておく他ない。

（「文学界」昭和五十一年七月号）

文学的近況

それが小説であるかないかは作者のモティーフ表現への意欲と緊張の度合いによって決まる、という意味の志賀直哉の教えに従って私は私小説を書いてきた。今度それによって名誉ある賞を受けたことは何よりも嬉しいことである。

何年前のことであったか忘れたが、ある日この地方の盲学校を参観したとき、展示されている全盲の生徒たちの造った粘土彫刻を見てそのむしろ不快なグロテスクさに意表を衝かれたことがあった。犬とか机とか顔とかいう題がつけられていたが、私たちの平生見馴れているそういう物の形体は（あの単純きわまる四脚の机でさえも）まったくなくて、ただのわけのわからぬ突起や凹みを持った異様な塊りがあるばかりであった。触覚だけで記憶されたものが、せいいっぱいの忠実なリアリズムによって再現されるとこのような実在せぬものに生まれ替るのかと無気味に感じた。生まれ替ると云ったのは、それが奇形であれ何であれ盲者の頭のなかには既に生きて実在する形体の生き写しというリアリズムの迫力によって私を脅かしたからである。

私は私自身を写すことを目的として小説を書いている。私だって歴史とはどういうものだろう、社会とはどういうものだろう、またそれを動かしたりそれに動かされたりしている人間とはどういうものだろうと、私なりに考え悩んだしいろいろしたけれど、結局はいちばん識っているのは自分の歴史だし、従っていちばん深く追いこめ得る相手は自分自身しかないし、それはまた自分をできるだけ写実的に書くことで何とか迫ることができるだろう、というような気分になってこれまでやってきたのである。だから私小説は小説ではないなどと云ってすましている人を見ると、呑気なものだと感じた。そういう人にとっては社会などというまるきりわけのわからぬものも余程手軽なものらしい。這いずりまわって手探りしてもわからぬ他人、彼等がそれぞれの異和感と苦痛とを担って交わっている人間社会、そういう世界の現実を客観的に描かなければ小説でないなどと、馬鹿のひとつ覚えみたいな説教をして平気でいるのである。

私は盲目の生徒の一心こめてこしらえた彫刻を見たとき、この他人には通用せぬ犬も机も、首だか何だかわからぬ自分自身の顔の自刻像さえも、彼等にとっては真実の写生であって、つきつめて行けばそれはまた眼明きのわれわれと、そういうわれわれの心に映っている現実社会との関係でもあると思った。スタティックな社会秩序も人間関係もなくなってしまった世界は、もうスタティックな信頼できる実体を失っているのだから、個人は勝手な手探りで、ちょうど盲人がそれぞれの自前の手探りで撫でまわしたモデルをできる限り忠実に再現したように、他人の眼には通じなくても何でも、自己の受取った真実を自分固有のリアリズムの形によって再現するほかないだろうと思った。つまり私小説で書くしか書きようがないと思った。

それを私がうまくやっていると云うのでは勿論ない。そんなことくらい私の実績をみてくれれば明白である。しかし「私の文学的近況」という題をもらったから、心のなかでは今こういうふうに感じていると記したまでである。他意はない。こういう考えは比較的近いころのものであるが、以前にも似たようなことを考えて書いたこともある。

人間というものは解らないものだと思い、どうかして識りたいが、さりとて自分一人のことさえ曖昧でさっぱり手掛りがないというようなことを、あてどもなく考える時期がかなり続いた。中学生の時分からものごとを見過ごすことや気楽に考えるということができぬたちで、寛容の欠如があったから広い世間を狭くわたってきたことは確かである。そのため余計に観察の範囲が変化に乏しくて、自分だけに考えが集中し、光を浴びる春の若芽のように柔軟で清新な自分というものを経験することができないまま青春をすごした。一族の自堕落で豊富な生活を羨望を含めた嫌悪で敵視し、かたくなな自意識にはばまれて昭和初頭の意欲に満ちたプロレタリア芸術への理解を拒んだ。当時の性急な左翼芸術理論の生みだした幼稚で概念的な作品の大部分が所謂進歩的インテリによってつくられたものであり、真のプロレタリアート農民の手から生み出された小説でないということに共感できなかったことは、自分にとって必然的であり正しくもあったけれど、彼等の身を投じた実際運動に対する自分の臆病と、彼等のまとう一種の華かさへの反撥が自分を卑屈な疎外感に追いこんでいるという自覚が、自分に恥をもたらした。医者の学校にはいって医者の学問を怠け、一方で左翼運動の末端の末端に触れてはねとばされてますます自分に失望し、「自己」などということを考えることすらおこがましいと観念するくらいの強い絶望を味わった。私の頭の奥に「自己を生かす」という大時代な白樺的プリンチープが根強く巣喰い、他方に革命のために自己を亡ぼすことが即ち自己を生かす道だという時代的正義が存在し、私はそのどちらにも曖昧で臆病な自分の姿をあからさまに見出さざるを得なかったのである。

こういうことを書くとまるで自分を聖人か苦行僧になぞらえているみたいでまことに滑稽でもあるし苦笑ものでもあるが、まんざら嘘というわけでもない。そしてこういう若気の至りが、否応なしに世間と交って呆やけて流れることも通例で、私が同じ経路をたどってものわかりのいい人間になったこともまた嘘ではないのである。

怠け者の医学生であっても、医学というのは目前に証拠があっての学問であるから、何年か常接していると、人間という物質に対する認識の確実な部分だけは植えつけられる。

私もこの辺から少しメドが立ってきたように思う。医者になって生ま身の病人をあつかうようになるにつれて、私はズルくもなったが人間の隠された心理を漠然とさとり、それが私自身にも内在したり顕在したりしているということを識るようになった。そしてこのことが私自身の自縄自縛の恥辱感を寛解する作用を演じ、私を進歩させたと思うのである。つまりやや人間や自分がわかってきたという感を持ったのである。

そして私は結婚したことでもう一歩進んだと思う。また妻の病気が慢性的に長くくりかえされたことで苦痛も味わったが進歩もしたと思う。勿論このあいだに戦争がある。しかし、それを書くために小説を書きはじめたのかと云われれば無論そうではない。私は小説が生来好きであったし小説を書きたい気がしたこともあるが、まさか今のような職業的小説家になる、或はなれる、などと考えたことは一回もなかった。ただ敗戦の翌年かに友だちの平野謙と本多秋五が遊びに来て「小説を書いてみないか」と云ってくれたとき、どうしても書いておきたいと思ったことがあったので「路」という短篇を書いて一九四七年九月の「近代文学」にのせてもらったのがきっかけとなった。それから二年一作の割合いで十四、五年続けたすえ年に二作くらいになって現在に至っているのである。他動で始まり自動となった、これが文学生活三十年の経過であるが、小説のモティーフは自動的に三十年間おなじで「私」以外のものではない。そしてこの「私」はここに記してきたような私であって、その時その時にそれに適した表現を与えられているだけである。みな写実である。

表現が題材によって変わることは余興でやっているわけではない。他にやりようがないと感じてやっているのだから必然性をもっていると自分では信じているのである。時代や環境や実生活が変わり、「私」が迷い或は進歩すれば、同じやり方で捕えられるはずがないではないか。本当云えば私は他人のことなどどうでもいいから、いつまでたってもわかりもせず信用もできない「私」を、リアリスティックに描くことで少しでも安心成仏に近づきたいわけで、そのために本気で茶番もやるのだ。最初に紹介した盲学校生徒の彫刻の流動するような生気に力を得て、その真似を試みたりしているのである。

齢のせいでまたしてもあれこれと同じようなことを繰返す愚を演じてしまったが、事実旧態依然というのが私の現状でもある。要らぬ刺戟を他人にあたえるような物云いもまた、老いのいたす意地悪さだろうということも自覚している。昔から読者の共感を意識的に無視するつもりで書いてきて、実際にも本の売れ行きは最低に近いことはよく識っていたが、このごろになってだんだんとむしろ期待のそとに置いてきた若い人たちのうちに読者を得るように変わってきたことを本当に嬉しく感じている。自分勝手に自分に固執して、それを公言して快を遣るといった要らぬ負惜しみ気分が減ってきたように思い、かなり気楽になったようにも思っている。だから今度賞をもらうことになって、どちらかというと済まないような気になっている。

（「中央公論」昭和五十一年十一月号）

日曜小説家

このごろ画家の曾宮一念氏の「日曜随筆家」という本を面白く読んだが、それで考えてみると自分も日曜小説家の一種ではないかという気がした。本職は別にあって、医者だが、それで自分と家族を養いながら他方で小説を書いて居るわけである。中学の頃から小説が好きで、ずっと読む方が楽しみでやって来て、戦後友達にすすめられてやっと数え四十になってから書き出した。従って量から言っても質から言っても、自分をひととおりの小説家だというふうにはなかなか想像しにくい。むしろ実感としてできない。勿論片手間でやっているわけではないけれど、それに全生活をかけて居る作家に対する内心のヒケメはどうすることもできない。

鷗外だの漱石だのということになると例えが大きすぎてそれこそヒケメを感じるからもう一枚水上瀧太郎を加えるとして、この三人がそれぞれ優れた小説家であったことに論はないけれど、当時の文壇常識から云えば、それぞれ「千駄木のメートル」であり「早稲田南町の先生」であり「飯倉の水上さん」であって、本筋からは若干はずれた局地占拠の傍流作家だったことも事実である。そしてこういう位置づけの根本のところに非職業作家を軽蔑するムードが流れていたことも確かであろう。実際、言葉は下品だが「身体をはって」文学と格闘している面々から見たら、安全地帯で反りかえっている連中は甘チャンに見え、「何言ってやがる」と感じたにちがいないし、それは理由のないことではない。

そこで、僕自身を仮に末端に位する小説家の一人と認めるとして、そして自分を「身体をはっていない」日曜作家と自認した上で、この頃こんなことを考えている。昔の文士は貧乏で首も縊りかねなかったが、今の文士は別荘も自動車も持っている。昔の文士は怠け者ばかりで今の文士は働きものばかりだからこれは当然である。僕が毎日一生懸命に患者を診察して充分な生活をしていると全く同様に、小説家が生活のために多量の仕事をして当然受くべき報酬を受け更にその一部をさいて別荘を建てようと自動車を買おうと何の不思議もない。人間の権利である。――ただこういうことはある。昔の文士は頑迷な固定観念のようなものがあってヤッツケ仕事、つまり画家の売り絵みたいな作品を書かなかったけれど、今の文士は僕が患者を数でこなすように、毎月沢山のいい小説と悪い小説とを書く。そこで僕はここに僕らのような日曜作家にも存在すべき理由が出て来たと考えるのである。僕は、活計のために書く必要はないのだから、真面目な小説だけを書く。書く義務があると思う。どうせ趣味でやっているのだから、せめて態度だけは真面目に、内心の要求にだけ従った小説を書く。僕のような素人作家が救われる道は他にないだろうと思うのである。

枚数に余りがあるのでこのごろ気になっていることを書いてみる。連載ものが終った後の作家の感想を度々読む機会があるが、「この作品を書き進めるうちに、設定した人物が勝手に動き出して最初作者の予想もしなかった方角にこの小説を持って行ってしまった」という意味の言葉をよく見かける。いろいろの人が言っている。そしてたいがいの場合、それは自慢めいた調子で語られている。しかし実際にその小説を読むと無骨格でダラダラとしまりのない印象だけを受けることが多い。設定した人物と言われても、どう設定されているのか、最後までハッキリした肉体と性格を持つ生きた作中人物が現れて来ないのである。ひとり歩きできるだけの手足もそなえていないボヤッとした人物が勝手に動き廻るなんて変だ。本気で言ってるのかどうか、本気なら随分いい気なもんだと思うことがある。

トルストイやドストエフスキイみたいな大天才の創造した人物ならそれ位の必然性と腕力を持つにちがいない。そういう作中人物によって作者の予定したプロットが捻じ曲げられた時、作品は一層生気を帯び読者を引きずり込むだろう。

この言葉は美しく魅力がある。僕も一生に一度くらいはそういう経験をしてみたいと思う。到底できそうもないが。まずそれまではせめて自分の表現しようとした人間、モティーフの輪廓だけでもできる限り迫って書けるように努力する他ない。これが沢山書かなくてすむ素人作家の特権だと思うのである。

（「自由」昭和三十七年十一月号）

隠居の弁

私の職業は医者である。正しくは「あった」と云ったほうがいいかも知れないが、名目上は依然として医師会員となっているので、そうはっきりも云えない。そのうえ患者の診察はやらないで娘夫婦から小遣いをもらい、一方では小説や随筆を書いて稼いでいるのだから、この点でもヌエみたいなものである。なおそのうえに、原稿料稼ぎなどと大口をたたいても、年末になれば差引かれた源泉税がそっくりそのまま十万円くらい返ってくる、つまり一年の稼ぎ高約百万円という貧相な小説家であるのだから、ますますヌエである。結局扶養家族にもなれない隠居というのが適当なところであろう。

目下のわが家の住民は八十六歳になる家内の母、六十六歳の私と五十七歳の家内、三十七歳と三十四歳の娘夫婦、小学校二年と幼稚園の孫、手伝い二人という合計九人で構成されている。ほかに東京にサラリーマンと結婚した下の娘が一人いて、そこにも小学一年と幼稚園の孫がいるが、この孫たちが両家で交互に一年おきに生まれたので、私は七歳から四歳までの連続孫を持っていることになる。この娘も姉同様近所におきたかったのだが、東京で学生恋愛をしたから口には出さずに理由なしの反対をしていたところ、ある晩風呂に入っていると後から裸になって入ってきて、本気な顔をして「結婚させてくれなければ駈落ちします」と云ったので、いっぺんに驚ろいて承知してしまったといういきさつがある。この婿はできたてのモノレール会社に開業前から入社したが、商売が途中で不景気になり世間の評判にもなり、私は潰れるのではないかと思って、私の近くに住まわせて知り合いの会社にでも入れようと画策したことがあった。しかしそれを云うと「潰れるかどうかは僕にはわからないが、潰れるとしても、会社というものの業務がどんなふうに開始されて、どんなふうに駄目になって、結局どういうふうに潰れて整理されるか、せっかく始まりから見ていたのだからおしまいまで経験してみたい」と答えたので、あてははずれたが感服もしたことがある。今は景気がよくて拡張方法を苦慮しているとかで喜んでいるけれど、給料は安いようである。

上の方の娘も学生恋愛結婚をした。こっちで捜す手数がはぶけて有難いようなものだが、何となく簡単すぎて妙な気もするというのが実情である。下の方は旅行部員同士ということだったが、上の方は自動車部員同士だった。慶応の女子高校から医学部へすすんで教室にのこっていた。夫は戦争で父親を失ったまま外地に残された引揚家族の長男で、妹といっしょに山形で困難な戦後生活を経験し、栄養失調に瀕していたので小学校で配給されてその臭気のゆえに同級生から敬遠される肝油ドロップをもらって、無上の珍味として貪ったということであった。私はむかし駈け出しの眼科医師であったころ、ビタミンＡＤ欠乏の赤ちゃんが、あの臭い肝油液をまるで天上から注がれる甘露のように小さい口からむさぼり吸う有様を実見していたから、この話には納得がいった。それは余話として、彼は最初外語に入学したのだが、外語の読み書きだけなら余暇にできると判断して、一年で退学し慶応の医学部に転じたのである。とにかく今見ていても忙しく変化し実行する男だが、その後も卒業して眼科に入ったと思うと二年で中止して高分子生化学の教室に転じ、学位をもらって少ししたらまた臨床眼科にもどり、たぶん子供ができて将来の食うことも考えるようになったらしく目下継続中である。今度はおそらく大丈夫だろう。第一これで落ちついてくれないと、食わせてもらっている私が大変なことになる。生化学に熱中していたころは実験材料を家に運びこんで徹夜してやっていたし、今でも便所の棚にラテン語の聖書が乗っていたり、風呂場の棚にスペイン語やフランス語の小説がのっていたりで、はなはだ活動的な男である。

もっとも、私が娘夫婦をしがない開業医の後継ぎに引っぱりこむについては、家内とも相談してあれこれ考え、相応の手練手管を弄したことは白状せねばならぬだろう。

まず地所の一隅を占めていた離れを除いて鉄筋コンクリート二階建ての住居をこしらえ

ることにして、その設計に参加させ、たいして金のかからぬ個所では十二分に彼等の意見を入れ、上棟式なんかには東京から呼び寄せて意欲をそそり、いずれは自分たちのものであるという心持ちを増強させるようにした。話は別になるが、離れを潰すこわし賃が思ったより大きいので馬鹿馬鹿しいと思っていたら、どこかの寺の檀徒総代という人がやってきて、大変いい材木が使ってあるから庫裡に欲しいと申しこんでくれた。渡りに舟と承知したら忽ち檀家だという屋根屋さんや大工さんたちが集まってきて、奇麗に持って行ってくれたのはまことに有難かった。

さて住まいができあがったところで、半年くらいどこへでも好きなところへ行ってこいと云って夫婦を外国へ出した。すると三ヵ月で帰ってきてしまった。そして彼等が二人の孫をつれて引きあげてきて家中がにわかに賑かになったとき、私がソ連作家同盟からの招待で江藤淳、城山三郎両氏といっしょに旅行に出かけることになった。それで私は重ね重ね「しめた」と思ったのである。その理由は次のとおりである。

私はかねがね六十になったら隠退しようと考えていたが、もう六十二になっていた。開業医生活というものがつくづく嫌になっていたから少しでも早くやめて、残された僅かの時を自分の自由につかいたかった。そして頭が馬鹿になり身体が効かなくなってからの隠居は無意味だから、目標を六十に置いてきた。現代の六十歳は体力的に昔の五十歳くらいに当たるだろうという目測があった。私の子供じぶんには五十で隠居という人はずいぶんあった。盆栽なんかをいじくる紋切型の人もあったが、芸者遊びをやったり妾を持ってもそれが大ぴらでなければ世間は白眼視はしなかった。もちろん私がそんなことをいいと思ってるわけでもないし、自分に許したわけではないけれど、とにかく自由に、損得を考えずにやれる仕事を自分に課したいという気は強かったのである。

まあそんなわけで、この旅行をきっかけにしてやれという少々虫のいい思惑を胸に抱きながら、留守中の一切を彼等にまかせて二十余日の旅行に出た。開業医などというものの構造は小企業以下の家庭企業だから、右から左へ診療と支出と収入とを明け渡せば万事オーケーで、面倒は何もないのである。おまけに旅から帰って、疲れを休めるために一週間ほど怠けていると、自分の一ヵ月余りの留守がどういう点でも生活に影響を与えなかったこと、つまり私の不在は蒸溜水のように無害無益なものであったということに得心がいったのであった。もっともそれがわかったとき、私が多少の物足りなさを感じたことも告白せねばならぬだろう。

――右のような次第で、以来四年間私ども夫婦は娘夫婦に食わせてもらい、家内は小遣をもらって買物係りという結構な身の上である。このごろ彼等は借金をして診療所を新築したが、借金は彼等のもので私の知ったことではない。小学二年の男の子が乱暴で、学校で同級生をいじめて母親から電話で抗議を申しこまれたり、幼稚園の女の子にテレビのチャンネルを奪われるというようなことは紋切り型だから、被害にもならない。

私自身は、すべてのことが自分の謀略どおりに進行したことを喜んでいるけれど、肝心要めの目標にしていた小説がまったく思うように書けないのには失望している。開業医生活に対する不満が無意識のうちに創作へのバネになっていたのかも知れないと考えることもある。しかしバネがなければ書けないような小説なら、どっちへ転んでもたいしたものではないだろう。だいたい、どうしても書かなければならないというモティーフが一人の人間にそう沢山あるはずがない。さもないモティーフを水増ししたり引きのばしたりしてやって行くくらいならわざわざ隠居した意味がない。今までどおり患者を診療してたまには感謝され、自分も喜んでいる方がマシだ。その方がたしかに多少は世のなかの役にたっているのだし、自己満足もできる。どうやらおれは計算をまちがえたかも知れないぞ、などと疑うこともある。――まあしかし引返すわけにも行かない以上は、自分のできるだけはやってみろ、というのが今の私の心境である。なにごともそううまく行くものじゃあない。

（「泉」六号、昭和四十九年九月）

筆一本

昭和四十五年十二月三十一日づけで保健所に廃業届を出して医者をやめた。本当は昨年の九月下旬、娘夫婦に一切をまかせてソ連旅行に出発して以来そのままずるずるべったりで一度も診療をしなかったのだから事実とは異なるが、税金の計算などでその方が便利で簡単なので、大晦日をもって形式的な区切りをつけたという次第である。しかし、とにかくこれで名実ともに筆一本の生活にはいったことは確かである。従って、今度から宿屋に泊まったら職業は著述業と書くつもりである。

昨年の旅行中、稀にではあったが同行の江藤氏や城山氏が私のことを外国人に向かって「ライター」といって紹介することがあって、その度に恥ずかしさに身が縮むような気がして閉口した。もっとも別のときに「ドクター」と紹介されると、今度は飛行機の乗合い客のなかに脳溢血か心筋硬塞でも突発したら一層弱ったことになるぞと思って「ちがう、ちがう」と口走ったりするような醜態も演じた。つまりどっちの職業にも自信がなかったという証明にもなる。もちろん、今小説家として自信があるという意味ではない。嫌いな医者をやめてやれやれと思っているだけである。

とにかく三十五年間、真面目な眼科医師として働き、家長としての義務をはたしてきた。運もよかったと感謝している。中学のときは到底ものにならぬと先生方にいわれていたがともかく高等学校にはいった。高等学校では友だちから医学部へ進むなどといっても信用されず、自分でも駄目かも知れないと思ったけれど、数回の偶然にめぐまれて目的を達した。

大学にはいったとたんに左翼の末端の、そのまた末端に連坐して起訴猶予無期停学に処せられてだいぶ怪しくなったが、結局は卒業して医師免許証をもらった。卒業すると前歴のせいで大学に残ることは拒否されたけれど、先生の好意によって自由に医局に出入して勉強することができ、そして二年ばかりたつと正式に医局員にしてもらうことができた。

要するに怠惰と我儘のため順調には進まず、かなりの空白期間がはさまったとはいえ、重大な危機に襲われる度にヤマが当たるとか、厳格な教師が突然交代するとか、親切な先生にめぐり会うとかいう、全くの偶然に際会し救われて医者となったのである。終戦になって田舎で開業すると割によく流行った。

そのころ平野謙と本多秋五に連絡がついた。そして二人に勧められて「近代文学」に短篇小説を書いた。どんなものを書いても同人諸兄が無審査で掲載してくれたから、全く気楽にポツポツと、できるに従って原稿を送った。この二人の友を持ったことも、ちょうどいい時に「近代文学」が出たことも偶然であった。――六十三年の生涯を顧みても、大袈裟だがとにかく私は他人にくらべて運がよかったと思わざるを得ないのである。何だか妙な話になってしまったけれど、公平な客観的事実を述べたまでである。心のなかのこととなれば話は別である。それはノベタラでうっとうしく、偶然も何もないものであった。

それで長い医者生活を終え、半年の間診療から離れた今何を感じているかというと、それは世の中に対する強い無力感である。私は医者になって以来かなり長い間は新しい勉強もし、経験を積重ねて少しでも進歩しようと試みたけれど、だんだん忙しさに圧されて本を読むことが少なくなり、従って検査も手術も積極的に行なわなくなり、ここ数年は数種類の専門雑誌に目を通すくらいがせきのやまで、無闇に患者がわずらわしくなってきた。ただ相手の症状に従って機械的に手を動かしているだけで「おれみたいな医者のところへ来たって仕方がない」といいたくなることも度々あった。それなのに目的を達した現在私がそこはかとない無力感に襲われるということも告白せざるを得ないのである。そしてその中身はどうも自分が世間の役に立ってないという感覚にあるらしい。あんなことをやっていて役に立ったも笑止千万な話だから、これは要するにひとりひとりに何かをほどこしたという肉体的手ごたえが消え去ったという簡単なことにあるらしい。このまやかしの消滅するのを待っている。

医者を廃業して筆一本になったらますます無用の人間になってしまうという怖れも感じているといったら人は笑うだろう。自分の小説が役に立つはずはない。はじめから自分自身のため一方で書いてきたしそれを目的でやってきたのだから当然だが、今となると何だか寂しいのだから変だ。片方でやれやれと思い、片方で不足を感じ、もう片方で未来の自分に未練を残している。とかく年寄りは愚痴っぽいとしておく他はない。

（「毎日新聞」昭和四十六年三月三十一日）

骨董歳時記

1　竹絵付け皿

歳時記ということで三回分書くことを引き受けたけれど、焼きものについて智識もなく研究もせずそれらしい蒐集もなく批評眼にも乏しいのだから、その辺は始めから御諒承ねがいたいのである。

正月ということで竹を写真に出してもらったが（写真略す）、どこのものか、たぶん中皿は明治大正ことによると昭和の益子で台鉢は江戸期の瀬戸かと思うがよく知らない。染付けの中皿はたしかに古伊万里であろう。しかしこうして並べて見ると一番高価で人気があって価値のありそうな伊万里が正直云って最もつまらなくみえるのは面白いことである。

益子（と仮にして）の皿は二十年ばかり前の或る雨の日に浜松の近くの友人故山内泉氏

からもらったものである。いろいろ見せてもらい教えてもらった帰り、雨樋の水受けにしてあったのを美しく思って「これをくれないか」と頼んでもらってきた。当時は焼跡のトタン屋根バラックばかりであったからすぐ目についたのであったし、山内氏は小さな食器店を出してあちこちから新古ごちゃまぜの常用民芸品を仕入れてきて並べていたのであるから、勿論これは中でも雑な現代物であるにちがいない。ことによると水受けにしてあったせいで却って汚れて味がついたのかも知れない。

しかし私はこの三枚が大好きである。色のあるのもいいが特に太い竹の幹を描いた鉄砂の絵付けの柔かい強さ美しさが好きである。絵の大きさもちょうどいいし筆数の少い無造作な表現も見事である。他のひとつの如何にも竹の新芽らしい柔軟な筆使いと初い初いしい色彩のやや濁《だ》みた派手さもよく似合っている。もひとつの方の松竹梅の略筆は、これは如何にも益子風だ。この可愛い三枚の皿を、私は何時も部屋の入口の鴨居や一寸ひっこんだ壁面や出張った柱に掛けて通るたびに見上げているが倦きることはない。しかし或るとき下ろして菓子を乗せて机の上に出したら、何だか野暮臭くて汚くて使い物にはならなかった。

中型台鉢も無骨で厚ぼったい品で脚も一本欠けている。しかしこれもどこでいくらで買ったか覚えはないけれど大変気に入っている。縁にも所々に釉《うわぐすり》が剝がれたり欠けたりした個所があったので自分でくふうして修繕した。まわりの鉄釉の竹の葉は表面が滑かで少し盛りあがって濡れたような趣きがあるからここを補修するときは大分苦労した。セメンダインに色をこね合わせるのだが、この褐色の調子を出すため庭をほじくったり塀の隅をかじったりして古釘や古針金をさがし、適当なところをとって薬局用の乳鉢で粉にして適量に薄めるのである。真物とまがうようなふうにはなかなか行くものではない。しかし我ながらうまく成功して、はじめて見せる人にはかならず試しているが成績はいい。

私はこの竹の葉の如何にも一人前な感じが好きである。またその一つ一つを区切っている太い節竹の幹の色がやや赤味の多い薄めになっていて軟かい変化をかもし出していると ころのあつかい方が巧みだと思う。地色は淡黄色を帯びて器全体に暖かみがある。

最後の染付け古伊万里中皿はごらんの通りのものである(写真略す)。薄手で周辺は所謂芙蓉手紋様にかこまれ左に寄せて古若二体の竹幹、土坡と何かの実か花のようなものをつけた矮木、右上に大形の竹の葉二枚、そして中央に広く白地空間を残しているのが味噌である。この空白がないとまわりがゴテついているだけにひどく垢抜けしない図柄になる。この皿は初期伊万里に熱心であったころのある日、浜名湖畔の金指という部落の道具屋が持ってきて、裏を見せて「ほら太明とあるでしょう。これがタミンと云って値打ちがあるんだ」と自慢して置いて行ったものである。私はそんなに古くはあるまいと思ったが、それまでに蒐まったのが何れも小高台厚手の型通りの古伊万里ばかりでニュー入りが多かったので、何となく奇麗でハイカラに感じて貰っておいたのである。「太明」というのが何時頃という証拠になるのか今だに知らないが、感じとして云えば中の上くらいの気がしている。

とにかく竹という画材は、南画以来東洋の最もありふれたもので描き方の型はきまっているし、従って誰が見ても竹と見えるように出来あがっている。だから難しく面倒だとも云えるけれど、いったんデザイン化してしまえば却って色々のヴァリエーションが可能になり、それが陶器という立体的な形に縛りつけられるとまた変化が可能になっている。この辺も大変面白いことだと思っている。

2　壺三箇桶一箇

信楽の壺は佗びしいもの、地味で淋しいもの、沈んで落ち着いた気分をもたらすもの、冬にふさわしい焼きものということになっていて、私もそう感じるのでここに選んだのであるが、必ずしも皆が皆そうとは限らないということもまた当りまえのことで、そこがまた焼きものの面白さでもある。

三個の壺は何れも無釉焼締め高さ四十七センチ前後のもの、鬼桶は四分の一ばかりが淡緑の美しい自然釉で覆われた高さ十九センチほどのもので、何れも農民の生活用具である。

第一の壺はザラザラと煤けたような黒い壺で見るからに貧しく淋し気な姿をしているが、部分的には滑かな硬い表面に赤褐の肌が浮きだしているところもある。表面は鼠色に白っぽくカセているから一層淋しく見える。口づくりからみて三個中もっとも古いのだろう。肩に浅い約束どおりのバッテン文がめぐらされているのが唯一の装飾である。十何年か前に友人の宅に京都の道具屋がきて見せられて気に入ったが、裾のすぼまった感じ、肩文の浅くて弱々しい刻み方、それから自分が信楽に期待していた、赤褐の荒々しい肌の見えないことなどがあって買う気にならなかった。それを率直にいうと道具屋は嫌な顔をした。荷は他にもあったし遠くからそれをわざわざ担いできて、いきなり無遠慮にケナされれば、誰だって不愉快にきまっている。その時分の私にはそういう思いやりがなかったのである。小柄な年寄りであった。しかし「南北朝時代のもの」といって室町まで下げないところはやっぱり道具屋言葉だと思った。そのまま帰って三月ほどした或る午後、ひとりの大学生がきて「おやじがこれを二万円で買ってもらって学資にあてろといったから」といったので、このいきさつを面白く感じてそのとおりにした。自分が本当は心の底でそれが気に入っていたということ、つまり私の無意識を年寄りが逆に見抜いていたこともわかった。

この壺はしかしやはり私には貧相にみえて気にいらないままに放置されていた。十年ばかりして東京の若い道具屋がきたとき不満を述べると「二日間くらい煮ると奇麗になって隠れていた赤いところがでてくるかも知れない」と教えてくれた。何でもないことと思ったが、実際にやってみると子供用の行水盥に横たえても三分の一は水面からでてしまうし、第一そんな盥をかけるガス台なんか家のどこにもないのである。それでも頑張って大盥を買い、診察室の大型の石油ストーブに乗せて時々向きを変えながら二日間煮沸した。効果を強める意味で苛性ソーダまで入れた。来る患者が実に不思議そうな顔をして、ゴトゴトと転げまわっている真黒い壺をながめている光景は我ながら可笑しかった。が、結果は散々で、ていねいに水洗いして乾かしたところを見るとただ表面がパサパサになって一層みすぼらしくなったうえに、赤味なんかでてもこなかったのにはがっかりした。——どうもつまらぬことばかり書いたが、これでも私と同程度の素人の読者には多少の参考にはなるだろうと思ってお許しを願っておく。この壺は今では落ちついてきて、私の気に入っていることも申しそえておきたい。

第二のふっくらとした壺は、そのおおような形と、明るい黄赤色と、焼芋の皮みたいな割れ目の様子が好きで、何時も座右に置いている。これも半面が剝落して白壁状にカセている。おまけに前に書いた竹絵の益子皿を貰った友人から同じく二万円でゆずり受けたものであるうえ、第一の壺と同じく息子さんが学資納入の前日、父親のいいつけで持ってきたという点までそっくりそのままで、世間には不思議な符合もあるものだと知って驚ろいたことを記憶している。人によるとこれは時代が古いという人もあるが、口縁が欠けてしまって見当がつかないし、私は首の立ちあがり具合からみて、江戸初期くらいと考えているがどんなものだろうか。

第三の壺も私はそんなに古いものとは思っていない。またこういう土肌は伊賀だという人もあるが、私にはどこがどう違うのか一向にわからない。非常に強い感じ、黒と赤褐色と赤のムラムラした印象、半面の肩から裾にかけての荒っぽいカセ具合が気に入って、やはり身近な場所に置いている。この三個とも半面に白くカセた部分があり、このごろはこういう部分の荒々しい美しさが発見されて、友人などもそこを正面にして据えておけとしきりに勧めてくれる。確かに新しい目のつけかたで、尤もであるが、ここばかり見ているとやっぱり駄目である。鑑賞の幅が広くなったことは賛成であるが。

鬼桶は七年ばかり前に近くの識合いの農家からゆずり受けた品ものである。専門の学者から所謂紹鷗鬼桶と呼ばれるものだと教えられて珍重しているが、自分で茶をたしなまぬから戸棚に入れておいて時々出して眺めるだけである。

3　朝鮮民画

七、八年前であったか、ある日湯島天神下の未央堂へ寄ったとき、店の壁に掛けられている二枚の絵を見て、不思議な絵もあるもの哉と思い、ひきつけられるような気分になって買って帰ったのが「文房具図」である。もともとは四枚折りか六枚折りかの屏風の形で普通民家の座敷か居間の調度品として飾られていたものを、バラして軸に仕立てたのだということであったが、細長い画面の上から下まで隙間なしに書冊、筆筒、机、巻軸、立華、用途不明の小壺、鉢盛りの石榴や茄子、頭をそいで黒豆みたいな種を出した西瓜、などがビッシリと重なりあって描かれていた。ひとつひとつの物は細部まできちんとした墨の輪郭をもって実写されている。そのどれもが、たとえば冊子の秩の紋様までが細かく写されているのであるが、しかし不思議なことに、そのどれもが極端で不合理な逆遠近法で描かれている。たとえば机の表面は遠くへ行くほど開いているにかかわらず脚は反対にほぼ正常の遠近法で先きすぼまりに描かれていたりする。おまけに、こういう物件が上から下までぎっしりと並列し重なってリアリスチックに写されているのに、あるものがあるものの上に重ねて乗せられているように描かれていない。確かにお互いの底と頭は接しているが、均衡は全然無視されているから、重力的に見ればすべては崩れ落ちるはずである。そうかといって一切が空中に浮上しているといったようなメルヘン的な味はない。ここで当然シュールの画面を思い浮かべることになるけれど、あんな意識的な構成と統一的な意図などまったく感じられないのである。いったいなにが原因でこんな絵が生まれて、しかも数百年も伝承され続けてきたのか、私には今だにわからないままである。にもかかわらずそこには異様な魅力があった。なんとなく目をそらせないような迫力と、一種野蛮な力を感じたのである。

しかし、この絵を買ったのち同じ未央堂や他の店で同画題の何枚かを手に入れていくうちに、描き方が変遷してあるものは上品で優美な筆使いになり、あるものは子供用の版画みたいにギッチリ、デコデコとしただけの様式画となり、おしまいにはただの申しわけ程度の貧相な物品陳列画と化してしまったことがわかってきたのである。

「双鳥図」は未央堂から只で貰ったもので私の大変気に入っている絵である。ちょっと見ると染色かと間違えるくらい単純化され模様化され工芸化されているが、素朴でしかも暖かく、幻想的な花の描き方など夢のような趣きがある。朝鮮民画には花鳥が多く、必ずといっていいくらい美しい一番《ひとつが》いの小鳥を伴っている。「虎図」も多いがその場面でも虎を見下ろす小鳥が常に添えられている。虎でも花でも初期に近いものは中国の模倣で特徴に乏しいが、たちまちお国柄で李朝風に変化して優しくなり、類型化されてしまう。写実の厳しさは失われるが温和で抵抗感なく入って行けるものになる。そして結局は、日本の泥絵または冊絵のような民衆画となってしまう。この図はその一歩手前か、筆数と色数が少なくてできのいいものと思われる。

「蓮花瑞亀図」は未央堂の展示会を見に行った折り「鹿」の小幅を見つけて買おうとしたらひと足ちがいでアメリカ人に売約済みだといわれ、口惜しまぎれに会場を廻っているうちにみつけて喜んで求めたものである。亀はやっぱり一番い二匹いて、蓮の根元で口から煙のような瑞気を吐いている光景であるが、いかにも古風な感じと、それから亀の形、頭が馬鹿に小さくて李朝水滴などにそっくりのところが気に入ったのである。

最後の山水図はやはりこの時の展示で一見した瞬間、素直にその平和な美しさに打たれて求めたもの、瀟湘八景のうちの、「山市晴嵐」である。この他にいま手元には同じ作者の「遠浦帰帆」と「江天暮雪」の二幅を持っているが、同時に陳列されていた「平沙落雁」と「煙寺晩鐘」までは金が足りなくて買えず、この間も谷川徹三氏から「どうして皆買わなかったの?」とさんざん冷やかされて後悔を新たにしたくらい魅力あるものであった。中国でも日本でもないまさに朝鮮そのものの絵で、いかにも平明で柔和で暖かい、そして気楽な美しい風景画である。ところどころに淡彩がほどこされているという以外になんの説明もいらぬ。李朝陶器の絵付けそのままの簡素な筆使いには一層の魅力をそそられるとだけいっておきたい。

朝鮮の民画は三、四年前頃からだいぶ出てきて気楽に買えるようになったらしい。らしいというのは私が地方住まいだからだが、それでもとにかく値段が手頃だから古くても新しくても自分の気にいったものを選んで壁にぶら下げて楽しむには適している。よいにせよ悪いにせよ、贋物はひとつもないことは確かである。

（「小さな蕾」昭和五十一年二月～四月号）

骨董夜話

1　青銅瓶

骨董などと呼び得るものでないことは御覧のとおりである（写真略す）。しかし私にとっては、二十年このかた見るたびごとに、減りもせず変りもせぬ美しさをみせてくれる愛蔵品である。むしろこんなものは誰も欲しがらないだろうと思うから一層安心だし、したがって何時も自分にだけ本当の美しさを見せてくれるのだという気がして、ときどき戸棚の暗い隅からとり出しては倦かず眺め入るといった次第である。

文字どおりのブチ割れ品で、合計すると十四の破片を継ぎ合わせてある。割れ目のところが離れたり食いちがったりしているのは、素人にたのんで貼りあわせてもらったからである。断片の色が同一でないのは、もともと台所の洗い台の下の濡れ土のうえに重ねて放置されていたからである。

終戦後の、まだ骨董など知らない、というよりは買う興味がまるでなかったころ、浜松のある美術家のところからもらってきた。空襲と艦砲射撃でめちゃめちゃにされた跡にたてられたバラックの土間の、水のもる洗い台の下につくねられ、いちばん上に首のところが乗っていた。出がけにチラと見たとき、この首から口縁にひらいている曲線の美しさ優雅さに打たれたので引っぱり出してみて、いちばん下の尻のところの膨みの豊かさと品のよさに再び驚いた。破片のひとつひとつが非常に薄く、古びた緑青の沈んだような色調など、生まれてはじめて出会ったような気がして強く惹きつけられたのである。じめじめした場所に置かれてときどき水をかぶっていた加減で緑青の色がまるきり別物のようにまちまちになっていたが、もとはひとつに相違ないと思い、その全容を空想するとやもたてもたまらなくなって、もらいうけて家に帰ったのであった。「友だちが朝鮮の楽浪出土だといって僕にくれたものだ」と彼は言った。

家に帰ると早速絆創膏で裏面から貼りつけようとしたが勿論そんなことで手に負えるはずもないから諦めて、数日後にこれも友人の彫刻家のところに持ちこんだ。彼の方もさぞ迷惑に思ったであろうが、怒りもせず、一週間ばかりすると見事に石膏で接着されて、この写真にみるような三十一センチの全体像が戻ってきたのである。丸窓みたいな欠損部がまんなかにあるが、そんなことは問題ではない。

細く締まった首。大々と膨れた尻。細すぎもせず膨れすぎてもいない。口の開きかたと大きさ。口縁の繊細な折り返し。首と胴と下腹部を巻く四条の帯線によって引きしめられた立ち姿。そしてとかく鈍重になりがちな尻のすぼまりは、やや角張った段落をつけることによって見事な緊張を保ったまま小さめの高台に接続しているのである。帯線打ち出しのこまかいタガネの痕が櫛目状に残って一種装飾的な効果となっている。僅かに下開きとなっている高台の形も、行き届いた作者の眼を証明するものである。もちろん全体を覆う緑青の蒼古の味も見逃すわけにはいかぬ。

優雅無類、完全なプロポーション、わが予想はまさに的中せり、というのが私のそのときの感想であった。そして今もって変りがないのである。ただ余りに満身創痍だから人に見せずに喜んでいるだけである。

いつの時代のものか、本当に楽浪時代の発掘品にこういうのがあるのかどうか、智識のない私にはさっぱりわからない。新羅とか高麗とかに類品があるのかも知れない。ただこのごろ急に多く見かけるようになった鈍重で無神経な似寄りの青銅瓶とは類を異にするということだけは確かのように思っている。

この瓶を手に入れたあと、しばらくのあいだ私は古道具屋をまわり歩いたことがある。住まいが地方であったせいか、どの店にも銅器のようなものはあまりなくて、たまさか見かける古銅と称する品は私にもわかるようなイミテーションばかりであった。それで熱がさめると同時にいつのまにか興味が焼きものの方に移ってしまったのである。

しかしついひと月ほどまえにはある店で偶然李朝の青銅の匙をみつけて買って帰った。その自然な形体がこの瓶の優雅さを思い起こさせたからであった。ゆったりと長く湾曲した柄と、匙の部分の蓮弁を思わせる美しさは、食卓での取り分け用という日常の美を加えて如何にもこの瓶の流れを引いた朝鮮文化以外のなにものでもなかったのである。

2　木彫小地蔵尊

この小さなお地蔵さまは、もと奈良の元興寺極楽坊にあったものである。千体とも万体ともいう、信者から奉納されたものか寺で作らせて信者に頒けあたえたものか、とにかく大量に残されていてしかもほとんど全部が鎌倉期のものであるところからみると、授けられたにせよ奉納されたにせよ、一度に百二百とまとめて作られたことは確からしい。現在でも八百数十体がのこっていて姿形によっていくつかの群に分けられるという点から云ってもこのように想像されるのである。

一昨年であったか元興寺に参って「地獄極楽特別展」を見学したおり、中央のガラスケースのなかに二、三十体が並べて展示されているのを見たときも同じ感想を持った。ついでに云うと「あが仏尊し」で、どうも私の所持するこの像がひときわ美しいように思われておおいに喜んだ。これは元興寺に親しい友人愛蔵の三体のうちから選んで乞い受けたものである。一センチの台座、九センチの仏体が簡明単純な刀法で一気に刻みあげられている。

真黒に煤けて、それらしい突起によって僅かに存在の認められる鼻、垂れた耳、胸元と衲衣《のうえ》の境界を示す丸い曲線、胃のあたりで少しふくれて腹から両脚に落ちていくなだらかな線、長く垂れた両袖とそこからのぞく手にチョイチョイと刻まれた左の宝珠と右掌を開いた印形の愛らしさなど、実に完全なプロポーションをもってこの小地蔵様はスラリと美しく立っておられるのである。そして横楕円形の台座のぐるりには蓮弁を現わしたかと思われる「人」という形の墨書きが横にならべて描かれているのである。

この墨線は、裏から見ると全身にわたって塗られた白い胡粉のうえに描かれたものであることがわかり、背面には衲衣の継目の太く黒い斜線として太くくっきりと残されている。

私はこの小仏を手に入れた直後、幸運にめぐまれてその住居にふさわしい小龕《がん》を、湯島天神下の未央堂から分捕ることができた。と言うよりは、むしろお地蔵様が自分の入るべきところを招き寄せてくれたと申すべきかも知れぬ。

別に古いものでも何でもない。たかだか明治ころの作であろうが、明らかに一人の指物師が自分の守仏を納める目的で自分のために作ったものだということを確信させるような気配をもった龕で、うるさくごてついた細工などのまったくない見事なものである。直、彎、直という少しばかりの変化をみせた断面で重ねられた三重の基壇のうえに角を少し丸めた四面体龕が立ち、正面の二枚の扉も無飾のまま、そしてそのうえに基壇と均衡のとれたやや薄めの二枚の軒板が重ねられて優雅な反りを持つ屋根の下部に奥行きある厚味を形造っている。頂上の宝珠は大きすぎもせず小さすぎもせず、カッチリと簡素に立ちあがった本体をおさえてまとめている。龕の内外には薄手の朱漆がかけられ、基壇第三段と屋根四面の軒の断面そして宝珠とには漆黒の漆がひときわ厚く塗られて、全体像に微妙な色彩的変化をあたえている。まことに一見したところでは単純素朴で何でもないもののように見えながら、仔細に観察すると作者の念の入れかたがそのままこちらに伝わってくるように思われるのである。私のお地蔵様の入るまえの本来の守護仏はどんなものであったのだろうかと、そんな空想さえ誘われるのである。

私はこのごろ「自分用の持ちもの」ということを考えることがある。一般にそうであるが、専門家というものは商売用にはお客の気にいりそうなゴテゴテものをこしらえるけれど、同じ細工物でも自家用品になると装飾抜き、用途一方の品をつくる。それを入念につくる。私もある棟梁の常用していた小型の墨縄壺をひとつ持っているが、よく吟味された材料を何日も何日も手塩にかけて刻み磨かれた作品で、墨壺の容積深さから糸巻車の取手のつまみのつまみ具合、糸の出口入口にはめこまれた小金具まで実に合理的で単純で美しく、自分でもこれを腹掛けの丼に入れて仕事場でもまわったらさぞ気持がいいだろうと空想しながら机のわきに置いて眺めている次第である。

3　青織部菊皿

この皿は第一回に書いた青銅瓶をもらった友人からのもらい物である。勿論ブチ割れである。この次には多分一昨年の一月二十五日に亡くなった東大寺管長の上司海雲和尚から頂戴した根来《ねごろ》の折敷を書くつもりである。

だいたい六回連載の私の宝物の半分三回がもらいものというのは読者を馬鹿にしたようにみえるかもしれないが、実際わたしの持ちものでの最上品がこれらロハで手に入れたものばかりなのだからやむを得ない。後半の三回で見ていただくもの（写真略す）も最高が一万円、ほかは二千円と六百円の代物にすぎないことを前もってお断りしておく。安いとか、ただだからいいというのでは無論ない。二十何年かけて買いためた品物のなかから選んで写真にまで撮ろうとなったとき、物としても愛着があり作としても優れているものをと考えたすえ自然にこうなったまでである。世間に通用するとは夢にも思ってはいない。

そこでこの皿は、その友人が「自分で継いだ不手際さが気になって仕方ないから、好きだけどあげるよ」と言ってくれたものである。私が貰って帰って近所の仏具屋さんに漆の継目を金粉でかぶせてもらったからいくぶんは見よくなっているであろう。

直径二十一・五センチ、型台のうえに湿った布を置いて土をかぶせ、適当な厚さに外側の高台と器形を削り出したのち口縁を菊花弁型に刻み、裏面の花弁は丸箆《へら》で無造作に削りだしてある。総体に黄瀬戸灰釉をかけ、縁から少しばかりの銅緑釉を垂らした桃山期美濃のいわゆる青織部菊皿である。表の見込みには目跡が四つ残されている。明らかに窯跡からの発掘ものである。

私はこの皿をはじめて手にしたとき、その厚みと重さの手応えに強い快感を覚えた。内面のザラついた布目とそこに印されている四つの目跡、武骨で無造作なつくり方に惹きつけられ、半透明な緑釉の美しさに魅せられた。高台内側に露出している胎土は、細かく軟かい美濃の白土である。

この皿を手にいれたのち、別の友人のところで径十二センチばかりの全く同じ手の小皿を見て執心を強めていたところ、二年ばかりして大きさはやや不揃いながら五枚の青織部と五枚の志野長石釉の小菊皿をつづけて買い求めることができた。それ以来台所の戸棚において似合ったおかずを乗せて賞味することにしている。毎年の初冬に送られてくる長良川名物の筏ハヤの佃煮を大皿に盛り、めいめいが小皿にとり分けて食うといった類である。あの清流の筏の下に群れている四、五センチのハヤをそのまま生姜を入れて煮つけた土臭の濃い古風な食物である。生ウニ烏賊塩辛などもよく似合って味が増す。

この皿が美濃の産であるということは道具屋から聞いていたが、別に証拠はないからただそうかと思っているだけであったところ、四年まえの秋友人の建築家につれられて行った元屋敷の窯跡で、まったく偶然に瓜ふたつという破片をひろって成程とうなずいた。

あそこの登り窯は発掘されてていねいに保存され、雨除けの屋根までかけられているので、それに沿って内部の構造をのぞきこみながら急坂を下って行くと、焚口のすぐ下を流れている浅くて奇麗な清流の岸の土の間から、こまかい陶片に混ざってこの現物そっくりの、親指の頭くらいの三角形の織部の破片が首を出していたのである。つまみあげて水で洗ってみると菊花口縁の一部分であったから非常にうれしかった。それで家に帰るとすぐ戸棚をあけて較べてみたところ何から何まで寸分たがわず、皿を欠いてはめこめば見分けがつかぬほどのものであった。これで私の皿は桃山時代に元屋敷か、でなければその付近の窯で焼かれたものであるという確証を得たという次第である。

どっちでもいいような話だけれど、やっぱり持つ身になればこういうことも喜びのひとつである。その後おなじ美濃の笠原焼の中皿一枚と小皿十枚をもとめて普段使いに愛用しているが、これもいつか窯跡を訪ねて破片をさがして歩いてみたいものだと思っているのである。

4　チベットの短剣と骨笛

短剣の長さは三十三センチ、刀身の長さは十五センチで幅は三センチである。握りの柄は石のごとく硬いヤクの角でつくられ、鞘は厚くて弾力に富むヤクの皮でつくられていて、同じくヤクの皮の吊紐によって帯革にさげられるようになっている。拵《こしら》えはすこしばかりの装飾を打った部厚い銀板で巻かれた簡単なもので実用品である。もちろん闘争用の武器なんかではなく、羊の皮を剝がすとか食事のときとかに用いる日常の男子用具である。切れ味はあまりよくない。あちらの方には銀が沢山あるらしくて、垢だらけの女たちが両手に三つも四つもはめている指輪の台もみんな素人の手づくりみたいに曲げたり刻んだりした幼稚な銀細工である。

それならこの短剣のどういうところが好いのかと問われても頭を搔くばかりである。ただ掌に握ったときの握り工合と重さ長さ感触のよさにはすぐ惹きつけられた。こういうことは、チベット人の狩猟の対象ともなり牧畜の対象ともなり労働力ともなり、また日常の食料ともなって彼等の一生を支配している動物ヤクが材料として使われていることと密接な関係がある。スマートな形とそこに加えられたデザインの優しさなどもここから自然に生まれたもののように思われる。

骨笛のほうはまた見るからに荒々しいものである。形の示すとおり人間の大腿骨そのものので、膝の蝶つがいの二個の瘤状突起が皮で被覆され、その股から骨身にかけて銅板が褌状にかけられている。瘤にはそれぞれ孔があいていてそこから音が吹き出されるのである。吹口は刻みの装飾をつけた銀板で巻かれ、ここに唇をトランペットみたいに押しつけて力いっぱい吹く。音は山伏の法螺さながらの、破裂するような単調野蛮なものである。寺院の祭りには、鉦ドラ太鼓の大音響に混じって負けじとばかり吹き鳴らされる。チベットは鳥葬の国であるから死骸は僧と近親の手で切り刻まれたのち禿鷹と野犬とに与えられ、大腿骨は数日後に持ち帰られるのである。骨笛となるのは処女の骨に限られると言うが、必ずしもそうではないということである。私は勿論鳥葬もチベットの祭りも見たことはない。ただこの笛を手にとって眺めたりその音を聴いたりして、遠い禁断の国とそこに生まれた原始仏教の凄じい形を妄想して楽しむのである。——短剣も笛もこの欄にふさわしい優雅さを欠くことをお許しねがいたい。

ネパールのポカラという村の美しい湖のなかの小島に誰でも知っている平屋の木造ホテルがあり、私は正月のはじめで気候も暖く早朝から日没まで連日蒼空の下に雄大なヒマラヤ連峰が丸みえという好天の日をそこで過ごした。湖の水の流出口が洪水で切れて湖がひどく干上がり、無数の烏貝の死骸が腐臭を発し、電気はともらず、対岸への往復は丸木舟という有様であったが、それもヒマラヤの景観にふさわしかった。村の百姓家で自転車を借りて二十分くらい走ったところにバザールがあって、布地とか織物とか台所用の銅器とか壺とか食い物とかを売っている。大麻煙草用のパイプまである。

短剣はこのバザールの一角にある間口二メートルばかりの小店で買った。通例に従って負けてくれと交渉したが、邦貨にして約二千円を一文も引いてくれなかった。二回行って掛けあったけれど、チベット政府の出店だと言って帳簿なんか引っぱり出して無駄であった。ただのナマクラで装飾用の安物もあったがこれだけにした。ねばっているあいだにチベットからの難民らしい女が自製の小型絨緞をかついで来て金に換えたりしていた。

これを買ってベルトにぶら下げてホテルに帰って庭に出ると、前日から癪にさわっていたアメリカ人の婆さんが日向ボッコしていて私をジロリと睨んでそっぽを向いた。会釈して隣りの椅子に腰を下ろすと傲慢な、ひとを馬鹿にしたような表情をしている。それで私も腹にすえかねたからいきなり短剣を引き抜いて「ハイジャック！」と叫んで顔のまえに突き出してやったところ、婆さんが肥った身体をのけぞらせて恐怖の青い眼をむきだしたので「ざま見ろ」と満足した。――あまりタチのよくない結末になってしまったが野蛮話ついでに書いておいた。

5　京伝の扇面

淡青の小ぶりの朝顔の花一輪、蕾一個、やわらかくほぐれかけた巻き蔓が描かれていて、右三分の一に「朝皃《あさがお》の花のうへにも四つのかね　京伝画賛」と書かれ、画の左に「山東」の角印、句の左に何やらわからぬ二重丸印と「京伝」の角印が捺されている。丸印の左側は「印」であろうが右の字は「月」のようでもあると思うだけで私みたいな物識らずには読めない。

「皃」は「顔」、「四つ」は十時で、朝顔が開いている以上は午前十時ということになるけれど、それにしては花も葉も蔓も生き生きしていて夏の真昼のそれとは見えないくらい水気に満ちている。ことによると朝露のひとつふたつはおいていそうに見える。どうも奇妙な扇面である。

山東京伝は江戸末期に活躍した洒落本の作者である。袋物問屋の倅に生まれたが十八歳のころから遊芸に凝ってあそび歩き、黄表紙滑稽本なんかを書きはじめた。指先が達者なので絵を浮世絵師北尾重政に学んで北尾政演の名をもらうほどに上達したことはその版画が現代にのこされていることからも確かである。一方では自分の出入りした遊里を材料にしたいわゆる洒落本に手を染めると忽ちに人気者となりベストセラー作家となったが、調子にのりすぎた結果風俗壊乱罪に問われて手鎖五十日の刑を受けたりして落ちめとなり、家業の袋物屋にもどった後ははなはだ生彩を欠いた生涯をおくったのである。

京伝が根からの道楽者であったということは二十歳時分から吉原に居続けして生家に帰るのは月のうち五、六日に過ぎなかったという話からも明らかで、そんなことからの連想で私はこの画賛の朝顔の句はきっと彼の朝帰り、または居続け挙句の帰宅の際にわが家の軒先きまたは小庭で眼にうつった生気の失せかけた花を眺めての感懐ではないだろうかと考えるのである。「花のうへにも」とある以上は自分のうえにも四つのかねの音がひびきわたっているということで、それはまた午前十時のしなびはじめた朝顔をダダラ遊び朝寝坊挙句の疲れた己の姿にひきくらべて見ているということでもある。ハイカラな言葉をつかうと世紀末文人のアンニュイといったことにもなるけれど、これは一寸ゆきすぎだろう。

まあそれはそれとして、この絵の手馴れた筆つき、紺色の垢抜けした美しさは快い。花と葉、ことに花が小粒で近頃の人工的大輪濃色の嫌らしさしつこさのないところなど、これは江戸時代だから当たりまえだけれど私なんかには如何にも野草にちかい初々しさとつつましさが感じられて快いのである。

この絵、というよりは扇子を私は近くの表具屋から買った。散歩の途中たちよった店先きの断ち台のうえに古びて見慣れぬ扇子が置かれていた。骨が細く丈も長く、手にとると軽く華奢な感じがする。奇妙に思って開いてみると、いかにも外見にふさわしいこの絵とこの句が書かれ「山東」「京伝」の印があったので早速わけてもらうことにし、次手《ついで》に軸装を頼んで帰った。そして半年ばかりして出来あがったというので受取りに行くと、

「扇子は扇子のままで持ってるとよかったですな」

と云われた。

「あのままだと引き出しの隅か何かに入れて忘れてしまうかもわからないから」

「そりゃそうかも知れませんが、扇子のようなものでも時代の流行や持つ人間の種類でいろいろに形が変わるんです。あれなんかのんびりした江戸末の洒落た町人なんかの好みが現われていて面白かったんですがね」

「なるほど、一寸しまったことしたなあ」

「床の間にかけて眺めたいと思ったら、色紙掛けみたいに軸の表に糸をかけて扇の要のところと両端のところを支えるようにしておけば、すきなときに開いた元の形のまま観賞できるんです」

残念ながら後の祭であった。扇子は全長三十一センチあったが、紙の部分の幅は今のものよりずっとせまくてその約半分十五センチしかない。骨も現代ものより薄くて数が多かった。残念残念。

6　初期伊万里小壺

高さ十三センチのこの小壺を机のうえに置いて先ず感ずることは、カッチリとして武骨なその強さである。

これはたぶん口縁の立ちあがりの寸法と、やや肩の張った胴体の膨みと重さとの釣合いによるものと思われる。

厚味を帯びて少し濁《だ》みた釉《うわぐすり》、裾まわりに残されている無造作な凹凸、底面に丸い窪みはあるがそのまわりは白い小砂の露出した土でちょっと高台とは呼びにくい。全体にずんぐりとして田舎っぽい趣がみなぎっている。

ところでこれを見た誰でもが気のつくことはその絵つけの天啓調であろう。首まわりと胴を横に区切る四条の渦巻き文、これにはさまれた二条のハートつなぎの文様は、明らかに天啓伝来のパターンで、この壺がその様式を模した作であることを証明している。

私はこれを今から二十数年前に静岡で買った。私の住んでいる浜松には古道具屋と呼ぶにふさわしい一軒の小店があるきりで、ぼつぼつ焼きものに興味を持ちかかっていた私がそこから偶然にも発掘の古唐津茶碗二個をほり出し、その方の先輩に褒められたのをきっかけに一気に頭へ血が昇った時分のことである。この先輩から静岡には古くからの大観堂と、親のあとをいやいや継いで始めたばかりの半素人の明美堂と、それからゲテモノ専門兼古本屋の池田の三軒の店があると教えられた。そこで早速でかけて行って明美堂でボール箱につめられた十個の高麗青磁小煎茶碗を二千円で買って帰ったところ大いに賞讃されたので、次の日曜日にまた行ってこの小壺を硝子戸棚の奥に発見したという次第なのである。

もちろんそのころは、初期伊万里など今みたいにやかましく言われていたわけではない。私は天啓陶器も知らなかった。第一、中国陶と日本陶の区別もろくにわからなかった。だからただただ自分の眼に美しいということと安いということだけを目やすにして、あれこれ買い漁っていたのである。

明美堂の硝子戸の奥の小壺はいきなり私に美しく見えた。やはりその形が最初にきたのだろうけれど、胴まわりの前と後の窓形のなかに描かれた菊とみえる可愛く素朴な一茎の花の魅力に同じ程度に強く惹きつけられたこともまた確かであったろうと思う。そして何度見ても、いくら眺めても、今だに飽きることはないのである。――この作者はおなじものを何千個かいたか。全く自由に、手早く、のびのびと描かれているではないか。馴れ切った手順と筆継ぎから生まれたゴスの濃淡もまた自然に生きて美しい。

私はこの壺を六百円で買った。もちろん高いとは思わなかったが、別に不当に安い値段で手に入れたとも感じなかった。前に記したように伊万里、伊万里とやかましく言う時代ではなかったし、その店が紫檀の飾棚とか布袋様とか箱に納まった抹茶茶碗とかいう奇麗ものを主として商う家であったから、双方にとって正当な取引きだったことは確かである。

ところで余計なことをひとつ書くと、その時分私は人から勧められて助平心を出し、伊賀の茶碗と黒織部の茶碗を（恥しいから言わぬが）かなり奮発した値段で、ある旧家から買ったことがあった。ところがつまらないものだったとみえて、ときどき箱から出して眺めているうちにその身振りの仰山さとゴテついた歪みが気になりはじめ、半年ばかりすると嫌気が加速的に増して我慢がならなくなったので、この店へ二個六百円也で売ってしまったのである。そのとき引き換えに何を買ったかは忘れたけれど、主人がそれを紙にくるみながら「してやったり」という顔をして急に上機嫌になったことはよく覚えている。今になってみるとこの勝負は六百円は六百円ということで差引きゼロのわけだが、私の方はこの小壺を手に入れたことにより現在では遥かに彼を出し抜いたつもりで得意になっているのである。

（「太陽」昭和五十二年一月～六月号）

薬研・墨壺・匙

撮してもらった写真で御覧のとおりの代もので（写真略す）、私にとっては宝物であるが、一般的には宝なんかではない。値段をいうと薬研《やげん》はタダ、墨壺は千円、匙は大が二千円で小はタダである。

薬研は長さ約三十七センチの小振りの品で、薬剤師であった私の父が明治二十七、八年の日清戦争以来ほぼ五十年のあいだ毎日毎夜つかい続けて、家族を養ってきた真の商売道具である。したがって私のこれを見る眼に感傷の薄幕がかかっているであろうことは疑いないが、しかし、それにしても何という美しさだろうとその度に思う。無用の出っぱりも無用のへこみもない、不必要なものはどこにもない。そういうものはすべて洗い落とされて実用一点ばりの単純明快な形としてそこにある。当時の鎌や鍬を打ったり時には底の抜けた釜の直しなんかをやっていた鍛冶屋に鋳らせたものゆえ材料は砂鉄で、今の山から採れる鉄鉱でないから姿が薄手でいながら強くキッパリしていて表面に浮かぶ鉄味には粘りがある。線の鋭さ、腹部の緊張した丸味などには日本刀のそれに似た美しささえ感じられる。このごろ急に街の道具屋に出はじめた薬研は風変りな花生として人気があるということだけれど、いたずらに大きくてザラザラと重いばかりの粗大鈍重な山鉄の鋳物では使いものになるまいと思うがどうであろうか。偽物さえ出ているということである。

墨壺と匙は浜松市郊外の田圃のなかに農家の伜がプレハブ造りで開店した「古美術商」から買った。同行した建築設計家の友人が墨壺をひねくりまわしながら「おれなんぞも戦前はこういうのを持って現場を回ったもんだ」と言うと「へえ、旦那は棟梁ですか」と勘ちがいし、お蔭で安く手に入れたのである。長さ十五センチという小振りで、そのとおりこれは棟梁が自分用に日にちをかけて楽しみながら手造りしたもので、これを腹掛けに入れて現場に顔を出し、ところどころでピンピンと墨縄をうったりして弟子の仕事を監督して歩く。そういうものである。ここに現われている実用的な単純な造形と、精通し熟練した木のあつかい方、そして自分の持ち物を作るときの楽しみと丹念さには、愛らしいと言ってもいいような感情がにじみでている。だから車の部分も貼り合わせでなくて彫り込みになっているし、墨壺の口は二重縁のハート型に彫ってある。

匙は墨壺とおなじ「古美術商」で買ったもので、食卓で料理をとり分ける道具だろうと思っているが、あるいは台所で鍋でもかきまわす用具であるのかも知れない。一見して、その形の優雅な美しさから朝鮮のものにちがいないと思った。ひと月ばかり後に別の店で大小八本が一揃いになったものをみつけたが、装飾過多で却って貧相な感じがした。それを現代近いとすればこれは李朝に入るのだろうと思っている。いずれにしても、手に持った重みの具合、その重みの釣り合い、蓮弁さながらに優しくゆったりとした姿は無類である。材料は銅と錫、いわゆるサハリで、二週間ばかりかけて重曹粉で丹念に磨いているうちにいよいよ美しくなった。小型のほうは余りに緑青の厚い部分は残すほかなかった。私は昔からどういうものか「古色」というものを無闇に珍重する風が嫌いで、古ければ古いほどいいと云うのも全くそのとおりだと実感してはいるけれど、そういう古いものに手擦れや使い汚れや茶渋などでついた古色は、それを余りに大切にして歩みを止めてしまうよりは、焼きものなら洗剤でサッパリと汚れを落としたのち従来どおり使用して行ったほうがマヤカシがなくていいのではないかと考えている。この匙などは形自体で充分古いのである。こういう考えは、自分が文字どおりのガラクタ集めで高価貴重な品物をまるきり持っていないというところから生まれた無智のようにも思うが、一方では「古くなったからよくなっている」というのも何となく嫌である。重曹で磨いたのもそのせいであったが、錆のひどい小型のほうはタダだけあって蓮弁に穴があいてしまったので止めた。

以上はお読みのとおりの下手物讃美であるが、一方でまた私は流行の「民芸品」が大嫌いである。どこかから買ってきた塩漬け保存の山菜に味つけして、厚くて重いだけの「民芸陶器」に盛って出す「民芸料理」。壁には汚らしい蓑笠、部屋の真中には用もなさぬ大きな囲炉。そしてまた××家具○○家具と、北欧引き写しやベタ金具が取柄の「高級民芸家具」。――薬研の偽物や氷コップの偽物まで出てきた。そろそろ「民芸」という商標を取除いて本来のゲテモノに帰るしおどきではあるまいか。

（読売新聞社刊『ザ・骨董』昭和五十一年十一月）

観音院の大壺

　昨年の十月末、橿原の飛鳥資料館と郡山の歴史民俗博物館をまわって奈良に一泊したおり、観音院を訪ねて上司海雲氏の遺影を拝し、同じく遺愛の茶碗で未亡人のお手前にあずかった。床の間に志賀直哉氏筆「楼処清」の軸がかけられ、また志賀氏旧蔵の李朝白磁の大壺が据えられていた。どれもこれも私にとっては懐しいものであった。

　氏の正式の呼称は華厳宗管長東大寺別当大僧正海雲大和尚といういかめしいものであったが、私にとっては志賀門下の先輩で齢からいっても二つか三つしかちがわぬ敬愛すべき三十年来の友人であった。共に壺好きだったから余計親しかったのである。去年の一月二十五日に胃癌で亡くなった。往年の彼は、大学の卒論のテーマがタゴール、「麵麭」の同人、吉井勇、潤一郎、鏡花の心酔者という文学青年で、先年突如躍り出て芥川賞をもらった森敦や「幻の名小説家」とうたわれた奇人兵本善矩《ひょうもとよしのり》など昭和初年の無頼派的予備軍を居候に置いて一緒に酒を飲み歩いたりするという自称破戒坊主であった。そしてちょうどその時分は私の糞真面目な高等学校――大学浪人時代であったから、志賀氏は散歩の途中などで「上司君のところは僕たちのクラブみたいにしているんだ」と私に告げても、私の「堕落」を怖れて決してそこへ連れて行こうとはされなかったのである。従って私が知遇を得たのは終戦のあと瀧井孝作氏から紹介されて以来のことなのである。志賀氏が海雲さん夫妻を信用し愛されたことは非常なもので、あの気むつかしい志賀氏が、如何に戦後の東京を逃れようとしたとはいえ六十三にもなって二十四日間一人きりで観音院の世話になられたということ、海雲氏宛ての書簡の量が夫人に次いで断然他を引きはなしているということ、そしてまたこの大壺の件から見ても明白である。

この李朝白磁の美しい壺が何時志賀さんの手から海雲さんの手に移ったか、私は別に気にもしていなかったけれど、今これを書くに就いて観音院の寿美子夫人に電話でうかがってみたところそれは志賀さんが奈良滞在から帰られて間もないころのことで、通知を受けとった海雲氏が欣喜雀躍友人といっしょに世田谷新町のお宅にうかがい、康子夫人が蒲団にくるんでくれたこの宝物をかついで満員鮨詰めの列車に乗りこんで意気揚々と凱旋してきたのだということであった。まことに海雲さんが長いあいだ涎を垂れ放しにしていたさまが眼に見えるような話であった。

私はこの高さ四十五センチの大壺を、昭和三年八月二日の午後、奈良市幸町の志賀邸で初めて見た。なぜこんなにハッキリ記憶しているかというと、それは当時高等学校生徒の私が夏休みを利用して思いきって氏を訪問したとき、部屋の棚のうえに置かれていたからである。しかも私はそれが上下逆に、つまり伏せて置かれてあると勘違いして、妙なことをするものだと思ったからである。そのころの私に焼きもの趣味があろうはずもなく、まして李朝などという概念など全然あるわけもなかったから、口が大きく高台の小さい不安定な丸壺は文句なしに上下反対と思ったのである。埃の入るのを防ぐために伏せてあるのだろう位の幼稚なことを考えたのである。

しかしそうはいっても、この薄暗い棚の上に大きくひとつだけ置かれた純白の壺は私に大変美しく清楚に感じられたのである。二十余年を経た戦後まもないころ、焼きものに興味を持つようになったとき、私が最初に惹きつけられて自分もひとつくらい持ちたいものだと願ったのが李朝白磁であったことがその証拠であろうと思う。勿論そのものの記憶など消滅したうえでのことであったが。

やがて私は浜松に医者を開業して住むようになり、だんだん先生や同好の友ができて一時は夢中で道具屋を、そのころのことだから自転車に乗って廻り歩いていた。そしてある日ある店で偶然にも高さ三十八センチの現物に出くわしたのである。主人が口に手を入れてぶら下げて奥から出てきたときは真にハッとした。この瞬間に二十年前の記憶がありありと蘇ったのである。

値段をきくと一万円だと云ったのだからすぐにその場で買って帰ればよかったものを、いじっているうちに、形が提灯型でもややひょろ長く削げていて、あの壺の持っていた豊かでたっぷりとした胴の張りと丸味がなく、むしろ淋しく貧し気な感じの迫ってくることが何だか当てはずれみたいな不満な気がしてきたのである。そのうえ裏側の肩から裾へかけて彎曲した長いニューがあり、そこを真鍮の止め金でチャックのように、またゲジゲジの脚のように修繕してあるのが汚らしく思われて、だんだん消極的になった挙句、やめとくと云って店を出てしまったのであった。

この壺は私の先生格の人が買った。二週間ほどしてその人を訪問すると、玄関の靴脱ぎに靴ベラを差しこんで置いてあったのでまた吃驚した。急に大損をしたような気になって「しまった、しまった」と連呼した。結局粘りに粘った末に「これほどのものを靴ベラ入れにするのは不当だ」と攻撃してゆずってもらったのである。

この大壺はたいへん好い壺である。何時も見えるところに飾ってある。李朝中期は確実で、白釉の下からところどころに淡く桃色のにじみが浮かび出ているところなど何とも云えない。東京の有名な美術商が欲しがっているが売らない。

（「芸術新潮」昭和五十一年二月号）

韓国の日々

「韓国の日々」と云っても、実際は昭和五十二年の八月十九日からの慶州二泊三日の古寺石仏の見物と、十月二十九日からのソウル三泊慶州一泊雪岳山一泊の五泊六日、合計しても九日間の旅行にすぎないのだから、見たものはごく僅かである。第一回の方は旅費タクシー代を入れても合計十万円以下、第二回は韓国国際文化協会の招待だからすべて特等でタダ。飛行機に乗ると美しいスチュワーデスが新品のスリッパを持ってきてはかせてくれて「シャンパンにしますかコクテルにしますか」などと云われ、まわりのブルジョワには腹を立てながらも、私自身は初めての経験でもあるし、老齢を云いわけにして感謝した。

第一回の私費旅行は、この近くに建築の水処理部門を専門とする事務所を持ってメキシコなんかにも出張仕事をしたりする山下という活動家の引率のもとに行ったのである。

（山下君の若い奥さんは家庭用簡易米計量器「ハイザー」の発明製造家の娘さんである。ボタンを押すとハイとばかりに一合でも二合でも三合でもの米がザーと出てくるから「ハイザー」）。

出発の二週間ほど前、私をいつもドライヴにつれ出してくれる竹下氏がやってきて陶器の話をしているうち「近く山下君と慶州の寺や石仏や陶器を見に行くつもりだけど行きませんか」と云うので直ぐその気になったところへ、大庭みな子さんが父君のお年忌に来たと云って寄ってくれた。それで次手に勧誘すると「わたくしもまいりとうございますわ」と瞬間的に賛成したので合計四人の旅行ということになったのであった。その女言葉の優美さに似ぬ決断の早さにはちょっと驚いたが、それは広漠たるアラスカに十年以上も家庭を持って外人族と交ったという前身から考えて当然でもあると思った。同時に、溌剌たる応用科学者でありアラスカパルプの企画室主任である夫君、「かけがえのない地球と人間」「自然のなかでの人間」の二著をあらわしてその立場から地球全体の運命に警告を発しつづけている哲学者大庭利雄氏の自由で暖い眼に護られている夫人としては日常のことなのだろうとうなずきもしたのである。「航空券はお時間が決まり次第東京でハズに買わせますのでよろしく」とケロリとしていた。

次手に第二回目のことを書くと——これはまた逆に難航したのである。第一回目から帰って四、五日したとき岡松和夫君から電話で同行を誘われたので即座に賛成した。この時の予定は十月二十八日から十一月四日までの七泊八日ということであったが、私には慶州の印象が大変よかったし、身体も気持もすこしも疲れていないうえに、道順の関係で見残したところが二、三個所あって心残りしていたからであった。そのうえ世話人が着実な岡松君で同行者が（仕事の関係で立原正秋が抜けるほかは）高井有一、加賀乙彦、後藤明生と、皆がへいぜい親しい友であるうえ私の耄碌を承知の人ばかりであるということもあった。何よりもタダであるし日本交通公社から付添が二人同行することなど、好いことずくめだったのである。

岡松君の話では、招待者はたぶん文芸家協会みたいなものであろうが、正式の名前はまだはっきり知らないとのことだった。しかし何時か問題を起こしたペンクラブでないことは確かだし、第一こちらが誰もペンクラブに入ってないのだから、国際政治色を帯びた共同声明みたいなものを要求されることはないだろう。要求されたら断ればいい。文学者との会合は、小説家として招待された以上まさか全部断るわけには行かないから、一回にかぎってもらうがいいと思った。その席でもし話題に政治がかった文学上の問題がでたら、個人の意見だけは回避せずに思うところを云えばいい、遠慮することは要らない。私の場合なら、自分は政治などに興味はないと云ってもかまわない。小説家である以上相手によって自分を変えるわけには行かないから。——そういうようなことを電話口で話し合った。岡松君も賛成してくれた。

ところが二、三日して本多秋五と電話で話したとき「また行くよ」と告げると「うーん」と云った末「そりゃもう少し考えた方がいいと思うな」と云ったので驚いたのである。「なぜだ」「そう簡単なこととは思えないよ。前にはソ連へ行ってるし」「君だってソ連へ行ったじゃあないか。中国へも行ったし、おまけに何時だったか韓国へも行ったじゃないか」「うーん――しかし韓国旅行はありゃあ私費だよ」「韓国だけは招待じゃ悪いのか」「うーん」と云ったが、依然として了解できぬという口振りで歯切れがよくない。不賛成は確かだが「おれは構わないよ」と答えた。二週間くらいたった八月三十一日になって、埴谷君苦心編集の「『近代文学』創刊のころ」の製本がやっと八月中という最終目標ギリギリに間に合った祝いを、狛江の私の次女の家でやった。山室静さんの古稀記念随筆集「籐椅子の上で」の出版祝いと私の著作集完了がそれに便乗して、都合のわるい佐々木基一氏を除く創刊同人全部が集まったのだが、ここでも私は全員から反対された。いっせいに「それはまずいから止めた方がいいよ」と諫められたのだが、強弱はあって、本多、小田切秀雄氏、埴谷雄高が頭から否定、荒さんも反対、山室さんは「藤枝君が行くの？――へええ、だいじょうぶですかア」などと云っている。平野は黙っていたが、もし佐々木氏がいたらこれは絶対反対に決まっているから、賛成は一人もなしの略〻百パーセントから勧告を受けたことになった。私は行くと決めていたので「僕なんか何の利用価値もない。心配ないですよ」と云ったが、なんだか気がひけるような感じにもなったのであった。

それで岡松君から打合せの電話があったとき「弱ったよ」とこぼしたところ、これを立原君が岡松君から聞いたらしく、せっかちな彼は本多に電話をかけて四十分も説得を続けたと云うことだ。「今本多さんに電話をかけました」と本人が云ってきたすぐ後で岡松君からも聞き、本多からも聞いて本当に四十分喋舌ったということがわかったので実に驚ろいたが、本多もさぞかし持て余しただろうと可笑しくもあった。勿論こういうことは自分なんかにはふさわしくないという気がして皆に感謝したのである。同時に、こういう反応が文士の間にすぐ起きるということは、日本人が敏感になっているという事実を現すと同時に、過敏にさせる気配が韓国のなかにもあるという証拠でもある。

――実際にも、第一回の私費旅行の際には出発前日の午後一時半ころになって旅行社から連絡があり、あなただけビザが下りないから五時半までに横浜の韓国領事館に出頭して、三年まえのチェコ入国の事情を説明して旅券をもらって来て欲しいという電話がかかったので、呆気にとられたことがあったのである。なるほどチェコは共産圏にはちがいないけれど、そのときは北欧旅行の帰りパリに寄るための中継的プラハ二泊で、それは旅券に次々と押されたスタンプを見ればわかるはずで、ただの形式としても余りに神経質すぎると感じたのである。私の住んでいる浜松から新横浜駅までだって列車内だけでも一時間四十四分はかかる。新横浜からその「港の見える丘」というところにある領事館までタクシーを急がせてどれほどかかるのかはまわりの誰に訊ねてもわからないのだから、今すぐ着替えて停車場に駈けつけた途端に列車がフォームに入ってきたとしても、指定の時間までに領事館へ到着できるかどうか。彼等のことだから五時半になれば遠慮なしに扉は締めてしまうにちがいない、と考えるとひどく腹が立ったのであった。しかし私は、自分自身以外の世間で起こる役所的形式主義には、腹を立てるか軽蔑するかだけで、勘ぐるという努力はせぬ性質があるから、このときもやっと間に合って一分か二分で用事が済んだ挙句は「馬鹿」と思っただけで帰ってきたのである。その方の思慮に欠けるところのあるのは、私が左翼運動と転向の暗い長い労苦の時期を持たず、個人の決断を習慣とする眼科医の職業的習性の方が固定化したままに、老年を迎えてしまったせいかも知れぬ。とにかく、面倒臭いことは嫌だというのが私の現況で、従って本多をはじめとする諸君の忠告もきく気にならなかったというのが本当のところであったのである。

するとと今度は岡松君から後藤明生も仕事の都合で脱落だと云ってきた。またしばらくすると高井加賀の両君も駄目になったと電話してきた。両者が滞在中のモスクワから出した手紙に依れば、帰国するとすぐソ連作家同盟派遣の作家詩人二人と通訳女性が日本にやってくるから徳義上その世話をしなければならぬという尤もな話で、当然なことである。「それなら行くのは君とぼくと二人きりになってしまったのか」「ええ、まあそういうことです」「ふーん」――「お友達のなかにも反対する人があるらしいし、藤枝さんはどうしますか」「ふーん、じゃあいっそ全部やめちゃったらどうだろう」「しかしぼくはこの話を持ちこまれて引受けたのだから、一人でも行きます」「それなら行くよ」「いいですか」「いいさ」という会話をした。このあとをちょっと略するが、数日すると今度は古山高麗雄君から電話があった。「是非行ってらっしゃるといいですよ。僕はもう三回行った。僕のも向うの文化協会とかの招待だったけど平気ですよ」「君は平気にきまってるよ」「僕は向こうの案内の人がついていてくれてたけれど、スケジュールなんかには従わなかったですよ。今日はくたびれたから明日は一日休みにしましょうと云ってぶらぶらしているんです。キーサンを呼んでくれと云ったら断られたけど」などと頻りに慰めるようなことを云って励まされたので感謝した。また少しすると岡松君が「立原さんが、何とか都合をつけておれがついて行くと云ってます。僕は無理だと思うけど」と云ってきて、これは勿論実現不可能だと思ったがその義侠心の強いのに感激した。私はわざと老人ぶったり哀れっぽくしているのだが、これをまともに受取って頻りに気張っているのも何だか気の毒のようで可笑しかった。

次手に記しておくと古山君の電話は全くの真実で、私たちと六日のあいだ終始行動を共にして至れり尽せりの世話をしてくれた秋さんという向うの偉い人は余程古山君を持てあましたらしく、私に「古山先生は奔放で変わった方でして、思うままに行動し、キーサンを世話せよとおっしゃったりで、私はとうとう途中で失礼させていただきました」と同じことを云った。秋さんは金持のお祖父さんの家に生まれて東京で育ち、府立三中——一高——東大哲学科——大学院を経てドイツに三年間留学した人で、現在は「アジア公論」主幹、ソウル大学で講義したりテレビ・ラジオの解説者も兼ねているという、朝鮮半島生まれ育ちの古山君とはまるきり逆の謹厳力行の人だから、四日も五日も同君と一緒にいられるわけがなかったのである。もひとつ次手に書き加えておくと、同氏は立原正秋君の著書は一冊残らず持っていて小説の筋なんかも細く憶えている。曽野綾子、三浦朱門、遠藤周作の三氏には特別の親しみを現し「この御三方は本が出るとかならず私に贈って下さいます」と心から感謝していた。雪岳山というところに泊った次の朝など、食事に下りて行くとロビーの椅子で中央公論を読んでいたが、傍らには曽野氏署名の新刊本が置かれていた。

前置ばかり長くなってしまったが、スケジュールについては古代文化の見学が主目的で、形式的荷厄介なことは一切嫌だから勘弁して欲しいということと、三十八度線の北四十キロばかりの日本海寄りにそびえる北朝鮮金剛山続きの雪岳山という山にだけは是非登りたいという希望を伝え、ただしこういう我儘勝手な注文をつける以上は、金を各自三十万円ずつ用意して行って、途中で放置された場合に備えましょう、という岡松君の案に欣然従うことにした。そしてその結果として交通公社から示された「訪韓日程案（韓国国際文化協会)」のなかから、文化協会表敬訪問、板門店及び第2トンネル視察、芸術家総連合会主催晩餐会、ソウル大学総長主催午餐会、韓国文学者との文学に関するシンポジウム、李瞬臣顕忠碑見学、浦項製鉄所視察、鎮海「緑の街」見学、利川窯元見学の予定は除かれて、(十月二十八日出発七泊八日)が(二十九日出発の五泊六日)ということになったのである。——こんなふうに書いてくると、すくなくとも私は、だいぶ大層な旅行で準備勉強なんか充分やったような印象になるが、実際は、すくなくとも私は、本多とちがって東西南北の見当がまるで音痴なうえ、地名も人名も年代も聞くそばから忘れるから、ただどういう物を見たという映像しか頭に残ってないのである。——絶対中止しないときまった後は、本多が「ぼくは行けなかったが何とかと何とかは見た方がいいね。何とかというところにある何とか大王の海中の墓というのは是非見るといいね。僕は見落したが」とか「ふんふん、その君の云う山というのは好さそうだが何山脈になるのかね。ソウルから一応何とか山脈を越えて日本海に出て行くわけかね」とか色々指示激励してくれた。しかし確かに行ってみて標高八百メートルというトンネルを潜ったりはしたけれどそれが大白山脈であったということは(本多には悪いが)今これを書きながら地図を見てはじめて知ったという次第である。

ここで約束の枚数は尽きたが、肝心の旅行のことは一行も書いてないのでのばすことにする。

第一回の旅は前記のとおり慶州だけで、山下竹下大庭私の四人、李君というソウル大学出の古寺石仏研究家で公認案内人が要領よく引きまわしてくれた。しかし見物説明記は誰しも同じで退屈なだけであるから、感じたことだけを記しておきたい。第一に、大庭みな子さんがその小説感想などを読んでの想像とは全く反対に、素直で優しい女性であったということを書いておきたい。

はじめにそれを感じたのは、仏国寺へ向う途中で私がネムとムクゲとを取りちがえて道の左右の森に咲く白いムクゲの花を「あれはネムです」と説明し、大庭さんが二、三度反対したのち「そうですかア」と云って賛成したときであった。両方とも私の家にかなりの大木があり、私は平生正しく区別していたのだが、このときは、ネムという語音には美しい夢のような趣きがありムクゲには何となく毛虫を連想させるもっさりとした感じがある加減で、頭に逆に浮かんだのである。しかし少し行くと右手の空地に桃色の花をつけたのが一本立っていてその時は自分の誤りをさとっていたから、私がそれを一輪とって「ムクゲでした」と差出すと氏は逆わず「そうだと思っておりましたのよ」と頷いた。

次にそれを感じたのは、ホテルでの雑談中に池田満寿夫氏が芥川賞に推されて反対者の永井龍男氏が選者を辞任したことが話題となった折であった。私は当選作は読んでいなかったし文藝春秋はとっていないので新聞でそれを知っただけであった。しかし前の作品は読んでいたので永井氏が退くつもりになったのを自然と思ったが、推薦したのが吉行淳之介氏とは思いもしなかった。それで「それはあなたの記憶がちがうでしょう。吉行氏も反対したのでしょう」と云って論になったのである。簡単に云うと、私の記憶にある池田氏の前作は氏のエッチングと同様描写が如何にも鮮かで生き生きしていた。それは凡手ではなかった。「しかし小説ではない」。画をそのまま移しただだの珍奇な情景の描写文だと思った。このことは、小説家なら通読して直ちに判別できる。似たシチュエーションを小説の材料にとっている小説家吉行氏になら、われわれよりなお一層鋭くわかるはずである。文字を用いる俳句でさえ文章の単純な圧縮ではない、別形式の独立した別分野であるということと同じ、あるいはもっと見易い相違がある——というのが吉行氏を賢者と見る私の考えであった。小説は形式を一方から一方へ気楽に移せばできあがるようなものでないから、池田氏はあの鮮かな文章の腕を生かして「小説」を書くか、「画」だけにすればいいと私は思っていた。大庭さんは私の論には何も批評を加えなかったけれど「でも推薦なったのは吉行さんよ。文春にはたしかにそう書いてございましたけどねえ」と云った。「それは貴女が記事をよく読まなかったのでしょう。吉行さんがそんなこと云うわけがないから」「はあ、わたくしも詳しくは読みませんでしたので」と穏かに云われて話は済んだ。帰ってから聞いてみると大庭さんの云ったとおりで、私は氏の温順さに恥じたのであった。

また私は旅に出るといつも、自分の部屋の番号と翌朝の起床と食堂へ降りて行く時間とを忘れて、他人に迷惑をかけることを避けられないので、今回は大庭さんの部屋と向かい合わせの五階であったのを幸に、ドアを半分開けて寝た。そして身仕舞を終わった氏が顔をのぞかせて催促してくれるのを待つことと決めていたが、氏はこれをよく守って毎朝にこやかな顔を扉口から出してうながしてくれた。氏はまた朝鮮料理店で会食したおりにも、隣席の竹下氏が酔払って、朝鮮語と英語しか喋舌れぬ若い給仕女に向ってしきりに残してきた奥さんの美人であることを自慢するのを、驚ろくべき流暢な英語を操って次から次へと同時通訳して嫌な顔ひとつ見せないのであった。次の夜などには十時すぎに、半分は泥酔した竹下氏の身体を支えてホテルまで連れ帰ったほどであったことも書き落とすわけには行かない。——この夜の朝鮮料理会食には私は参加しなかったのである。

何故参加しなかったかと云うと、私はその味のヒリつく辛さにはどうしても箸がでなかったからであった。それからまたこういう理由もあった——料理店のオンドル部屋という客室に入ると上座の屛風の前に大きさ畳一畳ほど、厚さは十糎ばかりの緞子の敷布団みたいな座があって最年長の私が坐らせられ、右には同じ高さの寄っかかり用の長四角の枕のようなものが置かれ、左にはその三分の一くらいの方形の肘つき用の枕があって、それから私だけの左右に給仕の若い女が二人侍っていて、私がちょっと肘をどちらかの枕にのばすとそちら側の女が瞬間的に握って腕や指にマッサージを加えるのである。そうして私のあけた口に辛くてならぬ料理を押し入れてくれるのである。それは我慢できぬことである。それで次回は私は皆に了解してもらって一人ホテルに残り、朝定食の二人前を夕食として飢えを防いだのであった。そのホテルにはエレヴェーターがなく、部屋というのは、机にスタンドは置かれていたがどこを捜してもコードの差し込み口はなくて、夕食が朝鮮料理一色きりである他にはブレクファーストと云う三角形食パン四枚に親指大のバターと苺ジャム、牛乳一本にオレンジジュース一本と目玉焼二個という献立てしかないのであった。そのうえ街に洋食レストランは一軒もないとのことで、従って私は仕方ないから、その日は自然の朝食と合計すると三角形バタパン十二枚に牛乳三本、オレンジジュース三本、目玉卵六個を食った勘定になったのである。食べ終わっていったん部屋に戻ったが、まだ明るくて寝るわけにも行かないから、再び客の姿の一人も見えない、ソファ一台だけのロビーに降りて煙草を一本のんだ。若いボーイ三人が入口ののぼり段に腰を下ろしたりドアに寄りかかったりして外を眺めながら雑談していたが、私を見て笑って親しみを現したので私も近づいて「誰か日本語ができるの?」と尋ねてみた。「ぼくちょっと喋舌れる」と一人が答えた。そして「奈良に似ている」と云った。客の誰かから聞いたか学校で教わったのだろうと思い「そうだね。街の気持も似ているね」と答えると、急に「リキドオザンは韓国人だから殺されました」と云った。「ああ、それはちがう。力道山は強かったが、韓国人だから角力では差別を受けて大関になれなかった。それはそう。しかし殺されたのは、彼がヤクザ者と関係の深い世界に入ったから、そこの人に殺された」わかるかどうかと思った。彼はやはりちょっと曖昧な困ったような表情を現したが、すこしすると「カネダ」と云ったので私もすぐわかって「そう、金田は偉いね」と同意すると他のボーイ二人が「カネダ、カネダ」と笑った。三人が続けて「ハリモト、ハリモト」と云ったので「皆ヒーローだ」と答えた。すると一人が突然「トクガワ・イエヤス」と云った。秀吉なら侵略してこの辺の寺を焼き払った元兇だから解るが、家康の方はどういうわけだかわからなかったので驚ろいた。やはり学校の歴史で教えられて名前を憶えているのだろうと思った。あとは共通の話題がないので互いに暫時黙ってから私は引返して階段をのぼって行った。一人が「お休みなさい」と背中に声をかけてくれたので嬉しかった。そして床に入って眠っていると夜中に大庭さんが竹下氏をかかえて帰ってこられたのである。

われわれ四人は連日の快晴と乾燥した空気にめぐまれて快適な三日間を過ごすことができた。慶州博物館の前庭に置かれた八世紀鋳造の黄銅大梵鐘に出会うことは私の渡韓の目的の一つでもあったから、門を入って右前方にその雄姿を認めるとすぐ私は走り寄った。数年前のある日、私は東京湯島の岡田宗叡氏からその四面に刻みこまれた四体の飛天の浮彫りの見事な拓影二枚をもらって屛風に仕立て、四六時中居間の隅に立てて感嘆をくり返していたのである。実物は飛鳥岡寺出土の磚の浮彫天女と実に感じのよく似た優雅さで、今その御手本を目前に見て「よくも似たり」と感じ入りながらしばらくはその姿態と線とを追って周囲を巡り歩いていた。この博物館につまっている王陵からのきらびやかな金製出土品や日本に移入されて所謂須恵器となった新羅土器、それから私の好きな高麗李朝の陶磁器など。——しかし、それはそれとして私が最も惹きつけられたのは近くの南山古寺跡に遺されていた石仏の見事さであった。日本のそれとはまるで印象の異る重量感と厚味を持った雄大素朴な仏たちの美しさに私は打たれた。別の話だがこの博物館に目録も解説書も売ってないということなどにも、この頃の日本の展観場の入口出口に山積みされて端から売れて行く高価美麗なカタログを思い合わせて（実は私自身もかならず買って帰るのだが）一種の好意を感じたのであった。

この石仏たちの魅力は、王墓や古寺跡に露仏として立っている三体仏とか四面石仏とか、それから数多い三重石塔を眺めるときも例外なしに私を惹きつけた。むしろそれらが彼方の原の真中や、したたるばかりの赤松の森に囲まれたり、雑木の丘の上に残って千数百年の雨風にさらされるままに立っている姿を近くに寄って見上げると、私は云いようのない感動にひき入れられざるを得なかったのである。

私は特に、あっちにもこっちにもと云っていいくらいに沢山残されている三重石塔の、温和で簡素で、比率と均衡のとれた姿にひとしお愛着をおぼえた。私は近年三度ばかり琵琶湖東岸に残るいくつかの古寺を訪ねたことがあったが、その折り彦根に近い石塔寺という寺の山頂にひとつだけ残って立っている三重石塔を、はじめて見て驚ろいたことがあった。このとき、その簡素な美しさを「これはまるで白衣を着た韓国の人が薄い鍔広の帽子をかぶっている姿にそっくりだ」と思った。石の白っぽさと、層ののびやかに張った傾斜と、各層の縮まり方と間隔、台石の大きさとの均衡、それがいきなり私にスラリと立った韓国人そのものを想わせたのであった。同行した妻にそれを云うと妻も「ほんとにねえ」と嘆声をもらしたが、立札には「釈迦入滅百年後に阿育王が同じ塔を八万四千造って世界に撒き散らし、日本に来た二基の一つが琵琶湖に埋没し、一基はこの山に埋まった。それを一条天皇が掘らせ一〇〇四年に寺を建てた」と書いてあった。

「こりゃあどう考えても飛鳥時代あたりに渡来した韓国人が造ったもんだな。日本人と感覚がまるでちがう」と私は妻に云ったが、いま慶州へ来てそれを証明されたと思った。それで一層嬉しかったのである。

私たちは短い三日のあいだに、できるだけの遺跡を、できるだけ順路を工夫して巡り歩いた。つまり、博物館をはじめとして名だたる天馬塚を含む古墳公園、鮑石亭、三体石仏、四面石仏、瞻星台（天文台）、石氷庫、雁鴨池、仏国寺、石窟庵というふうに辿ったのだが、その都度感服したことは境内に文字通り塵屑も煙草の吸殻ひとつも落ちていないということであった。道端に適当な間隔で高さ五十センチくらいのゴミ壺が置かれているせいかも知れなかった。八年前ソ連のホテルのロビーで煙草をくわえていたら掃除婆さんに上衣の襟をきつく引っぱられて睨まれたことがあったが、それと似たような規制があるのかも知れない。とにかく大変奇麗で気持よかったことは確かである——馬鹿げたことを自白すると、この壺の形の古朴な美しさにちょくちょく見惚れているうちに、私は一個くらい欲しくなり、同好の竹下さんも「なかなか好いね。あんなに沢山放り出してあるんだからさぞ安いだろうが、しかしあんな重いものを背負って帰るわけにも行かないしね」などと同感し合ったりしていた。どこだったかの古寺の赤土の崖下に置かれたものなんかは、黒い胴体の肩から上のぐるりに白釉を厚ぼったく鈍くかけられて少し傾いている様子など、本当に親し味があって、私は「あの白の掛け方は温かくて無造作でいいなあ」と讃嘆したくらいであった。けれども残念なことにこの私たちを魅した温い白というのは、——実は私が偶然に鼻紙を投入れようとして近づいてよく見るとただの白ペンキの厚塗りで、ところどころ乾いて削げかかっていたのであった。私たちは苦笑したが、肩のすこし角張ってしかも温和なモデリングは、やはり李朝陶器の国でないとああ無造作にはできない、美しいと感じたこと自体は勘違いでない、と今でも私だけは考えている。——その後第二回目の旅でも至るところの家の軒下に同じ形のものが大小並んでいるのを見、それがキムチの漬物壺であることを識った。——しかし馬鹿と云えば馬鹿にはちがいないかも知れない。

そのせいではないけれど、私たちは所謂古い李朝ものは一点も買わなかった。古美術店の看板を掲げた家には寄ったが、ひとつとして気を引かれた品はなかった。古い貴重な物の持出しが法律で禁止されているためばかりとも思えなかった。新作陶の店にも案内されたけれど、日本茶の湯風の箱に入れられた日本茶の湯風の李朝風茶碗とか、床の間の花入れ用の高麗青磁花生とか、そういう有名個人作家の高価な作品はみな「所謂」を頭につけたくなるように気取って媚びたヒネものばかりと思った。高麗とか李朝とかレッテルをつけるのは日本のデパートなんかのそそのかしにちがいないが、そのことが韓国人作家を毒して臭味の強い模倣品を作らせているのだと思う。もう時代は高麗でもなければ李朝でもないのだから、堂々と伝統ある現代韓国民芸陶と称すべきだと考えたりした。竹下さんは帰途の釜山空港の売店にならべられていた二十五センチばかりの所謂土産用高麗焼青磁花生を一万二千円で求めたが、姿も色もまことに素直に美しくて、このまま五十年も使っていれば古道具屋で、三、四十万円の高麗花生と寸分ちがわぬものになること間違いなしと感じたのである。

このへんで第二回目の韓国旅行記にかかるが、旅の発端のいきさつに就いてはあれこれとくわしく冒頭に記した。そして見物した場所に就いては、前回の強い印象を確かめ繰返して満足したとだけ書く他はない。——ただ慶州で見残して帰った芬皇寺塔と掛陵に今度は行くことができ、予想通りの喜びをつけ加えることができたこと、ソウルの博物館で多く学ぶところがあったこと、かの地で会った人々に親愛の念を持ったこと、その人たちが私の朝鮮料理嫌いを知って大変うまく中国料理風に味つけした夕食を二度も食べさせてくれたこと、そしてそれにもまして無理かと思っていた東北部の休戦ラインすれすれの雪岳山へ連れて行って一泊させてくれたこと——これだけはやはり書き落とすわけには行かないであろう。私の写真機はうまく写らないので始めから持って行かなかったから、禁を犯して注意を受けるというような心配はどこでも全くなかったし、何ごとも岡松君にまかせ切りにして、入口出口のカード書込みまでも指さされたところにサイン以外はしなかったのである。却って、同君が記入場所を捜したり指差したりする様子から、元眼科医の私は同君の眼ももう老眼の域に踏みこんでいるという事実をさとったりしたくらいのものであった。おかげ様で食堂のテーブルに坐れば皿は黙っても前に出てくるという気楽さであった。しかしこのためにまたもや気の毒な告白を誘い、また「ふーん」と見直したこともあったのであった。ソウルのホテルの夕食の椅子に坐って給仕の差出したメニューを眺めながら、岡松君が「藤枝さん何を食べますか」ときくので私は「さあ」と云った。私は料理の名前は知らぬし横文字は読めぬからどうしようもないのである。岡松君が「ビフテキにでもしますか」と云った。「どうも一寸ねえ」。——給仕が「フランス料理でございます」と云った。私は、岡松君が「ここはフランス料理だそうです」と私に告げてなおも凝っとメニューを眺めているので、同君が「自分は実は東大仏文卒業者である」と何かに書いていたのを思い出して「それでは」と安心したところ、彼はやはりぐずついた様子で「ポアッソンとあるからこの欄は魚料理らしいですなあ」と呟くのであった。私もこの単語は知っていたが、フランス語は片仮名でしか見たことがないからそこに書かれている魚料理がどういうものであるのかは、勿論わかる道理がなく、また岡松君自身にも皆目想像がつかないらしかったのである。結局私が「ヒラメとかシャケとか、そういう料理にしましょう」と云って、どうにかなって給仕は去ったが、そこで私が「君は仏文を卒業したと書いていたけど全然習わなかったの？」と訊ねると「ええ全然です。何しろ学生運動の方に夢中で教室なんかには出たことなかったし、小さな印刷屋をみつけてそこへ泊りこんで、器械を借りて仲間とビラの印刷やったり、証拠湮滅の後片付けなんかをやったりしていたくらいですから」と答えたのであった。「それでどうして卒業できたんだろう？　ぼくなんかでさえ少なくとも試験はちゃんと受けて通してもらったんだがなあ。試験もなかったの？　それで今は国文学を教えているの？」「ええ、まあ、そちらの方には興味が出てきて盛んに読み出したもんだから」と苦笑している。私は私の友人の「近代文学」同人たちが、同じ齢ごろに同じような思想に憑かれた大学生として、警察の眼をのがれてガリ版切ったり会合を持ったりしていたことを改めて思い出したりしながら、この眼の前の質実温順そのもののような顔を、本当は温順でもないのだなと思いながら眺め入っていたのであった。

岡松君は旅行のそもそもから「ぼくは南山の山の上の谿に沢山あるという磨崖仏というのを、一つだけは見るつもりですが、藤枝さんはどうします。登れますか」と冷かすように云っていた。慶州の南の海抜五百メートル近い南山は、新羅仏教の聖地と云われて起伏の多い石の峰と渓谷には八十八の寺があったと云われ、大露仏大磨崖仏がこの間に点々として存すると案内書に記されている。それは私も承知で憧れていたのである。「藤枝さんでも登れそうなのがあったら見に行きますか」「それは行くさ、何しろ大したもんらしいからね」「岩山だから雨でも降れば駄目だけど。へばったら藤枝さんは引返してもいいですよ」「そうだ、そうだ」というような会話があってそのつもりになっていたのだが、この案は、その素晴しいカラー写真を見た瞬間に岡松君の方から撤回を申し出されて忽ち沙汰止みとなったのである。巨大な屏風岩に彫られた大磨崖仏の足下から、下の削げ立った断崖の縁までは、どう見ても歩いて四、五歩の空地しかない。遥かの下に斑らに樹木をのせた尾根、そのずっと彼方には一、二の峰が蒼味を帯びて霞んでいる。そこに立って落着いて仏を見上げる度胸は到底持てやしないのである。

そのかわりというのでもなかったが、私はこの写真集にのっている浄恵寺十三重石塔というものを見たいと思っていた。これは寺址の廃墟に孤り立っている高さ六メートルの美しい石塔で初層から上の十二層は急に狭まって、恰も一種の相輪のような外観で高く伸び上って行くという、異形で、しかも類ない美しさを持ったものらしかった。ところが写真はあるが観光地図をいくら見ても浄恵寺址というその寺の所在はのっていないのだ。私は結局案内の秋さんに遠慮して申し出ることをやめてしまったのであった。

さて前に記したように、私たち二人と交通公社の垣内氏は空路ソウルに到着して「アジア公論」主幹でテレビ・ラジオの時事解説も受持っている秋聖七氏の出迎えを受け、ホテルに入って滞韓第一日を迎えたのであった。天気は薄曇りで蒸暑く、窓の正面の彼方には妙義山のような鋸型の禿山の背が見え、眼の下にひろがる街は人で溢れて空気は汚いように映った。五時半ころから小雨となり、そして少し休憩し風呂を浴びて六時からの会合に出たのである。主催は韓国文化協会で会長は文学のことは何も知らぬ洪性澈という元気な元海兵隊大佐、集まった詩人小説家評論家は大体五十歳から六十歳を越すくらいの四、五人で、うまい中国料理をたべることができた。話も楽しかった。

私は医者のころは已むを得ず患者紹介用の所見記録空白を大きくとった名刺を診療室に準備していたけれど、医学博士などと頭につけた社交用の名刺を作ったことはなかった。ましてや藤枝静男などという名刺を作ったことはない。その名の表札もない。理由はそう呼ばれるのが恥しいから。だいいち名刺を交換するという格好が嫌いだから。――それでこのときの会合でも、名乗るだけで、もらった名刺は保存する気がないので手帳につけた人以外は解らぬままである。うろ憶えは岡松君に電話できいたのである。

隣席の詩人金素雲氏は若いころ室生犀星、佐藤春夫、三好達治、萩原朔太郎等と交遊があり、春夫の「殉情詩集」の数篇を次々と暗唱してすこぶる嬉しそうに酒を飲んでいたが、私が感心して「日本の文芸雑誌にそういう想い出話を書いたらどうですか」と云うと

「書かせてくれるところはありませんよ」と云った。韓国との間はそういうことになっているのだろうか。岡松君は「金さんの話しぶりを聞いていると、ぼくらの知らないひと昔まえのきちんとして滑かな感じのする日本語でうらやましい気がする」と云っていた。同僚から「将軍、将軍」としきりに呼ばれて恥しそうにしている眼が小さくて面長の大人しそうな人がいた。詩人とのことであったがほとんど口をきかず、私が気の毒になって「どうして将軍なんかと云われるんですか」と云うと皆が笑って「本当にそうなんだから。本当の陸軍少将だったんだから」と云った。それでも黙って微笑していたが、たぶん日本語がうまく喋舌れないのかと思った。いつも仲間から冷やかされたりからかわれたりに馴れているのか、好い感じであった（今岡松君に電話で聞いたら日本でアテネフランセに通っていたのだそうだ）。私のもう一方の隣りにいた会長の洪さんは酒が入るに従ってお喋舌りになり巻舌になってきて「はじめよりだいぶ日本語がうまく出るようになりました」と喜んでいたが、翌晩の大韓旅行社で呼んでくれたキーサン六人つきの夕食ではべらんめえ口調になってきて、韓国語の、たぶん流行歌ではなくて軍歌か憂国歌のようなものを唱った。粗末な背広をきた青年が四脚の小オルガンみたいなものを部屋の隅に運んできて伴奏し、唱い手はマイクを口にあてて歌うのだが、洪さんは歌っているうちに顔面が紅潮し膨れて絶叫するような声になり、しまいには流涕した。早く朝鮮が合体一家となって共に独立国民としての睦み合いに戻りたいというような歌詞だとのことであった。この夜は岡松君が名指されて困っていると、前に記した秋さんが「アム・ブルンネン」とうながした。秋さんは旧制一高で育ったので、当時の高等学校生常唱のこのロマンチックなシューベルト作曲菩提樹の歌を想い出して所望したにちがいなかった。私は勿論暗記していたが沈黙していた。仏文卒、国文教師の岡松君が畑ちがいのドイツ語をやるかと期待したが、やはりやらなかった。キーサンは生れて始めて見たけれど一人残らず若く可愛くて感嘆し、毎晩でもあげたいと思った。バーのホステスなど問題にならぬ。高級キーサンだとのことであったが、あっさりしていてマッサージもやらず触りもしなかった。箸をとって食わせてくれたが、出た料理がうまかったので構わず口をあけて皆入れてもらった。一人くらいは連れて帰りたいほどであった。

さて五泊六日の旅行中、空港に出迎え空港に見送るまで終始同行してくれた「アジア公論」主幹の秋さんは見るからに精力家であった。ソウルのマンションに奥さんと二人きりの生活であるが、不眠症で一日に二時間かそこら眠れば大丈夫、余った時間はすべて石を磨くか本を読むかに費している、数字はみんな暗記してしまうとのことだった。

石磨きに熱心なことは、韓国最後の日の朝食のまえに雪岳山観光ホテルのロビーで実際に知った。私が降りて行くと、ソファに坐って中央公論を読んでいた秋さんが苦笑しながら右掌をかえして内側一面の表皮が剝けて薄く血の浸んだ人差指のあたりを見せ「昨晩はあれから長いことお湯につかってあの石の磨り研ぎをやったもんですから、とうとうこんなになりました」と云ったので驚いたのであった。

その石は実に奇妙な形をした高さ四十センチばかりの直立ペニス形（基部は睾丸様に膨隆）の珍石で、亀頭そっくりに剝き出した漆黒平滑の頭部を残し体部の大部分が、これまた包皮そっくりの姿形をした別種の石で一皮に包まれているというものであった。この帯黄白色の、皺の寄った包皮石もまた珍石で、秋さんによると別種の珍石がこのようにうまく組合さった例は稀有だとのことであった。この日はドシャ降りの雨で寒く、海抜約八百メートルの雪岳山ホテルには着いたものの、散歩もできぬということで秋さんの大好きな石の土産品屋をみつけて冷やかしに入った途端に秋さんによって発見されたのであった。私は誰が眼にしても「へえ」と意味あり気に笑うだけで見過ごすに相違ないこの大型の珍石を、学者然とした秋さんが土間の隅から出させて仔細に調べたのち、奥のカウンターまで持ちあげて行って盛んに交渉した挙句、得意然とした表情を浮かべて出てきたのを見て驚ろいた。この石とそれから同時に買ったらしい半分くらいの石が厚いハトロン紙とビニール紐でぐるぐる巻きにされてホテルに届けられると、秋さんはボーイと運転手に命じてそれを自分の部屋まで運ばせた。そして夕食が済むとすぐに取りかかって、つまり「一晩中」磨いたというわけなのであった。秋さんは鉱物の本で調べたというその貴重な石の成立をいろいろ教えてくれたのち「私は私の収集のうちであれの三分の一くらいの、もっと整ったやつを、このまえ日本に行って福田総理にお目にかかったときお土産として差しあげました」と平然たる表情で云った。——私は空想するのだが、福田さんは貰ったときそれを開いて見ただろうか。開いてどんな顔をしたであろうか。そして今でもどこかにしまってあるのだろうか。（岡松君の話によると、秋さんの磨いた石はペニス石ではなく、あの晩の食事が終わってのち、雨中を一人出て行って拾ってきた石のひとつであったとのこと、訂正する）。

ソウルの博物館はやはり見事であった。そのうえ入ってすぐの部屋を占めて、先ごろ済州島附近の海底で発見された沈没船から引きあげられた元代の陶器約一万数千点の一部というのがずらり陳列されていたのは、日本の新聞で読んだ直後であっただけに一層うれしかったのである。

しかし余りに新品然として生ま生ましく、余りにキチンと造られているので、それが本来の姿ではあろうが私にとっては愛嬌も親しさもなく、よそよそしい感じしか与えてくれなかった。これ等を見て「さすがに素晴しい。実に美しい」と云えば好いのだろうし、でなければ自分の鑑賞力の乏しさ或は見当ちがいを反省して勉強する気になればいいのであろうが、もうそれほどの積極性は私にない。感じないものは鈍感に見過ごして通るのである。絵画では私は積極的に失望した。ただ縦二十センチ横十センチくらいの小画冊の一頁がケースに置かれているのに行き会って、強く惹きつけられた。右の約半分は巌壁、前方は渓流でまばらな蘆が頭を出している。泥鰌髭をはやした男が巌壁の裾の岩に、いぎたなく腹這いにかぶさって、両腕のあいだに顎をのせて水を見ている。略筆で勿論色はない。「高士観水図」と説明書きがあったからそうかと思うが、実際は眼の行ったところを何とはなしにぼんやり眺めているだけである。高士という他ない澄明な感じを、そこから受ける。「仁斉　姜希顔」とあり十五世紀前半の人だと書いてあった。私はこの絵の前で倦きずいちばん長く立ち止まっていた。

京都太秦広隆寺の例の木造弥勒菩薩の原形と云われる金銅弥勒菩薩像は最近日本で展観されたが、私は混雑を怖れて会場へ行かなかったおかげで今度は一人きりでゆっくり拝観することができた。まったく瓜二つで、引き写したに疑いはない。ただ私には広隆寺仏の方がより優美繊細に思えた。これは勿論ソウルの原物が鋳銅で黒漆に金箔が押されているのに対して、広隆寺のそれが自由に外から刻みこまれる木彫であるということ、赤松材の細かい木目が素肌のままに美しく現れて指や口元の優しさを如実に表現できたということと、この材料の差異によるものである。だから一方から云えば、ソウル博物館の金銅仏の方が重厚厳静な印象に於いて勝るとも云えるのである。

私は、私の所持している韓国民画（文房具図、独特の趣きを持った風景画と文字絵、愛すべき花鳥画）が一枚も博物館に展示されていないことを、期待して行っただけに残念に思った。ただ翌日だったかに訪れた民族村の一軒の、中流かと思われる復原家屋の座敷の壁際に小型の六枚折り屏風が飾られていて、その一面一面が思いがけなくも（拙劣で時代は下るけれど）まさに私所有のそれと同一図柄の文字絵と文房具図とで上半分下半分を占められているのを発見したときは、まことに嬉しかったのである。つまり私のあれ等は実際にはこういうふうな具合の形で生活のなかに置かれていたのであった。――私は数年前に東京で一枚の文字絵を買った。画面一杯に大字で黒く太く書かれた文字が、私の娘の連合いの干支「鼠」と読めたこと、おまけにその鼠字の尻尾の撥ねた隙間に画かれた満月と兎の餅つきとがこれまた私の娘の干支の兎であるという理由によるものであった。なお満月の下方の空間には岩峰を背にした一つの祠が描かれていて祠前には「忠節碑」と彫った石柱が立っているのである。――そして私は今この民族村の屏風の左第一面にそれと寸分たがわぬ図柄をみつけたのであった。私は自分所持の文字が「鼠」であるということにだんだん自信を失いつつあった時だったので、同行の秋さんに読みかたを尋ねて確定しようとしたが、秋さんも首をひねるばかりで「さっぱり見当がつきませんねえ」と云うことであった。

次手に記しておくと、私は一年ばかりまえ浜松のはずれのバラック建ての「古美術店」で、見るからに素朴無飾の朝鮮簞笥をたった六万円で買って現在も得意になって座敷に飾っているのであるが、同じ民族村で最下等貧農の見本の家という狭い土間と板敷き二間きりの豚小屋のような茅葺き小屋をのぞくと、何と、私の朝鮮簞笥に寸分たがわぬやつが壁際にポツンと据えられていたのには覚えずギャフンとなったのであった。

第一回に見残して心を遺していた掛陵と芬皇寺塔を訪れることのできたことはまことに幸であった。

芬皇寺塔は七世紀初頭に百済から呼ばれた建築家によって造られた韓国最古の塔で、中国南北朝のそれになぞらえて煉瓦形に削られた石でギッチリと畳みあげられた重厚無比の方形建造物である。寺自体は悉く失われ、塔自体も当初の九層のうち上部の六層は壬辰の乱に日本軍の手によって破壊されたから、残るは三層のみである。方形基壇の厚味と広さとその上に乗る方形初層の幅と高さとの比率、四面にうがたれた入口の面積との釣合い。二層三層と間隔は急に狭まるが屋根の大きさはさほど縮まって行かぬ坐りの重さなど。私はこのずんぐりとうずくまる灰色の石造物の堅固な輪郭が、背後からかぶさるように迫る大木の柔い緑に引きたてられている景観を、飽くことなく眺め入ったのであった。

掛陵は慶州郊外の低い丘にあって王陵としての完全な姿を保ったまま美しく整備されていた。まわりにはなだらかな丘と畑と特有の赤松の森が点在して人影はなく、小雨のぱらつく曇天であったせいかひどく静かで気持よかった。昔は文武王の墓とされていたのだが近来になって新羅三十八代元聖王の陵だということが明かにされた由であった。水葬した霊柩を宙にわたした石の板の上に掛け乗せ、その上に土を盛って造られてあるから掛陵と称するのだとのことだったが、私には水葬したというのがどういう方法なのか、陵の内側がどういうことになっているのか智識がないので皆目見当がつかなかった。陵の基底部を巡って十二の支神像を陽刻した護石がはめこまれていてこれは見事なものであった。この広い陵域もまた特有のくねりを持った赤松が森をなしていて、それに囲まれた長い参道の両側には巨大な武人石、文人石、それから基壇の十二支神像とともに正確に十二の方角を向いているという石獅子が立ち並び、如何にも静かなたたずまいを見せていた。

雪岳山に向かってソウルを出た朝は小雨であった。本多の云ったとおり（それは大白山脈というのであったが）標高八百メートルのところにあるトンネルを越して、高低の続くハイウェイを四時間余り走ったのち江陵という日本海沿いの町に着き、そこから波打際すれすれに通っている道をまた走って三十八度線を越え、それからまた四十キロくらい北に走って午後の三時ころホテルに着いたのである。

途中の山々はすべて赤松に覆われ、穏かな起伏を見せながら打ち重なって私の眼を楽しませた。松の背の低いのは、朝鮮戦争のとき戦闘のために切った跡を新しく植林したためだとのことであった。彼方に遠く頂をすこし霞ませた山がふたつ並んでいて、その中腹から中腹へと虹がほとんど水平に近い弧を描いて渡っているのは生れて始めて見る光景であった。こちらの小雨を透かして眺めるせいか、色から色への移行部がやわらかく曖昧に交っていて、まことに夢の掛け橋というのはこういうもののことかと思った。秋さんが、広隆寺の弥勒に用いられている材は朝鮮の赤松『柏』で、北朝鮮に多く、『紅松』（ベニマツ）という日本名はあるが日本には生えないと云った。「松柏色を変えず」という『柏』はこちらで云うその朝鮮五葉松のことで、つまり常緑の松だからこの言葉ができたのである。「ところがこちらの落葉樹に『栢』というのがありましてね、この文字がいつのまにか日本で『柏』と誤記されて（カシワ）の木に宛てられるようになってしまったのです」と退屈な車のなかであたりを指しながら、秋さんは云った。（帰ってきて調べてみると、「諸橋轍次大漢和辞典」には『柏』は『かしは、槲』とあり、『栢に通ず』とあり、『栢』の項には『柏の俗字』という説が添えられていた。それで角川の「蔵書版・新字源」を見たところ、『栢は柏の別体』とあり、『ともにヒノキ、コノテガシワ等常緑樹の総称で、松とともに節操の固いにたとえられる。日本に来てブナ科の落葉高木の国字となった』と記されていた）。

道端に立っている小さな標識で車が三十八度線を越えたことを知ったので少々不安になったが、もともとそれは三十八度線上に南北接点の板門店があるというだけのことで、これを中心としたノーマンズランドとして広がっている休戦ラインはぐにゃぐにゃと出入りがあるのだから何ということもないのであった。道路に並行して右手に蜿々と連る砂浜には、日本海の波がこの日は穏かに低く間断なく寄せて砕けていた。しかし秋さんに指差されて注意すると、道と波打際との中間には高さ一メートル足らずの石の壁が隙間なしに延びていて、約三十メートルおきの蛸壺でつなげられていた。石壁と云ってもコンクリートの胸壁みたいなものではなく、周囲に転がっているゴロタ石を積んで作ったもので、押せば簡単に崩れそうである。なおしばらく走ると今度はこの石壁の上に三十センチおきくらいの間隔で、賽の川原の石の塔みたいな、五、六個の石を順に重ねたものが、まるで子供の遊戯のような愛らしさで連なって乗っかっているのであった。闇にまぎれて沖合いに近づいたスパイが波打際に上陸して匍匐して来た場合、彼はこのもろい壁を崩さずにはそれ以上進むことはできないはずである。三十メートル間隔の蛸壺に身体を潜めて警戒している兵がこの小塔や積石の壁の落ちる音を聞きつけるのはたやすい――私は簡単に速成できてしかも合理的なこの警戒線に感じ入ったのであった。それは野生の鳥や動物を捕えるのによく似た柔い人間的東洋的な発想から生まれたもののように思われたのであった。沿道の左手に重なる丘陵には多くの軍事施設、また兵もいるにちがいないのだが、そのあたりの民家の前にひとりふたりの非武装の散歩兵を見かけた他は、全くただの平和な海辺の村または畑の風景であった。遊山の人相手と思われる小さな土産物店なども点在していた。

さて前に記したように雪岳山に到着したときはどしゃ降りの雨となって甚だ寒かった。新婚か恋人同士らしいカップルが、仕方ないままにホテルの階段やすぐ下のところに立ってカメラを向け合っているのはいずこも同じ風景であった。雨を通して高く黒く見あげる険しい岩山の頂上からは数条の細い滝が長く白く落ちていた。われわれは最終だという鮨詰のケーブルカーに乗って、ともかくも権金城という峰の上までのぼって降りてきた。この後方に連りそびえているはずの、北朝鮮の金剛山の姿は全く見ることはできなかった。ケーブルの登り口の小空地の隅に、ひとかかえほどの真白い石が数個ならんで雨に打たれていた。私は秋さんの珍石収集の講釈にちょっとやられていたせいもあって「あそこに真白い石がありますよ」と注意をうながそうとした。そして「あれはペンキ塗りです」と二べもなく否定された。白ペンキには二度やられたわけだ。

この観光ホテルは従業員の感じもよかったが値段も安く、ツインでバストイレ付きで一泊四千五百円未満だったということを、帰ってから岡松君にきいた。もちろん同君は部屋に貼られていた値段表を写してきて教えてくれたのである。金を払ったわけではない。

以上で勝手な旅行記を終わる。少なくとも私は、思ったとおり、書いたとおり、優遇されて何の掣肘も受けず窮屈に感じもしなかった。機会があればまた行きたいくらいである。我儘な私でさえそうだったのだからみんなどんどん行くがいいと思う。ソ連や中国やヨーロッパやアメリカへ行くのと同じである。日本語が通じるだけでも気分は遥かに楽だ。

（「海」昭和五十三年一月号）

妻の遺骨

もはや三十年余りになるか、戦争の末期ころ、私はあるところで立派なタトウに入った大判の大原コレクション画集を手に入れ、空襲の合間などに妻と眺めては慰めとしていた。粗末な額に入れてガランとした壁にかけ、ときどき入れかえてみたりしていた。それで戦争がようやく終わって、生活がやや落ちついたときにはまず第一に二人して憧れの倉敷に旅行し、実物のまえに立ったり、掘割りの岸の柳の芽の吹く道を散歩したりして楽しい時を過ごした。まだ運河に汚水が黒くよどんで汚かったが、そんなことは気にもならなかった。それ以来、別々のときもあったが、お互いに三回くらいは行ったであろうか。

二年ばかりまえ妻は乳癌にかかり、三回の手術を受けたが結局は腹膜に転移した。病勢は比較的ゆるやかに進行したが、しかし前途は決定的に閉ざされてしまった。病名は本人にあかしてなかったから、気分のいい日などには将来の旅行なんかを楽しみの話題にもした。暖かくなれば力もつくから、五月が来て元気になったらまず最初に倉敷へ行って、奇麗になった美術館のあたりを歩こうと話し合った。

二月二十六日の正午すぎ、妻は息を引きとった。翌日火葬にし、私は少量の遺骨をビニール袋に納め、ポケットに入れて一週間の旅に出た。妻はまったくの無宗教で、平生から自分が死ねばどうせ水になって消えるのだから、骨の小さなかけらを少女時代に親しんだ浜名湖と、それから大好きな倉敷の美術館の庭の隅に埋めて砂利でもかけて踏んでおいてくれ、墓はつくってくれるなといっていた。それを果たすための旅行のつもりでもあった。

三月二日の小雨の降る朝、人けのない美術館に行くと、中庭の真ん中に低い数株の木のかたまったところがあったので、受付の若い娘さんの許しを得て、一本の木の根の砂を指でかじって二センチばかりの骨を入れて土をかけ、お礼をいって立ち去った。

その日の晩、私の身体を心配して同行してくれた本多秋五と街の店をのぞいていると、朝の受付の娘さん二人が通りかかって私をみつけ「館の事務長さんが明朝来るよう伝えて欲しいといっていました」と告げた。いかに偶然とはいえ、名前もホテルもわからぬ人間とよく都会の街なかで再会できたものと双方とも驚いた。

翌朝開館を待って出頭すると、事務長という人から「埋めた骨を掘り出して持って帰れ」といわれた。「供養のためなら近くに寺があるからそこへ納めておがんでもらいなさい。こういうことをされては困る」とのことで、これは確かに骨は不浄のもの、忌むべきものと考えるのは一種の常識であり、ことに美術館をあずかる者としてみれば当然の抗議でもあろうと思った。

雨に濡れた心おぼえの場所にしゃがんですこし砂利を除け、白い片を掻き出しポケットに入れて、詫びて去ろうとしたが、やはり少しあわてていたのと、骨の形そのものに記憶がなかったので石片とまちがえたらしく、門を出ようとすると事務長さんが追い駆けてきて「すぐ横に土の少しもちあがったところがあったから念のため調べたらこれが出てきました。――これでしょう」と確かに妻のものと思われる新しい、白っぽくて少し泥のついたもろい骨片を手渡された。鼻紙にくるんで胸ポケットにしまったが、死んだ妻が哀れで可哀想でならなかった。なぜこんな残酷なめにあわされるのだろうと思うと、自分のヘマにも一緒くたに腹が立って齢甲斐もなく涙が出た。

私は生前の大原総一郎氏に手紙をいただいたことがあった。それは氏の研究していたイヌワシに関するごく簡単な文面で「これから一時間後にアメリカにたつので失礼します」という用事だけのものであったが、非常に親しい気持のふくまれた、暖かいものであった。私は大原氏が生きていて、私のしたことを見ていたら、たぶん知らぬ顔をしてくれたろうと思った。

大原美術館は実に素晴らしい美術品でいっぱいである。しかしもう二度と行きたくない。

（「毎日新聞」昭和五十二年三月二十八日）

不合理な逆遠近法——藤枝静男

解説

堀江敏幸

藤枝静男はみずからの小説を、迷いなく「私小説」の範疇に分類していた。その根拠となっていたのは志賀直哉への傾倒であり、彼の弟子である瀧井孝作の助言だったが、「私は私自身を写すことを目的として小説を書いている」といった作者自身の言葉を、あるいは一般の文学史に記されているような「私小説」の定義を鵜呑みにしていては、その世界のほんとうの凄みやよい意味での無気味さを味わうことはできない、と私は密かに思っている。

たしかに彼の小説作品で描かれているのは身のまわりのことが中心で、それに対する自身の心の動き、心境といえばそういうしかないわだかまりを言葉にしていく過程そのものが作品になっており、それは作家としての経歴の最初から最後まで、表向きまったく変わっていない。多少の揺れ幅はあっても、生涯にわたってひとつの書法を貫いた事実は、名篇『悲しいだけ』の冒頭に引かれた、本多秋五の予言のような言葉に対する感懐を読めば納得できるだろう。本多秋五はこう述べたというのである。「彼の最後になって書く小説は、たぶん最初のそれに戻るだろうという気がする」。最初のそれとは、昭和二十二年九月、三十九歳の折に発表された処女作「路」のことで、結核に冒され、療養所に入っている妻を見舞う語り手の視点で言葉が運ばれていくものだったが、三十数年後の『悲しいだけ』は、まさしくその妻の死を扱って、「物質のように実際に存在している」悲しみを描いていた。つまり藤枝静男にとってのひとつの大きな円環がそこで閉じられたと見てまちがいではなく、その意味で本多秋五の読みは正しかったのである。

このささやかな挿話には、藤枝静男の文学を語るに際して大切なことがらが、さりげない形でこめられている。彼の公的な出発点が「最初のそれ」にあって、戦後創刊された文芸誌「近代文学」にこの作品を載せたのが、旧制八高以来の親友であり予言者でもある本多秋五であったこと、藤枝静男の最初期を知る批評家の言葉はただの思いつきではなく、文学的な本能にもとづく直観であったこと、さらにその前倒しの審判をながく心に留め置いて、途中、忘れていた時期があったにせよ、藤枝自身がきちんと思い出して作中に引用していること。要するに、それほどにも若い日の友の力は大きく、稀有なほど純粋で、持続力があったということである。そこにもうひとりの同級生、のちに平野謙と名乗る平野朗を加えて彼らの交友関係を追っていけば、いや、このふたりに対する藤枝静男の、病弱

藤枝静男　1972年11月16日

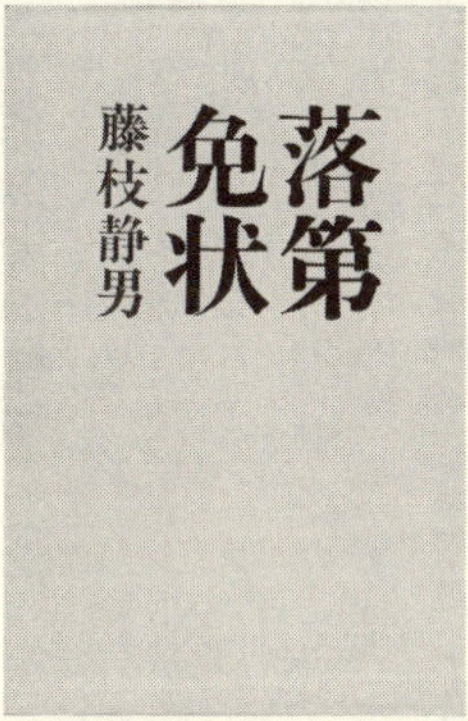

『落第免状』函
（昭43・10　講談社）

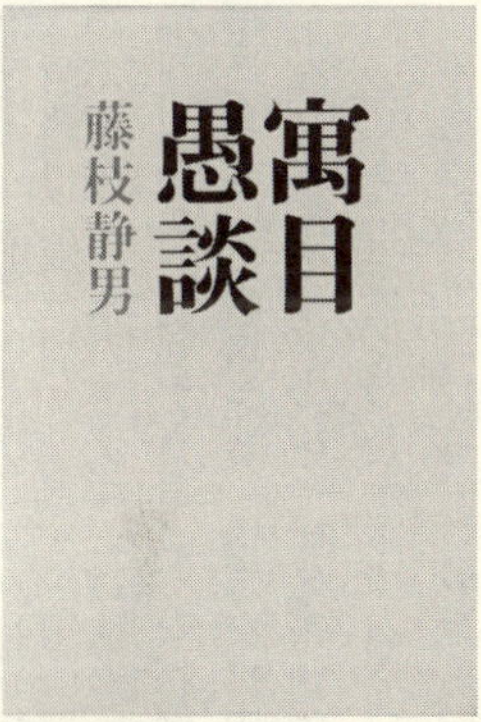

『寓目愚談』函
（昭47・9　講談社）

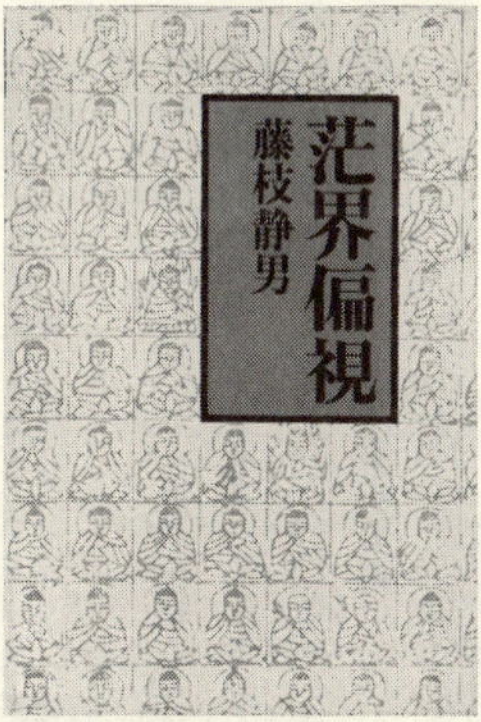

『茫界偏視』函
（昭53・11　講談社）

『石心桃夭』函
（昭56・10　講談社）

の妻を見つめるのとはべつのまなざしをたどっていけば、おそらく自叙伝に近い物語が立ち上がってくるだろう。

本書は、その自叙伝的な相貌を担いうるような文章で構成されている。藤枝静男の人生に決定的な影響を与えた右のふたりとの出会いのまえにどのようなことがあったのかを教えてくれる「少年時代のこと」は、年譜を見ただけではわからない貴重な回顧録だ。藤枝静男こと勝見次郎は、大正九年、郷里の藤枝町立尋常高等小学校を出たのち単身上京して池袋の成蹊実務学校に入学し、宿舎生活を開始している。成蹊実務学校は四年制の商業学校で、「それよりはむしろ人格教育をほどこすスパルタ式学校として有名であった」という。九人一組の部屋で小学校を出たばかりの少年たちが共同生活を営み、食事も買い物も掃除もすべて自分たちで行って、禅寺の修行僧のような厳しい規律に従った。一方でこの学校には生徒の良心を信ずる自由な気風があり、購買部には係がおらず、必要なものを取って金を箱に入れさえすればよく、期末試験では問題を板書したあと監督官が姿を消し、簡単に不正行為ができるような状況をつくって、しかも自己採点方式だった。この「僧堂生活みたいな厳格さと、極端な自由との混合した不思議な教育」は、勝見少年にとってむしろ重荷になっていた。購買部で盗みを働いたことで、「自分の意志の弱さと不徹底」を思い知る結果になったからである。

意志の弱さと不徹底。これはもちろん作家藤枝静男となってからの表現だが、十代はじめの頃の苛烈な自己評価は、その後の小説のあちこちで反復される重要なモチーフになっている。関東大震災で校舎が倒壊するという事件も手伝って、勝見少年はこの息苦しさから逃れるべく、名古屋の旧制八高と兄が通っていた愛知医大（現名大医学部）の予科の受験を決意する。ところが、そのどちらにも失敗して、大正十三年春、郷里に帰り、「意志の弱さと不徹底」ゆえに、翌年春の一高入試にも落ちてしまう。結局、八高の理科乙類に入学できたのは、大正十五年だった。そして、この二度の失敗がなければ、「南寮五室」で岐阜中学から来た「背のすらりとした稀代の美少年」平野謙と同室にはならなかったし、愛知県立五中を出ておなじ寮の二階にいた本多秋五と交錯することも、筆名を借りている北川静男と知り合うこともなかったのである。

当時の逸話は、「青春愚談」の、あまり起伏のない書法で淡々と綴られているが、そっけないところにかえって若い日々への慈しみも感じられる。独特の自己卑下に身を包みながら、その滑稽な自画像とあるときは対比させ、あるときは同類に引き寄せる恰好で、彼は友人たちの姿を活写する。

たとえば、「一メートル六三に四八キロしかない」鳥のごとき貧相な藤枝静男が角力部に勧誘された噴飯ものの顚末を描いたついでに、背の高さを見込まれてバレー部に入り、自分よりは粘ったらしいけれど途中で止めたという平野謙に触れるくだりは秀逸だ。尺八もできたし五目並べも歌留多取りもうまかった平野には、少々飽きっぽく、「多芸であったわけだが、たまに片鱗を見せるだけで、どうも皆トバ口だけでやめてしまう癖があった」。そう述べたうえで、途中で投げ出す悪癖が消えたのは、「島崎藤村論」を書き上げたあたりからではないか、とさりげなく指摘する。「よくわからないけれど」と留保をつけてはいるものの、平野謙という批評家の資質を射貫いた言葉として、これほど見事なものはない。粘り腰の文芸時評を支えていたのは、鉄棒を除いてなんでもできたという器用さ、身体感覚の鋭さ、そして瞬発力と表裏一体であったのだ。そればかりではない。南寮を出て下宿をはじめた藤枝静男が、ある店の給仕の女性を好きになったとき、平野がなにかと援助してくれたという逸話は、彼の批評、ことに文芸時評に特有の、ある種の面倒見のよさとも関係がありそうだという気にさせてくれるし、二年時にいきなり休学して田舎に帰ってしまったやや不可解な行動を知ると、たしかにそういう摑みどころのなさが彼の批評のなかにある、と思わずにいられなくなる。

本多秋五の素描においても、藤枝静男の筆は静かに冴えわたる。平野、本多のあいだにいた親友北川が、にわか勉強に等しいようなカードを切って議論を続けられる人間だったのに対し、《本多の方はどんな議論を吹っかけても、どんな本を持ち出しても、「うーん、うーん」とうなずいて受け入れ、時には重い口を開いてゆっくりゆっくり慎重な質問を発すると言った有様であったから、こちらも少し後ろめたいような気になって滅多な受け売りはしなくなった》。こうした本多の愛すべき鈍さについては、「本多秋五」と題された一篇でより鮮やかに記されているが、本多の特長が「牛が餌を食うように、ともかくも与えられたものは素直に口に入れ、モグモグとよく嚙んで、それから胃に入れてからももう一度口に戻して嚙んで、その後にそれぞれ然るべきところに納めるというやり方」にあるとの指摘は、あけすけなだけに、かえって強い愛情を感じさせる。

昭和五年、藤枝静男は、志賀直哉に傾倒するあまり手紙で訪問の許可を得て、単身奈良へ出向く。若気の至りとも言えるまっすぐな想いで、迷惑も顧みず一ヵ月近く滞在してあれこれ相手をしてもらったばかりか、おなじ年のうちに、今度は平野、本多のふたりを誘って「師」のもとへ赴き、宿代を浮かせるためにテントで寝起きしていたという。とくに最初の訪問時、長谷川泰子と別れて心を痛めていた小林秀雄と知り合って、下宿先で世話になった思い出などは、それなりの文学史的価値があるものだろう。八高を出てふたたび浪人を重ね、苦労して千葉大医学部に進学したあとも、東京帝大に進んだ彼らの友情と信頼関係には、いささかの揺るぎもなかった。実際、戦後の混乱のなかでこのふたりが「近代文学」を創刊し、小説の執筆を促さなかったら、眼科医勝見次郎は藤枝静男にならなかったのだ。

本業のかたわら、「一年一作の割合いで十四、五年続けたすえ年に二作くらい」になるというゆったりしたペースで執筆を続けてきた藤枝静男の小説作法は、先に述べたとおり志賀直哉に倣ったものだが、興味深いのは、「音読して滑らかに意味の通じない文は決して書かないという規律」(「文体・文章」)を守ってきたと自認している点だろう。生理的に不愉快な文章は書かないとすれば、それは明らかに表現として納得のいくまで自意識を通過させた言葉を持ち出していることになり、ただ眼の前の情景を、心の内をそのまま書き付けているのではないと公言しているに等しい。志賀直哉から貰った「素人初歩の単純正直まる出し」の油絵を見て、藤枝静男は、それが短篇「或る朝」の一歩手前にある創作だと考える。「隅から隅まで自身の眼だけに頼って幼く無垢に清潔に」描くことを、いかに素人初歩のようでなく、しかも妙な成心なしにこなすか。その眼と技術が備わっていなければ、作品は作品の域に達しない。

本書の後半に収められている骨董談義の、愛する物たちの描写はその修練であり実践であり、結果としての作品だと言えるのだが、最も重要なのは、朝鮮民画の「文房具図」についての一節である。

「ひとつひとつの物は細部まできちんとした墨の輪郭をもって実写されている。そのどれもが、たとえば冊子の秩の紋様までが細かく写されているのであるが、しかし不思議なことに、そのどれもが極端で不合理な逆遠近法で描かれている。たとえば机の表面は遠くへ行くほど開いているにかかわらず脚は反対にほぼ正常の遠近法で先きすぼまりに描かれていたりする」(「骨董歳時記」)

青年期まで苛まれてきた「恥」の意識、強烈な自意識の名残り、そしてあくまで明澄さを求める文体への配慮がないまぜになって眼の前の風景を捕らえると、この「文房具図」のように、きわめて正確で、きわめて不合理な図柄ができあがる。じつのところ、藤枝静男の「私小説」の魅力は、こうした遠近法の崩れを、まるで崩れていないかのように書き進めていく独特のまなざしに依拠しているのだ。外見上は「単純素朴で何でもないもののように見えながら、仔細に観察すると作者の念の入れかたがそのままこちらに伝わってくる」一枚の絵。禅寺の戒律と極端な自由、自己顕示欲と怠慢のせめぎあい、自分勝手な振る舞いと病身の妻への想い。平野謙や本多秋五の、あたたかく鮮やかなポートレイトにもまた、この「文房具図」的な歪みが含まれていることは云うまでもないだろう。

ならば藤枝静男は、こうした「随筆」を、志賀直哉の油絵のように、つまり小説の一歩手前にあるもののように捉えていたのだろうか？　そうかもしれない。これらはあくまで頼まれて書いた雑文の類であって、本当に書きたかったものではない、と抗弁するかもしれない。しかし、繰り返すが、どの頁にも、彼の小説に直結する「不合理な逆遠近法」の、残酷で滑稽な悲しみがあふれている。最後の一篇「妻の遺骨」で、妻の骨と石をまちがえて掘り出す場面は、自叙伝的な記述の性質とはまたべつの意味で遠近の狂った、しかも正しい眼の紡ぎ出したものとして、あるいは「鼻紙にくるんで胸ポケットにしまった」小さな骨のようなものとして、ながく読者の心に刻まれるだろう。

年譜

藤枝静男

一九〇八年（明治四一年）

一月一日（実際は前年一二月二〇日）、静岡県志太郡藤枝町（現・藤枝市）市部《いちべ》で薬局を営む勝見鎮吉・ぬいの次男として生まれる。本名は勝見次郎。一〇歳年長の姉・はる、八歳年長の姉・なつ、五歳年長の兄・秋雄、三歳年長の姉・ふゆがいた。

一九一〇年（明治四三年）　二歳

二月、妹・けい誕生（一〇月、結核性脳膜炎で死去）。

一九一一年（明治四四年）　三歳

一〇月、妹・きく誕生。

一九一三年（大正二年）　五歳

七月、なつが肺結核で死去（行年一二歳）。一一月、弟・三郎誕生。

一九一四年（大正三年）　六歳

四月、藤枝町立尋常高等小学校入学。三郎が結核性脳膜炎で死去（行年一歳）。

一九一五年（大正四年）　七歳

四月、はるが結核性腹膜炎で死去（行年一七歳）。七月、弟・宣《のぶ》誕生。

一九二〇年（大正九年）　一二歳

三月、藤枝町立尋常高等小学校卒業。四月、東京府北豊島郡巣鴨村池袋の成蹊実務学校（五年制乙種）に入学。「一級三〇名、全寮制自炊の禅僧生活的スパルタ教育を受けた。肯定と否定の交錯に悩んだ」（藤枝静男自筆年譜）。在学中に同窓会雑誌「成蹊だより」に小品や短歌を発表し、編集部員も務めた。
一九二三年（大正一二年）一五歳
九月、前年発表の実務学校廃止方針を受け、上級学校受験資格を得るために成蹊中学校に移籍。小説の耽読や映画館通いでしばしば停学に。
一九二四年（大正一三年）一六歳
三月、四年修了で成蹊中学退学。第八高等学校を受験するが失敗し、藤枝に帰る。「文学書を乱読し、当時愛知医科大学生であった兄秋雄の影響で、一時ドイツ表現派の戯曲やダダイズム運動に興味を持ったが、次第に武者小路実篤から入って白樺派の文学に惹かれて行った。」（自筆年譜）
一九二五年（大正一四年）一七歳
三月、第一高等学校に願書を出すが試験場で引き返し、未受験。兄と名古屋に下宿し予備校に通う。ロシアや北欧の作家の小説を読むが、志賀直哉への関心に絞られる。
一九二六年（大正一五年・昭和元年）一八歳
四月、八高理科乙類に入学。同級に北川静男、南寮の同室に文科乙類の平野謙、別室に平野の同級生・本多秋五がおり、生涯交際する。七月、秋雄が喀血・発病。
一九二七年（昭和二年）一九歳
一月、南寮を退寮し下宿へ。三月、落第。
一九二八年（昭和三年）二〇歳
八月、奈良に志賀直哉を訪問し、その縁で小林秀雄・瀧井孝作に紹介される。一一月、平野・本多と共に志賀を再訪。
一九三〇年（昭和五年）二二歳
二月、北川静男死去。三月、八高卒業。千葉医科大学の受験に失敗し、名古屋で浪人生活を送る。北川静男の遺稿集『光美真』を編集（一一月刊行）。四月、本多に一年遅れて平野が東京帝国大学文学部に入学。七月、奈良に滞在し、一日おきに志賀を訪問する。一二月、帰省途中の平野が下宿に一泊し、上京し同宿で勉強することを勧める。
一九三一年（昭和六年）二三歳
二月、平野から父に宛てた手紙で上京が許可され本郷の下宿・双葉館の平野の部屋に同居。本多とも旧交を温めるが、左翼運動に参加する彼らとの間に距離を感じる。三月、千葉医大を再受験するが不合格。四月、きくが肺結核で療養生活に。この年本郷・高円寺・深川と転居し、「経済往来」の六号記事や共同印刷の校正などで生活費を稼ぐ。
一九三二年（昭和七年）二四歳
四月、千葉医大に入学、千葉海岸に住む。
一九三三年（昭和八年）二五歳
三月、「思ひ出」（文芸部雑誌「大学文化」）。六月、「大学文化」の編集を担当し表紙を描く。同月、学内の左翼活動への一度のカンパが発覚し検挙。千葉警察署に二ヵ月弱勾留され起訴猶予になるが、大学は無期停学処分に。この年結核が発病するが治癒。
一九三五年（昭和一〇年）二七歳
二月、「兄の病気」（「大学文化」）。三月、東京医学専門学校在学中の宣が結核を発病するが治癒。五月、父が脳溢血で右半身不随になり寝たきりになる。
一九三六年（昭和一一年）二八歳
七月、四ヵ月遅れで千葉医大卒業。思想的前歴のため正式入局は許可されなかったが、教授の厚意で医局で眼科を学ぶ。医局から派遣され八王子市の倉田眼科の留守を預かり、同市在住の瀧井孝作をしばしば訪問する。
一九三七年（昭和一二年）二九歳
医局の命で新潟県長岡市の伊知地眼科へ。
一九三八年（昭和一三年）三〇歳
四月、静岡県浜名郡積志村の開業眼科医菅原龍次郎の三女・智世子《ちせこ》と結婚。医局の命で千葉県保田の原眼科へ。九月、秋雄が結核で死去（行年三五歳）。一〇月、医局に正式入局し、眼科教室副手となる。
一九三九年（昭和一四年）　三一歳
九月、長女・章子誕生。
一九四一年（昭和一六年）　三三歳
一一月、次女・本子誕生。以前からの約束で、妻の実家を継がせるため菅原家の養女に。
一九四二年（昭和一七年）　三四歳
三月、父が脳溢血の再発で死去（行年七〇歳）。六月、医学博士取得。九月、平塚市第二海軍火薬廠海軍共済組合病院眼科部長に。
一九四三年（昭和一八年）　三五歳
妻が肺結核となり、夏から秋にかけ勤務先の海軍病院に入院し、人工気胸術を受ける。
一九四五年（昭和二〇年）　三七歳
この年、陸軍の召集を回避するため予備海軍軍医少尉に就任。八月、終戦。一二月、占領軍に病院と住宅が接収され、妻の実家で眼科を手伝う。本多秋五から「近代文学」発刊の案内状を受け取り「小躍りして喜び、また昂奮した」（自筆年譜）。平野謙との連絡もつく。
一九四六年（昭和二一年）　三八歳
四月、本多・平野が来訪し数年ぶりの再会。小説執筆を勧められる。妻が再度の喀血、秋から天竜川沿いの結核療養所に入院。
一九四七年（昭和二二年）　三九歳
九月、処女作「路」（「近代文学」）。予め依頼しておいた筆名は、本多の発案で出生地「藤枝」と八高時代の友人北川「静男」に由来。
一九四八年（昭和二三年）　四〇歳
六月、「二つの短篇」（「三田文学」）。
一九四九年（昭和二四年）　四一歳
三月、「イペリット眼」（「近代文学」）。「群像」（七月号）で合評され、本年度上半期芥川賞候補作に。一二月、「家族歴」（「近代文学」）。
一九五〇年（昭和二五年）　四二歳

四月、浜名郡積志村の妻の実家を出て、浜松市東田町に眼科医院を開業。八月、「龍の昇天と河童の墜落」(「近代文学」)。
一九五一年(昭和二六年) 四三歳
七月、瀧井孝作来訪。一一月、瀧井孝作を訪問し、原勝四郎の絵画を知る。
一九五二年(昭和二七年) 四四歳
三月、「空気頭(初稿)」(「近代文学」)。一一月、神奈川県足柄下郡下曾我村の尾崎一雄を訪問。
一九五三年(昭和二八年) 四五歳
一月、「文平と卓と僕」(「近代文学」)。
一九五四年(昭和二九年) 四六歳
二月、仲間と「原勝四郎小品展」開催(浜松市立図書館)。
一九五五年(昭和三〇年) 四七歳
一一月、「痩我慢の説」(「近代文学」)。本年度下半期芥川賞候補作に。
一九五六年(昭和三一年) 四八歳
六月、志賀直哉・里見弴・小津安二郎が浜松に来訪。一二月、「犬の血」(「近代文学」)発表、本年度下半期芥川賞候補作に(受賞作はなく、翌年三月「文芸春秋」に「候補作」として再録される)。この年から七一年まで「浜松市民文芸」の創作部門選者に。
一九五七年(昭和三二年) 四九歳
六月、『犬の血』刊行、「近代文学」同人が荒正人宅で出版記念会。七月、「雄飛号来たる」(「文芸春秋」)、「掌中果」(「群像」)。一〇月、「異物」(「心」)。一二月、「浜松百撰」創刊、「静男巷談」を六四年一二月まで連載。
一九五八年(昭和三三年) 五〇歳
三月、「阿井さん」(「新日本文学」)。同月、小川国夫が丹羽正と共に初来訪。八月、「明かるい場所」(「群像」)。
一九五九年(昭和三四年) 五一歳
三月、「うじ虫」(「文学界」)。
一九六〇年(昭和三五年) 五二歳

近代文学社に匿名で年間五万円を提供し、それを基金に「近代文学賞」制定。六月、吉本隆明が「アクシスの問題」・「転向ファシストの詭弁」で第一回受賞者に。以後立原正秋・辻邦生・中田耕治などが受賞。「近代文学」終刊により六四年に第五回で終了した。

一九六一年（昭和三六年）　五三歳

二月、「凶徒津田三蔵」（「群像」）。五月、『凶徒津田三蔵』刊。八月、「泥棒女中」（「群像」）。一二月、妻が千葉大学附属病院に入院。

一九六二年（昭和三七年）　五四歳

二月、妻が左胸郭整形手術を受け肋骨五本を切除。四月、「春の水」（「群像」）。同月、妻退院。八月、藤枝の土地の裏庭に母と妹のための家を新築。一二月、「ヤゴの分際」（「群像」）。

一九六三年（昭和三八年）　五五歳

二月、妻が三方原の聖隷保養園に入院、左肺葉を切除（七月退院）。四月、「『ゲルニカ』を見て感あり」（「近代文学」）。九月、『ヤゴの分際』刊。一〇月、平野・本多と長野県馬籠へ、三五年ぶりとなる旅行。翌年一一月の四国・九州、六七年一〇月の北海道、七一年九月の出雲・松江（志賀直哉旧居）などが続く。

一九六四年（昭和三九年）　五六歳

二月、長女・章子結婚。四月、「鷹のいる村」（「群像」）。八月、「近代文学」終刊。一一月、「わが先生のひとり」（「群像」）。

一九六五年（昭和四〇年）五七歳

二月、「落第免状」（「文芸春秋」）。四月、「壜の中の水」（「展望」）。六月、「魁生老人」（「群像」）。七月、『壜の中の水』刊。一〇月、次女・本子結婚。

一九六六年（昭和四一年）　五八歳

二月、「硝酸銀」（「群像」）。七月、「近代文学」旧同人を浜名湖畔へ招待、恒例となる

「浜名湖会」の始まり。九月、「一家団欒」(「群像」)。

一九六七年(昭和四二年) 五九歳

四月、「冬の虹」(「群像」)。同月、妻が聖隷保養園入院。気管支の硝酸銀腐食療法を受ける。八月、「空気頭」(「群像」)。一〇月、『空気頭』刊。平野・本多の提唱で出版記念会「藤枝静男君を囲む会」開催。一二月、静岡県文化奨励賞受賞。

一九六八年(昭和四三年) 六〇歳

四月、妻退院。同月、「欣求浄土」(「群像」)、『空気頭』で六七年度芸術選奨文部大臣賞受賞。五月、「木と虫と山」(「展望」)。七月、「天女御座」(「季刊芸術」)。八月、「沼と洞穴」(「文芸」)。一〇月、『落第免状』刊。

一九六九年(昭和四四年) 六一歳

二月、「厭離穢土」(「新潮」)。四月、「或る年の冬」(「群像」)。八月、長女一家が同居。

一九七〇年(昭和四五年) 六二歳

二月、「西国三ヵ所」(「静岡新聞」)。三月、「或る年の夏」(「群像」)。五月、「土中の庭」(「展望」)。八月、『欣求浄土』刊。九月、ソ連作家同盟の招待で城山三郎・江藤淳とソ連を訪問、翌月ヨーロッパ経由で帰国。これを契機に診療を長女夫婦に譲る(一二月三一日付で保健所に廃業届提出)。一一月、「接吻」(「文芸」)。一二月、頸部椎間板症で治療。

一九七一年(昭和四六年) 六三歳

三月、「キエフの海」(「文学界」)。七月~九月、「青春愚談」(「東京新聞」)。八月、「怠惰な男」(「群像」)。一〇月、「老友」(「群像」)、『或る年の冬 或る年の夏』刊。同月、志賀直哉死去。一一月、「昔の道」(「潮」)。

一九七二年(昭和四七年) 六四歳

二月、弟・宣死去(行年五六歳)。七月、胆嚢切除手術。八月、「愛国者たち」(「群像」)。九月、「武井衛生二等兵の証言」(「文芸」)、

『寓目愚談』刊。一二月、母・ぬい死去（行年九二歳）。同月、「山川草木」（「群像」）。
一九七三年（昭和四八年）　六五歳
一月、「風景小説」（「文芸」）、「群像」の「創作合評」担当（三月まで）。六月、「私々小説」（「すばる」）。一〇月、「盆切り」（「文芸」）、「疎遠の友」（「季刊芸術」）。一一月、『愛国者たち』刊（平林たい子文学賞）。
一九七四年（昭和四九年）　六六歳
一月、「田紳有楽」（「群像」）。二月、『藤枝静男作品集』刊。四月、「異床同夢」（「文芸」）。七月、「田紳有楽前書き」（「群像」）、「聖ヨハネ教会堂」（「海」）。同月から八月まで友人と北欧旅行。一〇月、妻が乳癌の手術。一二月、インド・ネパール旅行に出発。
一九七五年（昭和五〇年）　六七歳
一月、帰国。同月、「一枚の油絵」（「文芸」）、「プラハの案内人」（「新潮」）、「偽仏真仏」（「芸術新潮」）。四月、「しもやけ・あかぎれ・ひび・飛行機」（「季刊芸術」）。四月、「田紳有楽前書き（二）」（「群像」）。六月、「東京新聞」夕刊で文芸時評を担当（一一月まで）。七月、「志賀直哉・天皇・中野重治」（「文芸」）、『小感軽談』刊。八月、『異床同夢』刊。一二月、座談会「文学この一年を顧みる」（「東京新聞」）で司会を務める。
一九七六年（昭和五一年）　六八歳
二月、「田紳有楽終節」（「群像」）。五月、「滝とビンズル」（「文芸」）、『田紳有楽』刊（谷崎潤一郎賞）。七月、『藤枝静男著作集』刊行開始（翌年五月完結）。八月、「在らざるにあらず」（「群像」）。一〇月、「出てこい」（「群像」）。同月の谷崎賞授賞式に、三月・八月に乳癌手術を受けた妻と出席する。
一九七七年（昭和五二年）　六九歳
一月から「骨董夜話」連載（「太陽」）。二月、妻・智世子が乳癌と癌性腹膜炎で死去（行年六〇歳）。告別式はせず雛壇に遺影と遺骨を置いた。三月、「妻の遺骨」(「毎日新聞」)。八月、韓国の慶州へ旅行。一〇月、韓国国際文化協会の招待でソウル・慶州・雪岳山へ旅行。一一月、「庭の生きものたち」(「群像」)。

一九七八年(昭和五三年) 七〇歳

三月、平野謙と対談「私小説と作家の自我」(「文体」)。四月、平野がくも膜下出血で死去。同月、「雉鳩帰る」(「群像」)。五月、「着実な文学活動」が評価され中日文化賞受賞。六月、「半僧坊」(「文体」)、本多秋五と対談「平野謙の青春」(「海」)、座談会「平野謙・人と文学」(「群像」)。六月~七月、「泡のように」(「読売新聞」)。七月、「学術文化振興と市民の文芸活動の向上に尽力された」として浜松市市勢功労賞受賞。八月、「女性手帳」(NHK)に出演。一一月、『茫界偏視』刊。

一九七九年(昭和五四年) 七一歳

二月、「みな生きもの　みな死にもの」(「群像」)、『悲しいだけ』刊(野間文芸賞)。四月、「群像」創作合評を担当(六月まで)。同月、中国東北部へ旅行。五月、平野謙を偲ぶ会。六月、荒正人死去。八月、「やきものとの出会い」(『やきものの里』)。一一月、「日曜美術館　私と原勝四郎」(NHK教育)に出演。

一九八〇年(昭和五五年) 七二歳

一月、「ゼンマイ人間」(「群像」)、平岡篤頼と対談「嘘とまことの美感」(「早稲田文学」)。七月、「日々是ポンコツ」(「海」)。八月、立原正秋死去、葬儀委員長に。一〇月、同居の義母死去。一一月、「やっぱり駄目」(「群像」)。一二月、対談集『作家の姿勢』刊。八二年まで群像新人文学賞選考委員に。

一九八一年(昭和五六年) 七三歳

三月、「二八二」(「群像」)。四月、「わが巨木崇敬癖」(「潮」)。五月、「文学界」対談時評

を中野孝次と担当（七月まで）。六月、『路』刊。一〇月、『石心桃夭』刊。一二月、「みんな泡」（「群像」）。

一九八二年（昭和五七年）　七四歳

一月、「黒い石」（「海燕」）、「人間抜き」（「海」）。同月、文学者二八七名の反核アピールに名を連ねる。八月、井上靖・山本健吉・吉田精一と監修した『立原正秋全集』の刊行開始（八四年八月完結）。九月、「虚懐」（「群像」）。

一九八三年（昭和五八年）　七五歳

二月、『虚懐』刊。八月、次女親子とヨーロッパ旅行。

一九八四年（昭和五九年）　七六歳

六月、「武蔵川谷右ェ門・ユーカリ・等々」（「群像」）。八月、大庭みな子夫妻らとバリ島・ボロブドゥール旅行。一一月、瀧井孝作死去。

一九八五年（昭和六〇年）　七七歳

五月、「老いたる私小説家の私倍増小説」・インタビュー「『極北』の私小説　藤枝静男」（「文学界」）。九月、最後の小説「今ここ」（「群像」）。同月、転倒して肋骨四本骨折。

一九八七年（昭和六二年）　七九歳

三月、阿川弘之・紅野敏郎と編集の『志賀直哉小説選』刊行開始（六月完結）。

一九八九年（昭和六四年・平成元年）　八一歳

一月〜五月、「藤枝静男展―文学と人生」開催（浜松文芸館）。本多・大庭・小川が講演。

一九九三年（平成五年）　八五歳

四月一六日午前五時三五分、肺炎で横須賀市の入院先で死去。当日予定されていた「浜名湖会」は藤枝静男を偲ぶ会に（本多秋五・埴谷雄高・小川国夫ら）。二五日、藤枝市の岳叟寺で葬儀。喪主は長女・安達章子。戒名は藤翁静誉居士。本多・埴谷・小川が弔辞。六月二日、納骨。一二月、「郷土の生んだ作家・藤枝静男展」（浜松文芸館。翌年三月まで）、小川・埴谷・本多・大庭による追悼座談会が開催。没後の主な文学展は以下の通り。九四年六月〜七月、「郷土が生んだ作家　藤枝静男・小川国夫文学展」（藤枝市文化センター）。九八年一〇月〜一一月、「藤枝静男と李朝民画展」（浜松文芸館）。〇三年一一月、「藤枝静男没後十年文学展　作家の郷里藤枝と処女作「路」の発表まで」（藤枝市郷土博物館）。〇四年九月〜一〇月、「浜松の作家―その作品と人となり　藤枝静男展」（浜松文芸館）。〇七年九月〜一一月、藤枝市文学館開館記念展「藤枝の文学―藤枝ゆかりの文学者たち」。〇八年六月〜八月「生誕百周年記念　藤枝静男と曽宮一念」（藤枝市文学館）、同年一〇月〜翌年三月、「生誕百周年記念　藤枝静男展―『私』と『宇宙』〜すごい作家が、浜松に存在《い》た。〜」（浜松文芸館）。〇九年六月〜八月、「再発見　藤枝静男文学の魅力―処女作『路』と小説家藤枝静男の誕生―」（藤枝市文学館）。一〇年一二月〜翌年一月、「作家の眼　藤枝静男と美術」（藤枝市文学館）

一九九六年（平成八年）
五月、『今ここ』刊。

二〇〇〇年（平成一二年）
四月一六日、藤枝市蓮華寺池公園に藤枝静男文学碑建立。碑文は「一家団欒」による。

二〇〇一年（平成一三年）
一月、本多秋五が脳溢血で死去。九月、生家跡に「生誕の地」碑建立。

二〇〇二年（平成一四年）
小川国夫の発案で墓前祭を「雄老忌」に。

本年譜作成に際しては、藤枝静男自筆年譜のほか、特に長女・安達章子氏、青木鐵夫氏作成の年譜を参考にした。

（津久井隆・編）

著書目録

藤枝静男

【単行本】

光美真＊（北川静男遺稿集） 昭5・12 私家版
犬の血 昭32・6 文芸春秋新社
凶徒津田三蔵 昭36・5 講談社
ヤゴの分際 昭38・9 講談社
壜の中の水 昭40・7 講談社
空気頭 昭42・10 講談社
落第免状 昭43・10 講談社
欣求浄土 昭45・8 講談社
或る年の冬 或る年の夏 昭46・10 講談社
寓目愚談 昭47・9 講談社
愛国者たち 昭48・11 講談社
小感軽談 昭50・7 筑摩書房
異床同夢 昭50・8 河出書房新社
田紳有楽 昭51・5 講談社
「近代文学」創刊のころ＊ 昭52・8 深夜叢書社
茫界偏視 昭53・11 講談社
悲しいだけ 昭54・2 講談社
平野謙を偲ぶ＊ 昭54・8 私家版
作家の姿勢（対談集）＊ 昭55・12 作品社
成蹊実務学校教育の想い出＊ 昭56・2 桃蔭会
路（限定版） 昭56・6 成瀬書房
石心桃夭 昭56・10 講談社

虚懐　昭58・2　講談社
今ここ　平8・5　講談社

【全集】

藤枝静男作品集　昭49・2　筑摩書房
藤枝静男著作集 全6巻　昭51・7〜52・5　講談社
創作代表選集17　昭31・5　講談社
創作代表選集20　昭32・10　講談社
創作代表選集22　昭33・9　講談社
文学選集27　昭37・9　講談社
戦争の文学7　昭40・11　東都書房
文学選集31　昭41・4　講談社
文学選集32　昭42・5　講談社
文学選集33　昭43・5　講談社
全集・現代文学の発見10　昭43・6　学芸書林
現代文学大系66　昭43・6　筑摩書房
日本短篇文学全集19　昭43・7　筑摩書房
日本の文学80　昭45・10　中央公論社
日本文学全集66　昭45・11　筑摩書房
戦争文学全集5　昭47・1　毎日新聞社
現代日本文学大系48　昭47・12　筑摩書房
文学1973　昭48・6　講談社
現代の文学10　昭49・2　講談社
文学1974　昭49・5　講談社
文学1975　昭50・5　講談社
文学1976　昭51・5　講談社
現代日本紀行文学全集補巻3　昭51・8　ほるぷ出版
文学1977　昭52・4　講談社
筑摩現代文学大系74　昭53・2　筑摩書房
文学1980　昭55・4　講談社
北海道文学全集19　昭56・7　立風書房
昭和文学全集17　平元・7　小学館
新・ちくま文学の森6　平7・2　筑摩書房

【文庫】

空気頭・欣求浄土　昭48・2　講談社文庫（解＝川村二郎　年＝著者）

田紳有楽　昭53・11　講談社文庫（解＝川村二郎　年＝伊東康雄）

凶徒津田三蔵　昭54・4　講談社文庫（解＝桶谷秀昭　年＝伊東康雄）

悲しいだけ・欣求浄土　昭63・12　講談社文芸文庫（解＝川西政明　案＝保昌正夫　著）

田紳有楽・空気頭　平2・6　講談社文芸文庫（解＝川西政明　案＝勝又浩　著）

或る年の冬 或る年の夏　平5・11　講談社文芸文庫（解＝川西政明　案＝小笠原克　著）

本著書目録中、【単行本】の＊は共著・対談を表わすが、特別なものを除き、原則として、共編著、再刊本は入れなかった。／【文庫】の（　）内の略号は、解＝解説　年＝年譜　案＝作家案内　著＝著書目録を表わす。／著書目録作成にあたり、高橋克己氏の『藤枝静男書誌』を参照した。

（作成・編集部）

本書は、講談社刊『藤枝静男著作集』第三巻（一九七六年一一月）、第五巻（一九七七年三月）、『茫界偏視』（一九七八年一一月）を底本とし、明らかな誤植と思われるものは正しましたが、原則として底本に従いました。底本にある表現で、今日からみれば、不適切と思われる表現がありますが、作品が書かれた時代背景、作品価値および著者が故人であることなどを考慮し、底本のままとしました。よろしくご理解のほどお願いいたします。

藤枝静男《ふじえだしずお》随筆集《ずいひつしゅう》
藤枝静男《ふじえだしずお》

二〇一一年一月七日第一刷発行
二〇二四年三月八日第二刷発行

発行者――森田浩章
発行所――株式会社 講談社
東京都文京区音羽2・12・21 〒112-8001
電話 編集（03）5395・3513
販売（03）5395・5817
業務（03）5395・3615

デザイン――菊地信義
印刷――株式会社KPSプロダクツ
製本――株式会社国宝社
本文データ制作――講談社デジタル製作

定価はカバーに表示してあります。

講談社
文芸文庫

ISBN978-4-06-290111-6

講談社文芸文庫

小沼丹	藁屋根	佐々木 敦―解／中村 明―年
折口信夫	折口信夫文芸論集 安藤礼二編	安藤礼二―解／著者―年
折口信夫	折口信夫天皇論集 安藤礼二編	安藤礼二―解
折口信夫	折口信夫芸能論集 安藤礼二編	安藤礼二―解
折口信夫	折口信夫対話集 安藤礼二編	安藤礼二―解／著者―年
加賀乙彦	帰らざる夏	リービ英雄―解／金子昌夫―案
葛西善蔵	哀しき父｜椎の若葉	水上 勉―解／鎌田 慧―案
葛西善蔵	贋物｜父の葬式	鎌田 慧―解
加藤典洋	アメリカの影	田中和生―解／著者―年
加藤典洋	戦後的思考	東 浩紀―解／著者―年
加藤典洋	完本 太宰と井伏 ふたつの戦後	與那覇 潤―解／著者―年
加藤典洋	テクストから遠く離れて	高橋源一郎―解／著者・編集部―年
加藤典洋	村上春樹の世界	マイケル・エメリック―解
加藤典洋	小説の未来	竹田青嗣―解／著者・編集部―年
加藤典洋	人類が永遠に続くのではないとしたら	吉川浩満―解／著者・編集部―年
金井美恵子	愛の生活｜森のメリュジーヌ	芳川泰久―解／武藤康史―年
金井美恵子	ピクニック、その他の短篇	堀江敏幸―解／武藤康史―年
金井美恵子	砂の粒｜孤独な場所で 金井美恵子自選短篇集	磯﨑憲一郎―解／前田晃―年
金井美恵子	恋人たち｜降誕祭の夜 金井美恵子自選短篇集	中原昌也―解／前田晃―年
金井美恵子	エオンタ｜自然の子供 金井美恵子自選短篇集	野田康文―解／前田晃―年
金子光晴	絶望の精神史	伊藤信吉―人／中島可一郎―年
金子光晴	詩集「三人」	原 満三寿―解／編集部―年
鏑木清方	紫陽花舎随筆 山田肇選	鏑木清方記念美術館―年
嘉村礒多	業苦｜崖の下	秋山 駿―解／太田静一―年
柄谷行人	意味という病	絓 秀実―解／曾根博義―案
柄谷行人	畏怖する人間	井口時男―解／三浦雅士―案
柄谷行人編	近代日本の批評 I 昭和篇上	
柄谷行人編	近代日本の批評 II 昭和篇下	
柄谷行人編	近代日本の批評 III 明治・大正篇	
柄谷行人	坂口安吾と中上健次	井口時男―解／関井光男―年
柄谷行人	日本近代文学の起源 原本	関井光男―年
柄谷行人 中上健次	柄谷行人中上健次全対話	高澤秀次―解
柄谷行人	反文学論	池田雄一―解／関井光男―年

▶解=解説　案=作家案内　人=人と作品　年=年譜を示す。　2024年3月現在

講談社文芸文庫

講談社文芸文庫

木山捷平 ― 酔いざめ日記
木山捷平 ― [ワイド版]長春五馬路　蜂飼 耳 ― 解／編集部 ― 年
京須偕充 ― 圓生の録音室　赤川次郎・柳家喬太郎 ― 解
清岡卓行 ― アカシヤの大連　宇佐美 斉 ― 解／馬渡憲三郎 ― 案
久坂葉子 ― 幾度目かの最期 久坂葉子作品集　久坂部 羊 ― 解／久米 勲 ― 年
窪川鶴次郎 ― 東京の散歩道　勝又 浩 ― 解
倉橋由美子 ― 蛇|愛の陰画　小池真理子 ― 解／古屋美登里 ― 年
黒井千次 ― たまらん坂 武蔵野短篇集　辻井 喬 ― 解／篠崎美生子 ― 年
黒井千次選 ―「内向の世代」初期作品アンソロジー
黒島伝治 ― 橇|豚群　勝又 浩 ― 人／戎居士郎 ― 年
群像編集部編 ― 群像短篇名作選 1946～1969
群像編集部編 ― 群像短篇名作選 1970～1999
群像編集部編 ― 群像短篇名作選 2000～2014
幸田 文 ― ちぎれ雲　中沢けい ― 人／藤本寿彦 ― 年
幸田 文 ― 番茶菓子　勝又 浩 ― 人／藤本寿彦 ― 年
幸田 文 ― 包む　荒川洋治 ― 人／藤本寿彦 ― 年
幸田 文 ― 草の花　池内 紀 ― 人／藤本寿彦 ― 年
幸田 文 ― 猿のこしかけ　小林裕子 ― 解／藤本寿彦 ― 年
幸田 文 ― 回転どあ|東京と大阪と　藤本寿彦 ― 解／藤本寿彦 ― 年
幸田 文 ― さざなみの日記　村松友視 ― 解／藤本寿彦 ― 年
幸田 文 ― 黒い裾　出久根達郎 ― 解／藤本寿彦 ― 年
幸田 文 ― 北愁　群 ようこ ― 解／藤本寿彦 ― 年
幸田 文 ― 男　山本ふみこ ― 解／藤本寿彦 ― 年
幸田露伴 ― 運命|幽情記　川村二郎 ― 解／登尾 豊 ― 案
幸田露伴 ― 芭蕉入門　小澤 實 ― 解
幸田露伴 ― 蒲生氏郷|武田信玄|今川義元　西川貴子 ― 解／藤本寿彦 ― 年
幸田露伴 ― 珍饌会 露伴の食　南條竹則 ― 解／藤本寿彦 ― 年
講談社編 ― 東京オリンピック 文学者の見た世紀の祭典　高橋源一郎 ― 解
講談社文芸文庫編 ― 第三の新人名作選　富岡幸一郎 ― 解
講談社文芸文庫編 ― 大東京繁昌記 下町篇　川本三郎 ― 解
講談社文芸文庫編 ― 大東京繁昌記 山手篇　森 まゆみ ― 解
講談社文芸文庫編 ― 戦争小説短篇名作選　若松英輔 ― 解
講談社文芸文庫編 ― 明治深刻悲惨小説集 齋藤秀昭選　齋藤秀昭 ― 解
講談社文芸文庫編 ― 個人全集月報集 武田百合子全作品・森茉莉全集

小島信夫—抱擁家族　大橋健三郎-解／保昌正夫—案
小島信夫—うるわしき日々　千石英世—解／岡田 啓—年
小島信夫—月光|暮坂 小島信夫後期作品集　山崎 勉—解／編集部—年
小島信夫—美濃　保坂和志—解／柿谷浩一—年
小島信夫—公園|卒業式 小島信夫初期作品集　佐々木 敦—解／柿谷浩一—年
小島信夫—各務原・名古屋・国立　高橋源一郎-解／柿谷浩一—年
小島信夫—[ワイド版]抱擁家族　大橋健三郎-解／保昌正夫—案
後藤明生—挾み撃ち　武田信明—解／著者—年
後藤明生—首塚の上のアドバルーン　芳川泰久—解／著者—年
小林信彦—[ワイド版]袋小路の休日　坪内祐三—解／著者—年
小林秀雄—栗の樹　秋山 駿—人／吉田凞生—年
小林秀雄—小林秀雄対話集　秋山 駿—解／吉田凞生—年
小林秀雄—小林秀雄全文芸時評集 上・下　山城むつみ-解／吉田凞生—年
小林秀雄—[ワイド版]小林秀雄対話集　秋山 駿—解／吉田凞生—年
佐伯一麦—ショート・サーキット 佐伯一麦初期作品集　福田和也—解／二瓶浩明—年
佐伯一麦—日和山 佐伯一麦自選短篇集　阿部公彦—解／著者—年
佐伯一麦—ノルゲ Norge　三浦雅士—解／著者—年
坂口安吾—風と光と二十の私と　川村 湊—解／関井光男—案
坂口安吾—桜の森の満開の下　川村 湊—解／和田博文—案
坂口安吾—日本文化私観 坂口安吾エッセイ選　川村 湊—解／若月忠信—年
坂口安吾—教祖の文学|不良少年とキリスト 坂口安吾エッセイ選　川村 湊—解／若月忠信—年
阪田寛夫—庄野潤三ノート　富岡幸一郎-解
鷺沢 萠—帰れぬ人びと　川村 湊—解／著者、オフィスめめ-年
佐々木邦—苦心の学友 少年倶楽部名作選　松井和男—解
佐多稲子—私の東京地図　川本三郎—解／佐多稲子研究会-年
佐藤紅緑—ああ玉杯に花うけて 少年倶楽部名作選　紀田順一郎-解
佐藤春夫—わんぱく時代　佐藤洋二郎-解／牛山百合子-年
里見弴—恋ごころ 里見弴短篇集　丸谷才一—解／武藤康史—年
澤田 謙—プリューターク英雄伝　中村伸二—年
椎名麟三—深夜の酒宴|美しい女　井口時男—解／斎藤末弘—年
島尾敏雄—その夏の今は|夢の中での日常　吉本隆明—解／紅野敏郎—案
島尾敏雄—はまべのうた|ロング・ロング・アゴウ　川村 湊—解／柘植光彦—案
島田雅彦—ミイラになるまで 島田雅彦初期短篇集　青山七恵—解／佐藤康智—年
志村ふくみ-一色一生　高橋 巖—人／著者—年

講談社文芸文庫

高見順——如何なる星の下に　坪内祐三—解／宮内淳子—年
高見順——死の淵より　井坂洋子—解／宮内淳子—年
高見順——わが胸の底のここには　荒川洋治—解／宮内淳子—年
高見沢潤子-兄 小林秀雄との対話 人生について
武田泰淳—蝮のすえ｜「愛」のかたち　川西政明—解／立石 伯—案
武田泰淳—司馬遷—史記の世界　宮内 豊—解／古林 尚—年
武田泰淳—風媒花　山城むつみ-解／編集部—年
竹西寛子—贈答のうた　堀江敏幸—解／著者—年
太宰 治——男性作家が選ぶ太宰治　編集部—年
太宰 治——女性作家が選ぶ太宰治
太宰 治——30代作家が選ぶ太宰治　編集部—年
田中英光—空吹く風｜暗黒天使と小悪魔｜愛と憎しみの傷に 田中英光デカダン作品集 道籏泰三編　道籏泰三—解／道籏泰三—年
谷崎潤一郎-金色の死 谷崎潤一郎大正期短篇集　清水良典—解／千葉俊二—年
種田山頭火-山頭火随筆集　村上 護—解／村上 護—年
田村隆一—腐敗性物質　平出 隆—人／建畠 晢—年
多和田葉子-ゴットハルト鉄道　室井光広—解／谷口幸代—年
多和田葉子-飛魂　沼野充義—解／谷口幸代—年
多和田葉子-かかとを失くして｜三人関係｜文字移植　谷口幸代—解／谷口幸代—年
多和田葉子-変身のためのオピウム｜球形時間　阿部公彦—解／谷口幸代—年
多和田葉子-雲をつかむ話｜ボルドーの義兄　岩川ありさ-解／谷口幸代—年
多和田葉子-ヒナギクのお茶の場合｜海に落とした名前　木村朗子—解／谷口幸代—年
多和田葉子-溶ける街 透ける路　鴻巣友季子-解／谷口幸代—年
近松秋江—黒髪｜別れたる妻に送る手紙　勝又 浩—解／柳沢孝子—案
塚本邦雄—定家百首｜雪月花(抄)　島内景二—解／島内景二—年
塚本邦雄—百句燦燦 現代俳諧頌　橋本 治—解／島内景二—年
塚本邦雄—王朝百首　橋本 治—解／島内景二—年
塚本邦雄—西行百首　島内景二—解／島内景二—年
塚本邦雄—秀吟百趣　島内景二—解
塚本邦雄—珠玉百歌仙　島内景二—解
塚本邦雄—新撰 小倉百人一首　島内景二—解
塚本邦雄—詞華美術館　島内景二—解
塚本邦雄—百花遊歴　島内景二—解

講談社文芸文庫

塚本邦雄 ―茂吉秀歌『赤光』百首	島内景二―解
塚本邦雄 ―新古今の惑星群	島内景二―解／島内景二―年
つげ義春 ―つげ義春日記	松田哲夫―解
辻 邦生 ―黄金の時刻の滴り	中条省平―解／井上明久―年
津島美知子-回想の太宰治	伊藤比呂美-解／編集部―年
津島佑子 ―光の領分	川村 湊―解／柳沢孝子―案
津島佑子 ―寵児	石原千秋―解／与那覇恵子-年
津島佑子 ―山を走る女	星野智幸―解／与那覇恵子-年
津島佑子 ―あまりに野蛮な 上・下	堀江敏幸―解／与那覇恵子-年
津島佑子 ―ヤマネコ・ドーム	安藤礼二―解／与那覇恵子-年
坪内祐三 ―慶応三年生まれ 七人の旋毛曲り 漱石・外骨・熊楠・露伴・子規・紅葉・緑雨とその時代	森山裕之―解／佐久間文子-年
鶴見俊輔 ―埴谷雄高	加藤典洋―解／編集部―年
鶴見俊輔 ―ドグラ・マグラの世界｜夢野久作 迷宮の住人	安藤礼二―解
寺田寅彦 ―寺田寅彦セレクション Ⅰ 千葉俊二・細川光洋選	千葉俊二―解／永橋禎子―年
寺田寅彦 ―寺田寅彦セレクション Ⅱ 千葉俊二・細川光洋選	細川光洋―解
寺山修司 ―私という謎 寺山修司エッセイ選	川本三郎―解／白石 征―年
寺山修司 ―戦後詩 ユリシーズの不在	小嵐九八郎-解
十返肇 ―「文壇」の崩壊 坪内祐三編	坪内祐三―解／編集部―年
徳田球一 志賀義雄 ―獄中十八年	鳥羽耕史―解
徳田秋声 ―あらくれ	大杉重男―解／松本 徹―年
徳田秋声 ―黴｜爛	宗像和重―解／松本 徹―年
富岡幸一郎-使徒的人間 ―カール・バルト―	佐藤 優―解／著者―年
富岡多恵子-表現の風景	秋山 駿―解／木谷喜美枝-案
富岡多恵子編-大阪文学名作選	富岡多恵子-解
土門拳 ―風貌｜私の美学 土門拳エッセイ選 酒井忠康編	酒井忠康―解／酒井忠康―年
永井荷風 ―日和下駄 一名 東京散策記	川本三郎―解／竹盛天雄―年
永井荷風 ―［ワイド版］日和下駄 一名 東京散策記	川本三郎―解／竹盛天雄―年
永井龍男 ―一個｜秋その他	中野孝次―解／勝又 浩―案
永井龍男 ―カレンダーの余白	石原八束―人／森本昭三郎-年
永井龍男 ―東京の横丁	川本三郎―解／編集部―年
中上健次 ―熊野集	川村二郎―解／関井光男―案
中上健次 ―蛇淫	井口時男―解／藤本寿彦―年

中上健次—水の女　前田 塁—解／藤本寿彦—年
中上健次—地の果て 至上の時　辻原 登—解
中川一政—画にもかけない　高橋玄洋—人／山田幸男—年
中沢けい—海を感じる時|水平線上にて　勝又 浩—解／近藤裕子—案
中沢新一—虹の理論　島田雅彦—解／安藤礼二—年
中島 敦—光と風と夢|わが西遊記　川村 湊—解／鷺 只雄—案
中島 敦—斗南先生|南島譚　勝又 浩—解／木村一信—案
中野重治—村の家|おじさんの話|歌のわかれ　川西政明—解／松下 裕—案
中野重治—斎藤茂吉ノート　小高 賢—解
中野好夫—シェイクスピアの面白さ　河合祥一郎-解／編集部—年
中原中也—中原中也全詩歌集 上・下 吉田凞生編　吉田凞生—解／青木 健—案
中村真一郎-この百年の小説 人生と文学と　紅野謙介—解
中村光夫—二葉亭四迷伝 ある先駆者の生涯　絓 秀実—解／十川信介—案
中村光夫選-私小説名作選 上・下 日本ペンクラブ編
中村武羅夫-現代文士廿八人　齋藤秀昭—解
夏目漱石—思い出す事など|私の個人主義|硝子戸の中　石﨑 等—年
成瀬櫻桃子-久保田万太郎の俳句　齋藤礎英—解／編集部—年
西脇順三郎-Ambarvalia|旅人かへらず　新倉俊一—人／新倉俊一—年
丹羽文雄—小説作法　青木淳悟—解／中島国彦—年
野口冨士男-なぎの葉考|少女 野口冨士男短篇集　勝又 浩—解／編集部—年
野口冨士男-感触的昭和文壇史　川村 湊—解／平井一麦—年
野坂昭如—人称代名詞　秋山 駿—解／鈴木貞美—案
野坂昭如—東京小説　町田 康—解／村上玄一—年
野崎 歓—異邦の香り ネルヴァル『東方紀行』論　阿部公彦—解
野間 宏—暗い絵|顔の中の赤い月　紅野謙介—解／紅野謙介—年
野呂邦暢—[ワイド版]草のつるぎ|一滴の夏 野呂邦暢作品集　川西政明—解／中野章子—年
橋川文三—日本浪曼派批判序説　井口時男—解／赤藤了勇—年
蓮實重彥—夏目漱石論　松浦理英子-解／著者—年
蓮實重彥—「私小説」を読む　小野正嗣—解／著者—年
蓮實重彥—凡庸な芸術家の肖像 上 マクシム・デュ・カン論
蓮實重彥—凡庸な芸術家の肖像 下 マクシム・デュ・カン論　工藤庸子—解
蓮實重彥—物語批判序説　磯﨑憲一郎-解
蓮實重彥—フーコー・ドゥルーズ・デリダ　郷原佳以—解
花田清輝—復興期の精神　池内 紀—解／日高昭二—年

講談社文芸文庫

埴谷雄高 ―死霊 I II III　鶴見俊輔―解／立石 伯―年
埴谷雄高 ―埴谷雄高政治論集 埴谷雄高評論選書1 立石伯編
埴谷雄高 ―酒と戦後派 人物随想集
濱田庄司 ―無盡蔵　水尾比呂志―解／水尾比呂志―年
林京子 ――祭りの場｜ギヤマン ビードロ　川西政明―解／金井景子―案
林京子 ――長い時間をかけた人間の経験　川西政明―解／金井景子―年
林京子 ――やすらかに今はねむり給え｜道　青来有一―解／金井景子―年
林京子 ――谷間｜再びルイへ。　黒古一夫―解／金井景子―年
林芙美子 ―晩菊｜水仙｜白鷺　中沢けい―解／熊坂敦子―案
林原耕三 ―漱石山房の人々　山崎光夫―解
原民喜 ――原民喜戦後全小説　関川夏央―解／島田昭男―年
東山魁夷 ―泉に聴く　桑原住雄―人／編集部―年
日夏耿之介 -ワイルド全詩 (翻訳)　井村君江―解／井村君江―年
日夏耿之介 -唐山感情集　南條竹則―解
日野啓三 ―ベトナム報道　著者―年
日野啓三 ―天窓のあるガレージ　鈴村和成―解／著者―年
平出隆 ――葉書でドナルド・エヴァンズに　三松幸雄―解／著者―年
平沢計七 ―一人と千三百人｜二人の中尉 平沢計七先駆作品集　大和田 茂―解／大和田 茂―年
深沢七郎 ―笛吹川　町田 康―解／山本幸正―年
福田恆存 ―芥川龍之介と太宰治　浜崎洋介―解／齋藤秀昭―年
福永武彦 ―死の島 上・下　富岡幸一郎―解／曾根博義―年
藤枝静男 ―悲しいだけ｜欣求浄土　川西政明―解／保昌正夫―案
藤枝静男 ―田紳有楽｜空気頭　川西政明―解／勝又 浩―案
藤枝静男 ―藤枝静男随筆集　堀江敏幸―解／津久井 隆―年
藤枝静男 ―愛国者たち　清水良典―解／津久井 隆―年
藤澤清造 ―狼の吐息｜愛憎一念 藤澤清造 負の小説集 西村賢太編・校訂　西村賢太―解／西村賢太―年
藤澤清造 ―根津権現前より 藤澤清造随筆集 西村賢太編　六角精児―解／西村賢太―年
藤田嗣治 ―腕一本｜巴里の横顔 藤田嗣治エッセイ選 近藤史人編　近藤史人―解／近藤史人―年
舟橋聖一 ―芸者小夏　松家仁之―解／久米 勲―年
古井由吉 ―雪の下の蟹｜男たちの円居　平出 隆―解／紅野謙介―案
古井由吉 ―古井由吉自選短篇集 木犀の日　大杉重男―解／著者―年
古井由吉 ―槿　松浦寿輝―解／著者―年
古井由吉 ―山躁賦　堀江敏幸―解／著者―年
古井由吉 ―聖耳　佐伯一麦―解／著者―年